JN033006

デスマーチからはじまる
異世界狂想曲
28

遊びも!!
ナナ
無表情なホムンクルス
ポチ
犬耳族の少女
ミーア
無口な音楽好きのエルフ
冒険も満喫中!!

お仕事も!!
アリサ
クボォーク王国の元王女。
前世は日本人。
金髪のカツラで変装中
サトゥー
異世界に迷い込んだ
アラサープログラマー
リュリュ
幼い白竜

ヨウォーク王国での魔王騒乱の考察

■先王が急死した後、酷い内乱状態にあったヨウォーク王国に魔王が次々出現。

・王妃が魔王に変えられた「魔王（偽王）：背徳妃コルセアーヌ」
・「幻桃園の魔女」ミュデとその弟ギギラが変じた魔王
・巻き込まれ召喚者シンの父親が変じた魔王

それに呼び寄せられて
まつろわぬものが出現。
大変だった。

↓

彼らは同じユニークスキルを持っていた。
倒した後の「魔王殺し：人造魔王」という称号からして、
誰かに造られた魔王？

■セーリュー市の門前宿に送られた「賢者様のお弟子さん宛の荷物」から「権能の宝珠（アビリティ・オーブ）」を発見。

その権能はユニークスキル「闇炎抱擁（ダークフレア・エンブレイス）」。
※偽王「背徳妃」が使っていたユニークスキル。

↓

ヨウォーク王国で魔王が発生したのは、
賢者の弟子とやらが仕組んだモノだったのかも？

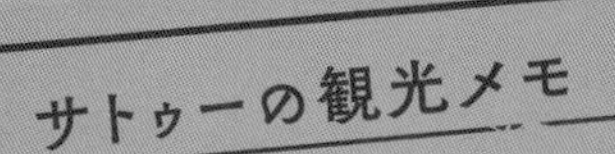

サトゥーの観光メモ

●キウォーク王国

東方小国群のひとつ。一年の2/3が冬で、雪遊びにはもってこいな国みたいだ。

「雪従者作製（クリエート・スノウ・サーバント）」の巻物（スクロール）を買ったし、試してみたい。

スキーやスノーボード、そりも作って……いっそロッジを建てて拠点にして、ひととおり遊び倒そうか。
※隣の人馬（ケンタウロス）族の国、コゲォーク王国と定期的に戦争状態に陥るので注意。

●ルモォーク王国

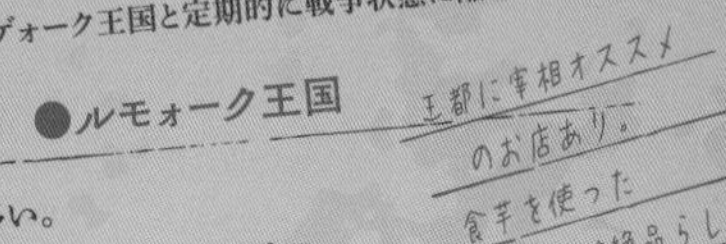

食芋（しょくいも）を使った料理が多い。

エルフが植えたという癒眠樹は黒竜退治の依頼の時に見たけど、みんなにも見せてあげたいね。

四年に一度、雪と氷が全土を覆う「冬の月」があり祝桃花大祭が開かれる。

桃の花を氷に閉じ込めて、「冬の月」の間ずっと散らないようにするそうだ。

これは見に行かねば！

デスマーチから
はじまる
異世界狂想曲
28

★★★

愛七ひろ

Death Marching to the
Parallel World Rhapsody

Presented by Hiro Ainana

口絵・本文イラスト
shri

装丁
coil

C O N T E N T S

Death Marching to the Parallel World Rhapsody

プロローグ

「シップワンよりゴーレム・リーダーへ、クラゲは予定通り網に掛かった。繰り返す――」

虚空に浮かぶエルフの光船(ひかりぶね)から、世界樹の枝に分散した有人ゴーレム部隊に指示が飛ぶ。

彼らが見つめる先、漆黒の宇宙に太陽光を反射する無数の存在があった。

――怪生物、邪海月(エビル・ジエリー)。

エルフ達にクラゲの通称で呼ばれ、先だっては世界樹の枝に寄生して、世界の危機を齎(もたら)した迷惑な存在だ。

「こちらスパイス・リーダー。粉末カレーの散布完了。照準目標を点灯後、帰還転移(リターン)にて撤退します」

クラゲ達を引き寄せる誘蛾灯(ゆうがとう)のような装置を残し、最前線のエルフが帰投する。

「ゴーレムワン、砲撃準備完了」

「ゴーレムツー、砲撃準備完了」

「ゴーレムスリー、砲撃準備完――」

次々に有人ゴーレム部隊から報告が届く。

「ゴーレム・リーダーより、シップワン。全(すべ)ての砲撃準備完了。砲撃タイミングはお任せします」

「こちらシップワン。精霊と神々のご加護があらん事を――砲撃開始」

無数の光線（レーザー）が有人ゴーレムや光船から放たれ、カレー臭に引き寄せられていたクラゲ達が次々に迎撃されていく。

「虚空専用ゴーレムで早期発見できたので、今回は楽勝でいけそうですね」

「うむ、早期発見がこれほど有効だとは思わなかった」

光船の中で司令官と副官が会話を交わす。

前回のクラゲ事件では、気付いた時には世界樹に無数のクラゲが付着しており、後手後手に回ってしまったのだ。あの時はボルエナンの森に逗留（とうりゅう）していた勇者ナナシ一行の助力によって、なんとかクラゲの排除に成功した。

「――あっ」

「どうした？」

観測手の漏らした呟（つぶや）きに、司令官が反応した。

彼の視線の先には、砕かれたクラゲの残骸（ざんがい）が大気圏へと落下していく姿があった。

「追いかけないと」

「じきに燃え尽きる」

「あ、本当だ」

残骸は目の前で燃え出し、塵（ちり）になって消える。

そんな会話の間に、幾つもの残骸が大気圏に落下しては燃え尽きていく。

「全てのクラゲを撃墜しました」

「うむ」

索敵担当からの報告に司令官が満足そうに頷く。

「サーゼ様に報告だ」

「ボルエナンのナナシ殿にも礼を言わねば」

「ボルエナンのナナシ殿？　ああ、アーゼ様の伴侶か」

エルフの司令官と副官が言葉を交わす。

「――帰還するぞ」

任務を終えた光船が、世界樹の方へ去っていく。

こうして、世界の安寧は地上に暮らす人々の知らない所で日々守られているのだ。

ただ、守護者たるエルフ達は気付かなかった。

大気圏に墜ちた残骸の一つが、消し炭になりながらも地上へと降着した事に。

ヨルスカの街

〝サトゥーです。学生時代に貧乏旅行をしていた頃は、治安の悪い国や地域を避けていました。フィクションで楽しむ分にはいいんですが、リアルでトラブルに飛び込むのは遠慮したいですからね。〟

「謎は全て解けた！」

木箱の上に飛び乗って、どこかで聞いたようなセリフを言う幼女は、忌み嫌われる紫色の髪を金色のカツラに隠した転生者のアリサだ。

ここは治安の悪い「掃き溜めの街」ヨルスカ。この街はムーノ伯爵領の南南東、オーユゴック公爵領のボルエハルト自治領の南東にある。

「さいきょ～」

「ムテキにステキなのです！」

アリサの左右に飛び乗って、よく分からない事を言っているのは、白いショートヘアで猫耳猫尻尾の幼女タマと茶髪をボブカットにした犬耳犬尻尾の幼女ポチだ。

たぶん、アリサの楽しそうな雰囲気に釣られたのだろう。

そしてもう一体。

――ＬＹＵＲＹＵ！

ポチの胸元で揺れるペンダント「竜眠揺篭（ドラゴン・クレイドル）」から飛び出した白い幼竜リュリュも一緒にはしゃぐ。

「アリサ、向こうで人が死んでいるのに不謹慎よ」

そうアリサを窘（たしな）めたのは、この世の奇跡の体現、傾城（けいせい）という言葉でさえ控えめに感じる和風超絶美少女のルルだ。

いつもは大人しげな彼女も、妹の不謹慎な行いには黙っていられなかったらしい。

「ごめんごめん、ちょっと意外すぎる結末だったから暴走しちゃったわ」

アリサが素直に謝る。

「マスター、この塩像が本当に賢者の孫弟子なのですかと問います」

無表情ながら訝（いぶか）しげな雰囲気を纏（まと）わせて言うのは、金髪巨乳のナナだ。高校生くらいに見える彼女だが、その正体は実年齢一歳のホムンクルスである。

「うん、そうみたいだね。彼が塩の像に変えられた瞬間を目撃した人も多かったみたいだし」

そう言いながらリアルすぎる塩像を見る。

本人を見た事はないが、ＡＲ表示される塩像の詳細情報からも間違いないみたいだ。

オレ達がヨルスカの街に来たそもそもの発端は、セーリュー市の門前宿で魔王珠というヤバいアイテムが見つかった事から始まる。魔王珠の送り主も受け取り主も、賢者ソリジェーロの弟子だ。パリオン神国でやりたい放題だった彼の迷惑な遺産といったところだろう。

魔王珠に同封されていた手紙によると、送り主は魔王珠を厄介払いしようと受け取り主――賢者の弟子パサ・イスコの要請に従って発送したらしい。

　そのパサ・イスコだが、マップ検索によって他の孫弟子達と一緒にセーリュー伯爵領の北にある魔物の領域で石化した状態で発見された。

　その時に一緒に見つけた荷物に、企みを書き記した手記があり、ヨウォーク王国の魔王騒動は彼が引き起こしたモノであり、さらなる実験のために孫弟子の一人を東方小国群にいる「神の使徒」捕縛の任務に送り出したそうだ。

　オレ達はその孫弟子を追って東方小国群を目指していたのだが、その入口であるヨルスカの街で消息というか訃報を知ってしまったのだ。

「なんだか肩透かしな気分ね」

「まったくだ」

　アリサの言葉に同意する。

　事件が始まる前に終わったような感じで、なんだか拍子抜けだ。

　こんな事なら、移民の第二陣をナナ姉妹達に任せて飛んでくる必要もなかった。

　まあ、結果論だけどさ。

「サトゥー」

　ミーアが大きく手を振る。

　ツインテールに結った淡い青緑色の髪が揺れ、エルフの特徴である少し尖った耳が覗いた。

「事情聴取は終わりましたか？」

「はい、ミーア様のご助力のお陰ですんなりと」

ミーアの横に立つドワーフ女性は、名匠ドハル老の孫でボルエハルト自治領の市長令嬢でもあるジョジョリさんだ。

この街に来た時に、折悪しく「賢者の孫弟子」が塩像にされる瞬間に遭遇したのだという。

「それはジョジョリの説明が上手かったからさ。もちろん、僕はミーア様のお陰っていうのも否定しないよ」

ジョジョリさんを褒めたお洒落なドワーフ男性は、ボルエハルト自治領で魔法店を経営するガロハル氏だ。

今日はガロハル氏の商品仕入れに、ジョジョリさんが同行していたらしい。

ジョジョリさん曰く「また、詐欺商品に引っかかったら困りますからね」だそうだ。

もっとも、彼が売ってくれた特殊な巻物は、魔王「黄金の猪王」討伐に大活躍したので、少しはフォローしたいと思う。

「ここで立ち話もなんですし――」

「それなら、この先に良い酒場があります。美味しいお酒を置くお店なんですよ」

「『麗しのクイダオーレ』だね。あそこは料理も美味しいんだ」

場所を変えようと提案したら、ジョジョリさんとガロハル氏が間髪を容れずに行き先を指定した。

行き先が酒場なのが実にドワーフらしい。

「おい！　俺様を置いていくな！」

「あらごめんなさい、ザジウルさん」

「やあ、ザジウル。なかなか来ないから、ヨルスカの衛兵に転職するのかと思ったよ」

遅れてやってきた筋肉質のドワーフは、名匠ドハル老の一番弟子であるザジウル氏だ。

なんでも、ジョジョリさんの護衛として同行しているらしい。


「「再会に乾杯！」」

酒場で乾杯をする。

ここクイダオーレは「食い倒れ」の名に相応しいお店だった。

気取った料理は皆無だが、満足感のあるガッツリした料理が盛りだくさんだ。

「――ってわけさ」

ザジウル氏が塩像事件のあらましを語る。

「びっくりしたぜ、いきなりローブの男が『神の名を騙る愚者よ！』ってけんか腰で挑んで、あっさり返り討ち。黄色い神官服を着た美人が『無礼者め』って言って腕を振ったら、ローブ男がみるみる塩の像に変わっちまったんだ」

「美人って、女の人が犯人なの？」

「人族の性別はよく分からんが、あれは女じゃないか？　なあ、ジョジョリ」

「後ろ姿しか見ていないからなんとも」

犯人は美形と。

「その美人が『神の使徒』なのかしら？」

「話の流れからしたらそうじゃないか？」

背信者を塩の像に変えるなんて、いかにも天罰っぽいしね。

マップ検索では「使徒」の称号を持つ者はヨルスカの街や周辺エリアにいない。

件(くだん)の使徒は転移系の能力か、オレのマップ検索を逃れうる「盗神装具」系の秘宝(アーティファクト)を装備している可能性が高い。

「そいつ、自分で名乗ってたぜ」

「僕も聞いたよ。『至高なるザイクーオン神の使徒たる私を――』って」

「塩に変えるのは天罰だって言ってましたね」

ザジウル氏が言うと、ガロハル氏とジョジョリさんも目撃情報を付け加える。

「ザイクーオン神殿関係ですか……」

どことなく嫌そうな口調で言ったのは、首元と手元が橙色の鱗に覆われた橙鱗族のリザだ。

まあ、その反応も無理はない。オレとリザ達が出会ったのも、ザイクーオン神殿のデブ神官長が扇動した投石リンチ事件の時だったしね。

「お待たせしました」

小太りの女給さんがお盆に満載の料理を運んできてくれた。

反対側の手には幾つものジョッキの取っ手が纏めて握られている。

「おー、待ってたぜ。ずっとジョッキが空だったんだ」

「うふふ、ザジウルさんったら」

「ポチもお肉さんのお代わりをお待ちかねだったのですよ」

「タマも待ってた～？」

追加の料理とお酒が来たタイミングで、使徒周りの話はお開きとなった。

「ご主人様、この後はどうするの？」

アリサが果実水を飲みながら尋ねてきた。

「――この後？」

「うん、こっちに来たのって、賢者の孫弟子を追ってきたわけじゃない？」

「そうだね――」

賢者の孫弟子が塩像化事件で死亡してしまって、もう当初の目的がなくなったから、急ぎの目的はない。

「お土産も渡さないといけないし、ボルエハルト自治領に寄ってからムーノ伯爵領かな」

ここでジョジョリさん達に預けてもいいけど、そんなに急いで戻らないといけないわけでもない。

「うん、それでいいと思うわよ。チタさんが獣人の移民達のまとめ役をやってくれているし、大枠は太守代理のリナたんに伝えてあるから、大きなトラブルがない限り、ちゃんとやっておいてくれるわ」

ちなみにチタというのは、リザの元奴隷仲間で豹頭族（ひょうとう）の女性の事だ。

セーリュー市からムーノ領へ獣人奴隷を移民させた件で、積極的に手伝ってくれている。

「それじゃ、セーリュー市に行くのは獣人の移民達が落ち着いた後？」

「うん、そうなるね」

セーリュー市での用事は終わっているけど、ゼナさん達に挨拶もせずに飛び出したし、一度くらいは顔を出しに行かないと不義理だろう。

「後は王城にも顔を出さないとね」

「あの珠の件？」

アリサの言葉に首肯する。

ここに来る事になった発端である「魔王珠」について、シガ国王やセーリュー伯爵に説明しに行かないといけないだろう。一応、飛び出す前に手紙は出しておいたが、お偉いさんは直接会って話を聞くのを重視するからね。

「ご主人様、私の奴隷仲間達のためにご尽力いただいた事、このリザ、感謝に堪えません。この命ある限り、ご主人様にご恩を返して参る所存です」

赤い顔でリザが独演する。

セーリュー市の迷宮でリザの元奴隷仲間を始めとした獣人奴隷達が、肉壁として使い潰されている事を知ったオレ達は、その境遇から解放するために行動していた。

リザがその事に感謝しているのはもちろん知っているのだが――。

「もしかして酔ってる？」

「この感謝はこの槍に懸けて――」

独演していたリザがオレにもたれ掛かり、すやすやと気持ちよさそうに眠ってしまった。

「すまん、飲ませたらマズかったか？」

リザに酒を飲ませたのはザジウルさんだったらしい。

「構いませんよ。たまには息抜きをした方がいいですから」

リザは真面目(まじめ)すぎるからね。

「サトゥー君、今回の買い出しの成果を見たくはないかな？」

ガロハル氏が鞄(かばん)を片手に横に座った。

「ぜひ、見せてください」

今回はジョジョリさんが一緒にいたらしいから、前回ほどメチャメチャなラインナップは期待できないだろうけど、それでもガロハル氏の事だから、何かびっくりするような掘り出し物がありそうな予感がする。

「まずはサトゥー君が好きな巻物からだ」

ガロハル氏が意気揚々と袋から巻物を取り出す。

「どれも繁魔迷宮産の逸品ばかりだ」

「まあ！　ガロハル！　あんなに止めたのに、いつの間に買ったの？」

「ジョジョリ、待ってくれ。これは良い物なんだ。そう、とっても良い物なんだよ」

巻物を見たジョジョリさんが、柳眉(りゅうび)を逆立てて立ち上がった。

どうやら、ジョジョリさんは購入を阻止しようとしていたようだ。

それもそのはず――。

「ガロハルさん、この巻物は正規のお店で買われたのですか？」

「いや、正規の店というか、このヨルスカには露店くらいしか魔法の道具を売る店はないよ」

――マジか。

「この巻物に何か問題が？」

不安そうなガロハル氏には悪いが問題だらけだ。

「はい、今回の巻物はどれも偽物です」

「偽物？　この『魔族払い』も『勇者召喚』も『聖剣招来』も全部、偽物だったのかい？」

むしろ、そのラインナップで本物だと思う要素がどこにあるのかと問いたい。

まあ、それだからこそのガロハル氏だとも言えるけど。

「そんなぁ……それじゃ、こっちのも偽物なのか……」

ガロハル氏が紙束を取り出す。

どれも使用済みの巻物だ。

「そうですね。コレクターズアイテムとしての価値はあるかもしれませんが――」

そのうちの一枚が目を引いた。

一見、使用済みに見えるが、これは未使用品だ。

「それがどうかしたかい？」

「ガロハルさん、これはアタリです」

ちゃんとした使える「魔法の巻物」だ。

「本当かい？」

「ここに書いてある通りなら、雪像ゴーレムを創り出す巻物のようですね」

魔法名は「雪従者作製（クリエート・スノウ・サーバント）」で、オレの持つゴーレム作製魔法の「地従者作製（クリエート・アース・サーバント）」の雪版だ。

「聞いた事のない魔法ですね？」

「ええ、私も初めて聞きました」

少なくともオレの持っている魔法書に、こんな特殊な魔法はない。

「巻物だと、掌（てのひら）サイズの雪兎（ゆきうさぎ）を作るのがせいぜいって感じ？」

「うん、たぶんそんな感じだね」

もちろん、オレのメニューに登録し、魔法欄から使えば強力な雪原の従者になってくれると思う。

当分、使い道はなさそうだけど、迷宮の中に雪原エリアとかがあったら使えるかもしれない。

「ガロハルさん、これは売っていただけますか？」

「ああ、もちろんさ。これは一束、金貨一枚だったから、銀貨二枚か三枚で買ってくれると嬉（うれ）しいかな」

彼は相変わらず商売が下手だ。

「それじゃ赤字じゃないですか。こういう時は強気に値段設定すればいいんですよ」

「強気に？　金貨二枚とか？」

「いえ、そこは金貨二〇枚くらい言わないと」

そこから交渉が始まって、金貨五枚くらいで落ち着く感じだと思う。

「なあ、ジョジョリ。なんで客の方が値段をつり上げているんだ？」

「うふふ、それはガロハルさんの人徳ですよ」

テーブルの向こうで、ザジウル氏とジョジョリさんが話すのを聞き耳スキルが拾ってきた。

結局、ガロハル氏が遠慮して、巻物は使用済みの束とセットで金貨三枚という事で決着した。

「他(ほか)には魔法道具(マジック・アイテム)も買ったんだ。串(くし)に刺すだけで肉が焼ける『焼き串(ベイク・スケワー)』に、載せるだけで燻製(くんせい)ができる『燻製屋さん(ライド・スモーカー)』だ」

「にゅ！」

「肉って聞こえたのです！」

タマとポチが敏感に反応して飛んできた。

「調理用の魔法道具だよ」

「お肉じゃないのです？」

「残念～」

説明を聞いたポチとタマは、ちょっと肩透かしを食った表情だ。

「面白そうな道具なら、焼いてみるかい？」

「いいんですか？」

酒場の女主人が許可をくれ、ガロハル氏がゴーサインを出したので、実際に焼いてみる事になった。

「うにゅ～？」

「良い匂いが途中で焦げ臭くなっちゃったのです」

「あー、これはダメですね」

串が刺さっている場所が炭化するほど黒焦げで、外側は半生という感じだ。

たぶん、単純に串が熱くなるだけの品なのだろう。

「心配いらないさ。失敗は次の糧になるんだ。だから大丈夫。大丈夫だとも!」

ガロハル氏が自分に言い聞かせるように言った後、次の魔法道具を使う。

次に試した燻製機は煙が上がるだけで、燻製ができる様子はなく。さすがにそれは外でやってくれと女主人に怒られたので、実演はそこまでだった。

ガロハル氏らしい微妙な買い付けの品々を肴に、追加の料理を堪能する。

酔って寝てしまったリザも、肉料理の匂いで目を覚ました。


——ん?

「サトゥー?」

「どうしたの、ご主人様」

オレの左右から「あーん」合戦をしていたミーアとアリサが、料理を突き出したままの格好でオレの様子に気付いた。

「いや、入口付近で誰かを捜しているノームの人がいてさ」

「ノーム? ——ガンザ! こっちよ!」

オレの横で健啖家ぶりを発揮していたジョジョリさんが、大きな鼻の小さなおっさんという風体をしたノームの男性に呼びかけた。

「ジョジョリさんの知り合いですか？」

「サトゥーさんとは面識がありませんでしたっけ？　彼はボルエハルトの地下で秘薬の調合なんかをしてくれている錬金術師なんです」

地下というとミスリル工房なんかがある——思い出した。

ガンザというのは、オレがボルエハルト自治領を訪問した時に留守にしていたというノームの錬金術師の名前だ。

そんな事を思い出している間に、ガンザ氏が宴会に合流した。

ガロハル氏にオレ達の事を聞きながら、ウェイトレスさんに酒を注文する。

「あんたがサトゥー⁈」

ガンザ氏に握手を求められ、握られた手をぶんぶん振られる。

「会いたかったぜ！」

どうやら、彼はオレの事を知っているようだ。

「わしがボルエヘイムの一大事で離れた時に、仕事をしてくれたんだろ？」

「ガンザ殿の職場で勝手をして申し訳ありません」

「構わねぇ、構わねぇ。おやっさんも喜んでいたしな」

ガンザ氏が気さくに言って、ウェイトレスさんから受け取ったジョッキの酒を呷る。

「ねぇねぇ、ボルエヘイムの一大事ってなんだったの？」

「ん、気になる」

アリサがガンザ氏に尋ねた。

ミーアもみたいだけど、オレもちょっと気になっている。

また、魔族が暗躍していたとかじゃないよね？

「酒蔵の設備が壊れて腕利きのノーム全員に招集がかかったんだ」

なんだ、それ？

思わず口から出かけたけど、ジョジョリさんもザジウル氏も、酒の一大事なら仕方ないという雰囲気だ。

「それはもう解決したんですか？」

「ああ、知り合いのエルフが助言してくれてな。なんとか修繕できたんだよ」

「それは良かったですね」

まだ解決していないなら手伝おうと思ったけど、既に解決済みのようだ。

せっかくなので、酒造設備修繕の祝いに酒場で一番の酒を皆に振る舞う事にした。

「ガロハル、遠慮してないで、お前も飲め！」

「待て、ガンザ。僕は酒は苦手なんだ」

「はいはい、ドワーフの『酒が苦手』は信じない事にしているんだ」

「ダメよ、ガンザ。ガロハルさんは本当にお酒がダメなの」

嫌がるガロハル氏にむりやり飲ませようとするガンザ氏のアルハラを、ジョジョリさんが慌てて止めに入った。

そういえばガロハル氏は下戸だったっけ。

「ちょっと、よろしいかしら？」

娼婦のような雰囲気のアラサー美女が現れた。

艶のある仕草でオレの頬に手を伸ばす。

「お呼びじゃないわ！」

「ん、禁止」

それをアリサとミーアの鉄壁ペアがブロックした。実に素早い。

「黒髪の少年に、女子供――ドワーフ達は神託にないが問題なかろう」

アラサー美女は鉄壁ペアの行動に気分を害する事なく、偉そうな口調で呟く。

「失礼ですがどちら様でしょうか？」

「あたしはカリオン神殿の巫女さ。ありがたくも、あんた達に神託を告げにやってきてやったってわけ」

裏社会の顔役とかかと思ったら、神殿の巫女さんだったらしい。

巫女さんが鈴を鳴らすと、騒がしかった酒場が水を打ったように静かになる。

「雪と氷に閉ざされた地にて災いあり。そは諸人を蝕む――」

彼女が語ったずらずらと続く曖昧な内容の預言を一言に要約すると、東方小国群のどこかで近いうちに起こる災害の神託らしい。

「それじゃ、伝えたわよ」

「どうして、その神託を私に？」

「カリオン様は『最適解』と仰っておりました」

巫女はそう答えるとその場から優雅に立ち去った。

「それにしても……『最適解』か」

カリオン神らしい言葉だ。

だけど、それゆえに「オレに知らせなければ解決しない何かが起こる」という可能性も考えられる。

オレが必要って事は、どの能力だ？

戦闘能力だとしたら、相手は魔王か「まつろわぬもの」あたりのヤバめの相手だから、できれば外れてほしい。

好奇心の向くままに色々と手を出しているから、可能な事が多すぎて絞り込めない。

「大規模な流行病とかかしら？」

「何か起きるのは寒い地方らしいし、可能性は高いね」

その場合は薬品量産能力だけど、それならオレじゃなくても「幻想の森」の老魔女やオーユゴック公爵領の錬金術師達でもいいはずだ。

「病なら心当たりがあります」

ジョジョリさんによると、東方小国群で雪の国とも呼ばれるキウォーク王国で大規模な疫病が発生する事があるらしい。

預言にあった「雪と氷に閉ざされた地」には該当しそうだ。

「ボルエハルトの資料によると、大規模な疫病は二〇年に一度くらいの頻度のはずなんですが……」

ここ五〇年ほどは大規模な疫病が発生していないとの事だ。

「他にはルモォーク王国ですね」

「ルモォーク王国も雪国なんですか？」

ルモォーク王国のメネア王女に乞(こ)われて、勇者ハヤトと一緒に黒竜退治に行った事があるけど、雪国という印象はなかった。

「四年に一度、雪と氷が全土を覆う『冬の月』があるんです。祝桃花大祭というお祭りが開かれる年限定なんですが、今年が開催年だったはずです」

「桃の花のお祭りなのに、全土を雪と氷で覆うんですか？」

この世界の季節は「都市核(シティ・コア)」によってコントロールされるから、意図的に「雪と氷で覆う」はずだ。

「ええ、桃の花を氷に閉じ込めて、『冬の月』の間、ずっと散らないようにするそうです」

なるほど、人為的に季節がコントロールできるからこその光景というわけか。それはぜひとも見物してみたい。

ジョジョリさんに詳しく聞いたところ、ルモォーク王国の「冬の月」は来月、キウォーク王国は一年の三分の二が冬でシーズンまっただ中らしい。

「とりあえず、キウォーク王国からかな?」

流行前だと病をマップ検索で絞り込むのは難しい。

観光大臣の仕事にもなるし、まずは雪国から行くとしよう。

雪景色

〝サトゥーです。スキーに行った時、ロッジに薪を焚く暖炉があるとテンションが上がりました。ウィスキー片手に暖炉の火を眺めていると、都会の喧噪を忘れられるんですよね。〟


「うおっ、凄いな」

ヨルスカの街から北東方向にある広大な魔物の領域を越え、山脈の向こうに出る直前、突然の吹雪に見舞われた。

「ユキ！」

「大変なのです！　ユキなのです！」

タマとポチが騒ぎ出す。

やっぱり、子供って降雪が好きだよね。

――なんて事を考えていたのだが、ちょっと様子がおかしい。

「ぽち！」

「タマ！」

二人がお互いの顔を見合わせたあと、移動に使っているゴーレム馬から飛び降りてオレの方に走ってきた。

「ユキだめ！」

「ご主人様、早く団子にならないと危ないのです」

オレの腰にガッシリと抱き着いた二人が、皆の方を振り向いて必死に手招きする。

落馬したら危ないので、二人を抱えたまま下馬した。

「リザ、早く～、ナナも～」

「アリサとミーアも、早くくっつくのです！　ルルも早くっ！　なのです！」

何かの遊びかと思ったのだが、ポチの尻尾が足の間に隠れているし、二人の声が真剣過ぎる。

「ご主人様、失礼します」

しかも、呼ばれたリザが真面目な顔で正面からオレに抱き着いてきた。

こういう遊びに乗るなんて、リザにしては珍しい。

「マスター、支援要請を受託しました。背中は守ると告げます」

背中が温かくて幸せになった。

「えへへ～、危ないのはダメよね～」

いつもと違う獣娘達の行動が気になるが、もうしばらく様子を見よう。柔らかいし。

「ん、禁止」

アリサとミーアは楽しそうにペタペタと抱き着いてきた。

「ルルも早く～？」

「ルルも急がないと死んじゃうのです！」

「誰も死なないから大丈夫よ？」

膝を曲げてタマとポチと同じ高さに視線を下げたルルが、二人に事情を尋ねる。

「ユキはシニガミ～？」

「ユキは綺麗だけど、ユキが降ったらくっつかないと誰かを連れていっちゃうのです」

よく分からないのでリザに説明を求める。

「前の主人の時に降雪の酷い年がありまして……その時に人族や蛇頭族の奴隷達が幾人も凍死する事があったのです」

なるほど……前の主人の時のトラウマか。

「タマ、ポチ、ここにいる皆は大丈夫だよ」

オレはそれを証明してみせるように、「防御壁」で周囲を覆い、風雪から逃れる。目配せしたアリサが素早く火魔法で防御壁内の空間を暖め、積もり始めた雪を除去し、周囲を暖かな春の気温で満たした。

ついでに集光レーザーで分厚い雪雲を薙ぎ払い、勢いを増していた吹雪を強制終了させる。

ミーアも精霊魔法で春のように暖かな風を吹かせてくれた。

「ぬくぬく～？」

「ご主人様は、すごく凄いのです！」

タマとポチが幸せそうに目を細めて脱力する。

「あら？　ご主人様だけかしら？」

「違うのです！　アリサやミーアもちゃんと凄いのですよ！」

「おう、いえ～すぅ～」

「ん」

胸を張るアリサとミーアに、ポチとタマが焦った様子で褒め称える。

「まだ雪が残っているし、雪は怖いだけのモノじゃないって教えてあげるわ！」

アリサがいたずら小僧の笑顔で言う。

「にゅ～？」

「何をするのです？」

「遊ぶのよ！」

アリサが変なポーズで宣言した。

「ユキで遊ぶのです？」

「そうよ！　雪合戦に雪だるま作りはデフォとして、かまくらを作って中で温かくて甘～いぜんざいや、い、いやお汁粉を食べるの！」

「しるこ～？」

「肉は入っているのです？」

「そうね、お汁粉に肉は入れないから、けんちん汁なんかも一緒に作ってもらいましょうか？　おでんもいいけど、あれは日本酒かビールが欲しくなるから除外よね」

アリサが次々とあげる雪国の楽しみ方に、タマとポチが惹き込まれていく。

ポチの尻尾が元気に揺れ始めるのを確認したアリサが、勧誘から行動に移る。

「覚悟はいい？」

「あいあいさ〜」

「らじゃなのです！」

アリサがビシッと雪原を指さす。

「じゃあ、行くわよ！」

「ご〜」

「のんすとっぷ、なのです！」

アリサを先頭とした年少組が雪原に突撃していく。ナナも一緒だ。

——ＬＹＵＲＹＵ？

楽しげな雰囲気に釣られて、ポチのペンダント「竜眠揺篭(ドラゴン・クレイドル)」から飛び出した白竜のリュリュだったが、外の寒さに驚いてすぐに竜眠揺篭の中に戻ってしまった。

雪に強そうな姿をしていても、寒いのは嫌いだったようだ。

「これが雪なのですねと確認します」

「とっても綺麗で凄いわ！　冷たくて、指で触れると溶けちゃうの！　本当よ？」

ナナが雪の感触を楽しみ、ミーアが花に積もった雪を見て長文で興奮している。

「でも、思ったよりも雪が少ないわね」

雪を集めてルルと雪兎(ゆきうさぎ)を作っていたアリサが、剥(む)き出しになった草原に困り顔になった。

「すぐに雪雲を散らしたからね。あの尾根を越えたら、もっと雪があるみたいだよ」

「それじゃ、とりま尾根の向こうまで行きましょうか」

さすがに少量とはいえ雪が降った場所をゴーレム馬で登るのは危ないので、ここからは小型飛空艇でショートカットする。


「うわー、すっごいわね」

尾根の向こうは一面の銀世界だった。

雪原に着地した飛空艇から、アリサを先頭とした年少組が突撃していく。ナナも一緒だ。

さっきと違って防寒具をフル装備なので風邪をひく心配はない。

「にゅあ～」

「あうちなのです」

新雪で柔らかいせいか、あっという間にズボズボと雪に埋没している。

魔力鎧(よろい)スキルを応用して、かんじきを足の裏に出して皆(みんな)の下へ駆け寄った。

「サトゥー」

ミーアからヘルプコールが来たので、魔術的な念動力(サイコキネシス)である「理力の手(マジック・ハンド)」で年少組とナナを救出する。

「アリサちゃんとした事が……」

「とりあえず、雪遊びは準備してからだね」

反省するアリサにそう言って、人数分のかんじきを作って装備させる。

「まずは雪だるまよ！　かまくらは難易度が高いから、雪に慣れてから作りましょう！」

仲間達が雪だるまを作るのを眺めながら、マップを開いて「全マップ探査」の魔法を使う。

ここは東方小国群で雪の国と呼ばれるキウォーク王国の領域だ。

ジョジョリさんが言っていたし、まずは疫病のチェックを行ってみたけど、今のところ蔓延の兆候はない。

続いて、いつもやるチェックもする。マップ内に転生者や勇者、魔族はおらず、神の使徒やUNKNOWNな存在も見当たらない。ヨルスカの街で賢者の孫弟子を塩の像にした神の使徒は、こちら方面には来ていないようだ。

とりあえず、今すぐ行動しないといけないような何かはないようだ。

「雪玉はこうして大きくするのよ！」

アリサがタマとポチに手本を見せている。

「ごろごろ～」

「ポチもゴロゴロするのです！」

タマとポチが雪だるま用に、雪玉を転がして大きなのを作っている。

「サトゥー、雪兎」

「マスター、雪ひよこだと告げます」

ミーアとナナが雪兎と雪ひよこを見せに来てくれた。

目の所にはどこから持ってきたのか、小さな赤い実がついている。

「可愛いね」

「ん、お揃い」

兎の耳と自分のツインテールがお揃いだとミーアが微笑む。

「マスター、私も『可愛い』を希望します」

「うん、可愛いよ」

オレが褒めると、ナナが無表情のまま小さく口角を上げた。

「――のわぁああ」

「アリサが大変なのです！」

「だいじょび～？」

子供達の騒ぐ声に視線を向けると、大きな雪だるまに埋もれたアリサがいた。

雪だるまの頭を載せようとして失敗したらしい。ポチとタマがすぐに雪玉をどけてアリサを救出していた。

「リベンジよ！　次の雪だるまを作るわ！」

「らじゃなのです」

「あいあいさ～」

ポチとタマはさっそく二つ目の雪だるま作製のために、大きな雪玉を転がし始める。

もしかしたら、雪玉作りの方がお気に入りなのかもしれない。

「ご主人様！　ご主人様も一緒にやりましょうよ！」

「分かった。すぐ行くよ」

せっかくなので、皆と一緒に雪だるまを作ろうと思う。

硬く握った雪玉――は凶器に使えそうな氷の塊になってしまったので、軽く握り直した雪玉を核にして雪原を転がして大きくしていく。

「このくらいでいいかな？」

「マスター、もっと大きくないとこれを載せられないと告げます」

ナナが大きな雪玉の横で言う。

「そっちを土台にしたら丁度じゃないか？」

「ダメだと否定します。ユッキーは頭部用のユニットだと説明します」

なるほど、ナナにはこだわりがあるようだ。

雪玉にユッキーって名前を付けるくらいだしね。

オレはリクエスト通りに雪玉を大きくして、雪だるまの土台を完成させた。

さすがにオレの肩くらいある雪玉の上に手で載せるのは難しいので、ユッキーは「理力の手」で持ち上げて載せた。

「大きくて強そうだと評価します」

「むむむぅ～」

「これは負けていられないのです！　タマ、もっと大きな雪だるまを作るのですよ」

「おっけ～」

ナナとオレの雪だるまを見て、タマとポチの闘志に火が付いたらしい。

「あまり遠くまで行かないようにね」

「あいあいさ～」

「はいなのです」

「ご主人様、私がついていきます」

タマとポチを見守る役はリザが引き受けてくれた。

「あれ？　アリサは？」

「あっち」

ミーアが少し離れた木の向こうを指さす。

何か雪像を作っているようだ。

「なんであんなに離れた場所で？」

雪が足りないって事はないし――そんな風に考えながら近づくと、その理由が分かった。

「アリサは何を作っているのかな？」

「雪像よ！　芸術性の高い、やつ……」

笑顔で振り返る彼女の背後には、妙にリアルな雪像があった。

オレの顔を見た瞬間、アリサの笑顔が凍り付く。

「釈明があるなら聞こう」

「――ちゃうねん」

アリサがエセ関西弁で言い訳にならない言い訳を口にする。

「没収」

「あー！　芸術品がっ」

「次は肖像権を気にするように」

裸身像をオレに似せなければ没収したりしないのに。

「ううっ、いつの時代も芸術は理解されないのね」

「猥褻（わいせつ）物陳列罪だ」

ぐずるアリサを連れて皆のもとに戻る。

ポチやタマに誘われて、アリサがファンシーな雪像作りに交ざる。

「――そうだ」

ヨルスカの街で買ったばかりの「雪従者作製（クリエート・スノウ・サーバント）」の巻物を使ってみた。

巻物からだと、雪がもこもこ動いて三〇センチほどの雪だるまゴーレムが作り出され、それに簡単な命令をする事ができた。

移動はぴょんぴょん飛び跳ねるらしい。

「マスター！　カワイイを発見したと告げます」

ナナが超反応で飛んできた。

「カワイイを確保したと主張します」

ナナに抱き上げられた雪だるまがジタバタと藻掻く。

どうやら、脆いらしく、藻掻いている間にＡＲ表示される体力ゲージがゼロになって崩れてしまった。

「ヨルスカの街で買った巻物？」

「そうだよ。次は魔法で――」

オレは魔法欄から「雪従者作製」を使ってみる。

魔法だと、雪がもの凄い勢いでせり上がって、高さ五メートルもある巨大な雪だるまゴーレムが作り出された。

下から見上げると、妙な威圧感がある。

なんていうか「雪だるまさん」と「さん」付けしたくなる感じだ。

「わお～」

「とってもとっても凄いのです！」

タマとポチが雪だるまゴーレムの周りで飛び跳ねて喜ぶ。

「デフォルト形状は巻物と同じか――」

基本的に素材が違うだけで、「地従者作製」と変わらないようだ。

もっとも巨大化した事で、跳ねて移動されると雪が飛び散るし、ドスンドスンと騒音が凄い。

「タマ、雪像を一つ借りていいかい？」

「あい」

タマが作っていた雪像「肉の祭宴」シリーズの中から、牛の雪像を借りて「雪従者作製」を使う。

「牛さんが動いたのです！」

「おう、ぐれいとぉ～？」

さっきの雪だるまと違って、石像ゴーレムのように滑らかに動く。

「ご主人様、氷像も対象になるのかしら？」

「どうだろう？　やってみよう」

氷魔法の「氷結（フリーズ・ウオーター）」で氷柱（ひょうちゅう）を作り出し、タマに簡単な氷像を彫ってもらう。

「これでいい～？」

「ああ、十分だ」

猪（いのしし）の氷像に「雪従者作製」を使うと問題なくゴーレム化する事ができた。

雪像よりも少し魔力消費が多かったけど、特に問題はない。

タマにお礼を言って魔法を解いた氷像と雪像を返却し、雪だるまゴーレムの方で少し耐久性を調べる。

「耐久度はどのくらいかな？」

ポチのパンチ一発でゴーレムのお腹（なか）に穴が空いたが、すぐに映像の巻き戻しのように穴が修復された。

「……これは面白いね。攻撃はできるのかな？」

――ＭＶＡ。

炭団の口を器用に開いたゴーレムが一声吼えた後、氷柱交じりの吹雪のブレスを吐いた。

「なかなか凶悪ね」

「ん、強い」

「拠点防衛用に良さそうですね」

アリサ、ミーア、リザがゴーレムを評価する。

「雪除けにも便利そうよね」

アリサが土の見える地面を指さす。

ゴーレムの素材に使ったから、けっこうな面積で地面が見えるようになった。

検証を終えたオレ達は、雪だるまゴーレムの残した雪山を使って雪だるまや雪像を作って遊ぶ。

「いっぱい」

「やっぱ、雪だるまが並んでいると真冬って感じがするわね」

ミーアとアリサが満足そうに、幾つもの雪だるまや雪像を見る。

「くしゅん」

ミーアが可愛いくしゃみをした。

「ご主人様、何か温かいものでも用意しましょうか?」

「そうだね」

この雪原だと火を焚くのも大変そうだし――。

「アリサ、ちょっと手伝って」

「ほへ？　わたし？」

アリサの問いに首肯する。

「――ここに拠点を作る」

人里から適度に離れているし、「家作製」の魔法でゲレンデに似合うロッジを建てようと思う。

魔法の実験で地面が見えている範囲の雪を、アリサに火魔法で完全に溶かしてもらう。後はミーアの精霊魔法で地面を均してから、スキー場によくあるロッジ風の建物を「家作製」の魔法で作り出した。

「ベッソーが建ったのです！」

「おう、ぐれいと～」

「こりは負けてらんないわ。みんな！　かまくらを作るわよ！」

「イエス・アリサ。いざ、カマクラだと告げます」

ロッジに対抗意識を燃やしたアリサが、ナナと子供達を連れてかまくら作りに出発した。

「あんまり遠くに行くなよー」

「わーってるって！」

雪遊びは事故が怖い。

「ロッジの仕上げは手早く片付けるか」

内装はストレージにストックしてある家具を使おう。

暖房器具にはダルマストーブもどきとコタツの魔法道具を用意した。コタツは人数と文化を考慮して、掘りゴタツ式の大型の物と一般的なテーブル型の物を用意しておいた。

　コタツの中で足が当たるのって、古き良き日本文化だと思うんだ。

「ご主人様、私は厨房（ちゅうぼう）を使えるようにして、お汁粉やけんちん汁を作ってきますね」

「ルル、私も手伝います」

　一緒に家具の設置を手伝ってくれていたルルが提案すると、リザも協力を申し出た。

　そういえば温かいモノを用意するって話から、ロッジを建てたんだっけ。作るのが楽しくて忘れてた。

「二人とも、皆（みんな）と一緒に遊んできていいんだよ？」

　お汁粉くらいなら、オレが作るし。

「いえ、私は故郷でよく雪遊びをしていたので大丈夫です」

「私はどうも寒いのが苦手なので」

　二人とも遠慮しているわけではないようだ。

「なら、厨房は二人に任せるよ」

　調理道具なんかはルルの妖精鞄（ようせいかばん）に入っているから、厨房関係は任せて大丈夫だろう。

「遊びたくなったら、いつでも行ってきていいからね」

　厨房に向かうルルとリザにそう声を掛けておく。

　オレは子供達が遊ぶ雪原に面したウッドデッキで、子供達を見守りながら工作をする事にした。

「マスターは何を作っているのですかと問います」

作業するオレが気になったのか、ロッジの近くでかまくら作りをしていたナナが寄ってきた。

「雪で遊ぶ道具だよ」

オレが作っているのはスノーボードとスキー道具だ。

それが終わったら雪ぞりを何種類か作ろうと思う。せっかくだし、トナカイ型のゴーレムも作ろうかな？　中空素材で軽量化したら雪に沈む事もないだろう。

「ぐぬぬ、異世界にまでリア充の魔の手が……」

完成したスノーボードにワックスを塗っていたら、アリサから恨み節が聞こえてきた。

気持ちは分かるが、楽しいスポーツをそんな括りで否定するのは止めてほしい。

「あれ？　かまくら作りは？」

「なんか崩れてくるのよ」

「崩れる？」

アリサが変な事を言うので、試しにさっきまでの作業をやってもらう。

「そうやって作るんだっけ？」

アリサがイヌイット式の氷塊ブロックを積み上げてドームを作るやり方をし始めた。

まあ、これは氷塊じゃなくて雪塊だけど。

「違った？　前に漫画で見たのはこんな感じだったけど」

「オレが田舎でやったのは雪を積み上げてドームにして、後からシャベルで空洞を掘り出すって手順だったよ」

「あー、そういえばそうだったっけ？　イグルーと作り方が混ざっちゃったみたい」

アリサが納得してくれたので、雪を積み上げるオレのやり方が採用された。

「わしゃわしゃわしゃ～」

「ポチ達は雪掻きマッスィーンなのです！」

タマとポチが動物のようなポーズで、しゃかしゃかと雪を激しく掻き出して雪のドームを作る。

「いいの？」

「そのへんでちょっとストップ。ミーア、霧みたいなシャワーでドームを濡らして」

「うん、凍らせて強度を増すんだよ」

「分かった」

ミーアが水魔法で雪に霧雨を降らす。

「みんな、シャベルで雪を叩いて固めて。壊さないようにね」

「ぺたぺた～」

「ポチもペタペタするのです！」

「あはは、なんか楽しいわね」

「ん、楽しい」

皆で手分けして雪のドームを固める。

ドカッという音がして、ドームの反対側からしょんぼりした雰囲気のナナが戻ってきた。

「どうした？」

「マスター、力加減を失敗して少し砕けてしまったと謝罪します」

「大丈夫だよ。すぐに直せる」

ナナを慰め、サクサクとドームを修復する。

さっきの手順を繰り返し、半径一メートル半くらいの雪ドームが完成したら、今度は入口の大きさを決めて、崩さないように慎重に掘っていく。

「しんちょ～」

「ポチはセーミッ工事のプロなのですよ！」

「崩れた」

「どんまいと告げます」

何度か失敗しつつも、中がいい感じに広がっていく。

「アリサはいいのか？」

「ぎぶ。知性派のアリサちゃんには、ちょっちオーバーワークだわ」

休憩するアリサに、徹夜作業用にストックしてあった温かいコーヒーをストレージから出して渡す。

「よし、そのくらいでストップ！　それ以上掘ったら崩れるよ」

術理魔法の「透視（スルーアイ）」で雪ドームの厚さをチェックしたから間違いない。

「後は中に七輪と藁（わら）で編んだ敷物をセットして完成ね！」

休憩して少し復活したアリサが宣言する。

なかなか渋いチョイスだ。

◆

「みんな、お待たせ」

お盆を持ったルルがこっちに来る。

「良い香りだと告げます」

「甘い匂い～？」

「ぜんざい、なのです！」

「お汁粉？」

「ミーアちゃんが正解。今日作ったのはお汁粉よ。次に作る時はぜんざいにするわね」

かまくらの中で七輪の火に手を翳していた年少組とナナに、熱々のお汁粉を配る。

「ご主人様もどうぞ」

「ありがとう、ルル。一緒に火にあたるかい？」

座る場所をずらして、敷物を半分空けてやると「はい、お邪魔します」と言っていそいそと腰掛ける。

「なかなか広いですね」

お汁粉の鍋を持ったリザが続く。

「中で火を焚いたりして、雪の天井が溶けないのですか？」

「このくらいなら、大丈夫だよ。溶けた後にすぐに周りの寒さで凍るから」

　リザが当然の心配をしたので、大丈夫な理由を説明してやる。

「あまうま」

「とってもデリンジャラスなのです」

「ん、美味」

　年少組がお汁粉に舌鼓を打つ。

「あら？　お汁粉にお餅は入れないの？」

「手持ちの焼き網がなくて、ご主人様に出してもらってから焼こうと思ったの」

　アリサの問いに、ルルが申し訳なさそうに言う。

「お餅？　お汁粉は白玉じゃないのか？」

　オレはストレージから焼き網と切り餅を取り出す。前に搗き立てのお餅だと焼いても膨らまなかったから、わざわざ乾燥させたヤツだ。

「別にそういうルールはないわよ。好きな方でいいんじゃない？　わたしも暑い季節は白玉だった覚えがあるし」

「ふぅん、そういうものなんだね」

　うちの妹が白玉派だったので、なんとなくお汁粉は白玉を入れていた。

「ご主人様、白玉を用意しますか？」

「いや、お餅でいいよ。特にこだわりがあるわけじゃないから」

「だったら、人数分のお餅を焼きましょう」

「七輪でそんなに同時に焼けないよ。順番で」

同時に焼けるのは五個くらいだね。

なので、年少組とナナの分から焼く事にした。

「ぷく～」

「ポチも膨らむのです！」

タマが焼き網で膨らむ餅に対抗して頬を膨らませると、ポチも対抗して鼻を押さえて頬を膨らませた。

「ぶはっ」

変顔をする二人に耐えきれなくなったアリサが吹き出す。

「ちょっ、変顔は反則よ」

「面白い～？」

「ポチは変顔のプロなのですよ！」

アリサに受けたのが嬉しかったのか、タマとポチが本格的な変顔でアリサを笑わせる。

「可愛いけど、それよりもお餅が焼けたよ。一番は誰からだい？」

「私」

「では私は二番だと告げます」

「タマ三番～」

「ポ、ポチは四番、なのです」

出遅れたポチがちょっと焦り顔だ。

オレは菜箸で摘まんだ餅をそれぞれの椀に入れてやる。

「アリサは？」

「い、いる——はぁはぁはぁ、笑いすぎて横っ腹痛い」

息も絶え絶えのアリサが手を上げて五番手を主張した。

オレはアリサに最後の一つを入れると、自分達の分を焼く。

「おいし」

「イエス・ミーア。餅に絡んだ汁粉が美味だと告げます」

「あまうま」

「とってもとってもデリンジャラスなのです」

「うんまい」

皆が口々に喜びの声を上げる。

「よく噛んで食べるんだよ。慌てて咽に詰めないようにね」

焼き網の隙間でスルメを焼いて、熱燗と一緒に食べたい気もするが、昼間っから飲むのもだらしないので誘惑に耐えて、子供達のお代わり用の餅を焼いた。

「はい、ルルとリザの分」

「「ありがとうございます、ご主人様」」

リザが残り少なくなった汁粉の上に載った餅を見て困った様子だったので、冷めないようにストレージに収納していた鍋から汁粉を足してやる。

「ご主人様、わたしも」

「タマも～」

「ポチだってお代わりが欲しいのです！」

「サトゥー」

「マスター」

「はいはい、順番にね」

この分だとすぐになくなりそうだ。

あんまり食べるとお昼が食べられなくなりそうだし、鍋が空いたら終わりにしよう。

「うん、かまくらで食べる餅入り汁粉は美味しいね」

「はい、ご主人様。とっても美味しいです」

直向きに食べる子供達も可愛いけど、伸びる餅に目を丸くするリザも可愛い。

ルルやナナも美味しそうにしている。

「ご主人様、この後は街に聞き込みに行くの？」

伸びるお餅との格闘に勝利したアリサが、お茶で一服した後にそんな事を尋ねてきた。

「いや、このロッジを拠点にして、遠くから確認しようと思う」

せっかくの雪景色だし、しばらく遊びたいのが本音だ。

「それでいいの？」

「ああ、ここから調べた限りだと、緊急性の高い状況じゃなかったからね」

「そう？　それなら安心して遊べるわね」

アリサがそう言うと、タマとポチがお汁粉から伸びる餅を咥えたままキラキラした目を向けた。

その目は「次は何して遊ぶの？」と雄弁に語りかけてくる。

「そうね～」

アリサが腕組みしてちょっと焦らす。

タマとポチが餅を呑み込むのを待って言葉を続けた。

「よし！　これ食べたら、次はソリで遊びましょう」

「ソリならポチが引っ張るのです！」

「タマも～？」

「あはは、雪ぞりは引っ張るんじゃなくて、上に乗るのよ」

ポチとタマなら、犬が引くよりも速く雪ぞりを引きそうだけど、さすがにそれは遊び方が違う。

お汁粉を食べ終わったオレ達は、かまくらを出てウィンタースポーツに勤しむ事にした。


「速い速い～」

「ポチは風になるのです！」

タマとポチが板を削って作ったソリで斜面を滑る。

「スピードの出し過ぎは注意しなさいよ！」

「にゃはは～」

「スピーディーなのです！」

アリサの注意も聞いていない。

「――あ」

曲がり損なってポチが雪に突っ込んで止まった。

タマも急旋回のせいで、バランスを崩して雪にズボリと埋まる。

「にゅ」

「ぷっはー、なのです！」

雪から頭を出したタマとポチが、お互いの顔を見て笑い合う。

どうやら、雪に埋まるのが楽しかったらしい。

「もう一回なのです！」

「おう、いえすぅ～」

ぷるぷると雪を払うと、タマとポチがソリを掴んで元気に雪を掻き分けて戻ってくる。

「ふぅ、ちみっ子の元気にはついていけないわ」

「ん、元気」

さっきまで一緒にソリをしていたアリサとミーアがソリをザブトン代わりにして座る。

「もう疲れたのか？」

「滑るのは楽しいけど、斜面を戻ってくるのが大変なのよ」

「こっちの緩やかな面で滑れば？」

「えー、そっちはソリで滑るには緩やかすぎるわ」

なかなか注文が多い。

「マスター、この遊具に興味があると告げます」

ナナがウッドデッキに立てかけておいたスキー道具に興味を持った。

「なら、スキーをやってみるかい？」

緩やかな方の斜面なら、スキー初心者が慣れるには丁度良いだろう。


「マスター、装着完了と告げます」

「ん、ばっちり」

現代風スキーウェアに着替えてきたナナとミーアが、スキー板を装備してポーズを決める。

スポーツ雑誌の表紙を飾りそうな可愛さだ。

「うん、金具はちゃんと締まっているし——おっとスキー靴の紐が少し緩いよ」

「きつい」

「うん、でもちゃんと縛らないと脱げたり怪我をしたりするから」

骨折しても治癒魔法ですぐに治るけど、わざわざ痛い思いをする事もない。

「ご主人様、ちょっと手伝って」

アリサはルルとリザのスキー板の装着に苦労していた。

「ああ、靴の裏に雪が入ってるんだよ」

コンコンと靴の側面を叩いて雪を落とし、装着させてやる。

「ポチとタマもおいでー！」

「何をしているのです？」

「スキーだよ。一緒にやろう」

「あいあいさ～」

「はいなのです」

まだソリで遊びたそうにしていたが、皆がスキーを装着しているのを見て興味を持ったようだ。

アリサと手分けして二人にスキー道具を装着させてやる。

「お揃い～」

「シャキーン――あわわ～なのです」

「うーっぷす～」

ポチがシュピッのポーズを取ろうとしてバランスを崩し、タマを巻き添えにして転ける。

「うげっ」

二人の下敷きにされたアリサが悲鳴を上げる。

「大丈夫か？」

「うい、なんとか」

スキーウェアに耐衝撃能力を追加しておいて良かった。

一応、木に激突しても大丈夫なようにしてある。

「アリサはスキーはできるのか？」

助け起こしながら聞いてみる。

「ボーゲンくらいならね」

「なら、大丈夫だね」

アリサを助手に指名し、異世界のスキー教室を開く。

カニ歩きから始まり、ボーゲンで真っ直ぐ滑るのを教える。

「足を八の字にして滑るんだ」

「八ですか？」

リザが首を傾げる。

そうか、異世界だと文字が違ったっけ。

「こんな形にするんだよ。止まる時は内側から外側に力を入れる感じでエッジ——ここね。ここを雪に押し込む感じで」

通じない単語はジェスチャーや実演で乗り切る。

腰が引けているルル以外は、わりと簡単にボーゲンをマスターし、プルークボーゲンで向きを変えながら滑れるようになった。

「スキーはとても楽しいと評価します」

「ん、同意」

ナナとミーアは基本に忠実に楽しんでいる。

「直滑降はなかなか速いですね」

「すぴーでぃ～」

「ソリより速いのです！」

「速度を出し過ぎるなよ」

その警告は遅かったようで――。

「にょあーなのです」

ポチがコブ状になった雪に乗り上げてバランスを崩し、漫画のようにゴロゴロと転がって雪だるまになった。

「だいじょび～？」

バランス感覚の良い忍者タマがポチを助けに向かう。

リザもコツを掴んだようで、熟練者のような滑りでポチのもとに向かった。

「アリサは滑らないのか？」

ルルをマンツーマンで指導している時に、アリサが最初の場所から動いていないのに気付いた。

「あー、うん。風向きがちょっと、ね」

――風向き？

アリサが顔を逸らしている。

「もしかして滑れない、とか？」

さっき「ボーゲンくらいなら」と言っていたはずなんだけど。

「今日はちょっと風向きが悪いから」

「なるほど」

どうしても風向きのせいにしたいらしい。

「なら、風向きが良くなるように、ルルと一緒に練習しよう」

「しゃ、しゃーないわね。ルルにお手本を見せてあげるわ」

「うふふ、ありがとう、アリサ」

強がるアリサに、ルルが慈母の微笑みを向けた。

初めの方に軽くやっただけの基礎をもう一度、今度は丁寧に教える。

「最初から上手くやろうとしないで、『転けてもいいや』くらいの軽い気持ちでやろう。雪も新雪で柔らかいから、きっと楽しいよ」

ポチなんて、わざとやっているんじゃないかというほど雪に埋まっているし。

「アリサ、腰が引けているよ」

オレは自分のスキー板を外し、アリサの傍に行って姿勢を正してやる。

「こ、こう？」

「そうそう、上手いぞ」

今日は余裕がないのか、いつもならセクハラ攻撃をしてくるシチュエーションでも、真面目(まじめ)にスキーの練習に集中している。

「うん、滑れるようになってきたね」

「自転車と一緒で、滑れるようになったら簡単ね」

「ご主人様のお陰です」

「もちろん、わたしも感謝しているわ」

練習の甲斐(かい)あって、二人もボーゲンで滑れるようになった。

オレも一緒に滑ろうと自分のスキー板を回収に向かう。

「あーれー」

すーっと滑らかな滑りでやってきたミーアが、目の前で棒読みの悲鳴を上げてポテッと転んだ。

「助けて」

「イエス・ミーア」

オレが助け起こすより早く、後ろから滑ってきたナナがミーアを引き起こす。

「違う」

ミーアがそっぽを向いた。

どうやら、オレに助け起こしてほしかったらしい。

「マスター?」

「ナナは悪くないよ」

ミーアの態度に首を傾げるナナの頭を撫でて慰める。

「サトゥー」

「はいはい、お姫様」

両手を広げて「さあ」と言いたげなミーアを抱き起こす。

「マスター、ミーアはお姫様ではないと告げます。ライブラリの禁則事項に登録されているのだと情報を開示します」

最初、ナナの発言がよく分からなかったのだが、ナナが合流したばかりの頃に、ミーアを「姫」呼びして本人から拒否されて呼び方を変えた事があったのを思い出した。

「そうだったね。ごめんごめん」

「イエス・マスター」

ナナが満足そうに頷く。

オレは二人を促して一緒に滑る。

「なかなか、良い雪だ」

久々のスキーを堪能するために、チートなスキル類や魔法は一切使っていない。

ニセコに負けないパウダースノーを堪能し、ミーアやナナと踊るようにシュプールを雪山に描いていく。

リフトがないので、帰りは「理力の手」で二人を持ち上げて天駆で戻る。

「リザ、速い～」

「負けてられないのですよ」

眼下を獣娘達が滑っていく。

「ぱられる～」

「るんるんなのです！」

タマとポチがロボットアニメのタイトルのようなセリフを言いながら、パラレルターンを決めている。高レベルで各能力値が高いお陰か、覚えが早い。

しばらく滑って満足したので、今度はスノーボードで遊ぶ。

「楽し」

「にゃはは～」

ミーアとタマはすぐにスノーボードをマスターした。

リザとナナはスキーの方が好みらしく、急斜面に作った上級者コースを堪能中だ。ルルは覚えたばかりのスキーを練習したいと言って初心者コースで滑っている。

「ポチは雪ぞりの魅力を再確認なのです」

「分かるわ。なんだか安心するのよね」

ポチとアリサがソリに回帰している。

「タマもやる～」

ソリの魅力にタマも陥落したらしい。

放置されたタマ専用ボードが、少し淋しそうだ。

「ご主人様、こっちの大きいソリは使っていいのです？」

「いいよ。それは大人用に作ったヤツだから、ポチ達なら二人か三人で乗れるんじゃないか？」

「面白そ～？」

「やってみたいのです」

「それじゃ、三人で乗ってみましょう」

タマ、アリサ、ポチの順で大人用のソリに乗って滑り出した。

「ご主人様！　パラレルターンができました！」

「おお！　凄いじゃないか」

ルルが満面の笑みで報告してくれる。

皆、覚えるのが早い。

「それじゃ、一緒に滑ろうか」

「はい！」

ルルを誘ったら、輝くような笑顔で即答した。

何度かコースを滑って慣れたあたりで、一緒に滑っていたミーアが言った。

「競争」

「イエス・ミーア、負けないと告げます」

「いいでしょう。負けませんよ」

フライングで滑り出したミーアを、ナナとリザが追う。

「行こう、ルル」

「はい、ご主人様！」

オレもルルを誘って滑り出す。

「タマ、ポチ、追うわよ！」

「がってん～」

「ショーチノスケーなのです！」

昭和チックな言葉で応(こた)える声が後ろから聞こえてくる。

「ポチタマエンジン全開！」

「にゅおあ～」

「うぉおおおなのです！」

後ろから雪煙を巻き上げて、アリサの乗ったソリが追いついてくる。

スノーモービル顔負けのポチタマ・ツインエンジンを搭載する高性能ソリだ。

二人の蹴(け)り足(あし)の力は雪を吹き飛ばしてしまって上手く推力に繋(つな)がっていないらしく、見た目ほど速くなさそうだ。

「ルル、先に追いつかれた方が負けだよ」

「ご、ご主人様、待ってくださいー」

普通に滑っても追いつけそうにないだろうけど、せっかくなので楽しむ事にした。

「ヤバい！　相手がスピードアップしたわ！」

「待て待て〜」

「ポチ達も、たーぼぶーすと全開なのです！」

後ろを振り向いたら、タマとポチが急加速するのが見えた。

どうやら、瞬動を重ねたらしい。

「ご主人様！」

ルルが必死な声でオレを呼ぶ。

——あれ？

足が下に引っ張られるような錯覚のあと、オレの身体は空中に投げ出された。

「きゃあああああ」

宙を舞うルルが悲鳴を上げる。

どうやら、オレ達の滑っていた雪は、崖からせり出した雪庇のような場所だったらしい。

崖っぷちまで一〇メートル以上あったから油断した。

下まではかなり高さがある。

「ルル！　手を伸ばして」

「ご主人様」

ルルが懸命に伸ばす腕を掴む。

そのまま抱き寄せて天駆を発動した。

「のわああああああ」

どうやら、アリサ達のソリも止まりきれずに崖からダイブしたらしい。

——ＬＹＵＲＹＵ。

ポチのペンダント「竜眠揺篭」で眠っていた幼竜のリュリュが飛び出して、後ろ足でポチの両肩を掴んで懸命に引っ張る。

見上げた視界に、アリサがソリと一緒に消えるのが見えた。

レーダーの光点からして、ソリと一緒に「帰還転移」したようだが、ポチとタマはそのまま落下中だ。たぶん、ソリから手を放したから、魔法の範囲外に出てしまったのだろう。

——ＬＹＵＲＹＵ。

リュリュの力では、ポチを持ち上げられないらしい。

「大丈夫なのですよ。——空中キーックなのです！」

ポチが空中を蹴って減速し、体勢を立て直すのが見えた。

「くるりんぱ～」

タマは忍者らしく、ムササビのようにマントを使って空中を滑空し、崖の下に降り立った。

ポチが空歩を使ってタマの傍に着地する。

「たわいなし、なのです」

ポチが地上でシュピッのポーズを取った直後に、上から降ってきた雪に呑まれて斜面を転がっていった。実に、ポチらしい。

――ＬＹＵＲＹＵ。

リュリュがそれを追いかけていく。

ちなみにタマは素早く回避して無事だ。

まあ、ポチの方も楽しそうな悲鳴が聞こえてくるから大丈夫なんだろうけどさ。

オレはポチを回収しようとマップを開く。

――おや？

ポチが流されていった方向に現地人の子供がいるようだ。

『ポチ隊員、君に緊急指令だ』

オレは「遠話（テレフオン）」の魔法で絶賛滑落中のポチに指令を伝えた。

幕間：雪国の娘

あたしはキウォーク王国の北西にある雪崩村のクピネ。

シガ王国から来る行商人のポンタさんは、この国の事を雪と樹氷の麗しき王国なんて呼ぶけど、寒くて貧しいだけの小さな国だ。

隣のコゲォーク王国とは仲が悪くて、数年おきに戦争をしている。

あたしのお祖父ちゃんも、お父さんも、お兄ちゃんも兵隊として連れていかれて帰ってこなかった。

「お姉ちゃん、狩りなんてダメだよ」

「そうだよ、クピネ。一人で狩りになんて出かけたら、雪豹に喰われちまうよ」

「ごめんね、吹雪がやんだ今しかないの」

妹や祖母が引き留めるが、あたしに選択肢はない。

隙間風の吹き込むこの家には、短い春に摘んだ山菜の漬け物どころか、干し肉も干し魚も雪野菜さえも残っていない。あるのは旅のお姉さんから貰った塩だけ。

ヤクを飼っていた頃ならミルクがあったけど、二年も続く長い冬の間に全て処分してしまった。

この三日間、水しか飲んでいない身体からは力が抜け始めている。

今のうちに何か食料を手に入れないと、遅かれ早かれ餓死は免れない。

雪兎(ゆきうさぎ)なんて贅沢(ぜいたく)は言わない。

霧虫や栗鼠(りす)、雪の下の雑草でもいいから、何か採ってこないと。

凍り付いた扉を蹴り開け、あたしは雪の中に足を踏み出した。

――シロ、しろ、白。

いつもの光景の中、遠くに見えるキウォーク山を目印に進む。

「あ！　樹氷草だ」

この草は食べられないが「れんせー」に使うとかで、行商人のポンタさんが高く買ってくれる。

ポンタさんが来る春まで生きていられたら、保存食と交換してもらおう。

あたしは思わぬ収穫物に、運がいいと笑みを漏らす。

この運を生かして、何か食べられるものを見つけなきゃ。

――ユキ、ゆき、雪。

かんじきを履いていても、粉のように柔らかい新雪はあたしの足を呑み込んで、なけなしの体力を奪っていく。

雪の向こうに、小さな白い影が動くのが見えた。

もしかして、雪兎？

今日のあたしは本当に運がいいみたいだ。

あたしは期待を込めて、背負っていたお父さんの形見の短弓を手に取る。

ドサリと音がして、近くの木から雪が落ちた。

――バカ！　雪兎が逃げたらどうするのよ！

あたしは心の中で悪態を吐きながら、短弓に手作りのボロ矢をつがえた。

白い影が見えた場所で、雪が跳ね上がる。

――逃がさない！

反射的に駆け出したあたしの視界に映ったのは、白い雪の中に見えたピンク色の三角形。

跳ね上げられて舞い散る雪と白い靄のような湯気が、ピンクの周りで揺らめく。

――ヤバい。

そう気がついた時は、もう手遅れだった。

雪の中から身を起こしたのは、真っ白な雪色の獣。

それも雪豹すらエサにする、雪原の覇者――噴進狼。

雪崩のような音を立てて背後の雪を吹き飛ばし、瞬き一つの間に目の前に現れた。

――ＰＨＹＵＳＷＹＵＲＵＵＵＵＵ。

生暖かく臭い息が、腰を抜かしたあたしの顔に吹き付けられる。

鋭い白い牙から垂れた滴が、雪に深い跡を残した。

――ああ、あたしはここで終わる。

妹やお祖母ちゃんや病気のお母さんを残して逝くのは心配だけど、この苦しみだけの生から逃れられるなら、それも悪くない。

そんな諦めの心も、顔の上に落ちてきた温かい涎で吹き飛んだ。

――死にたくない、シニタクナイ、しにたくない！

「だ、誰か、助けてぇえええええええ！」

「はい、なのです」

――え？

雪の国

〃サトゥーです。雪国の友人が「旅行で来るのはいいけど、住むのはオススメしない」と言っていました。もっとも、雪や寒さに関する愚痴をたっぷり聞かされた後に、雪国ならではのエピソードを饒舌(じょうぜつ)に語っていたので、故郷の事は大好きなのでしょう。〃

「……ここは天国、ですか？」

ベッドの上で目を覚ました少女が呟(つぶや)く。


＞「東方諸国共通語」スキルを得た。


新しいスキルを得たが、シガ国語の方言のようなので普通に意味が分かる。

スキルを有効にする気はないが、ニュアンス補正用に「翻訳：下級(レッサー・トランスレート)」の魔法を発動しておこう。

「……あの？」

少女が戸惑いながらオレを見上げる。

この子はキウォーク王国の雪山で大型の魔物、噴進狼(ロケット・ウルフ)に襲われていたところをポチが助けた村娘だ。

毛織物で作られた彼女の服は噴進狼の血で汚れたので、今は白い木綿のワンピースを着せてある。

山で遭難していたのか飢餓状態の上に酷く衰弱していたので、栄養補給用の魔法薬を飲ませて雪山のロッジに保護して寝かせていた。

先ほどまで、寝ぼけ眼でベッドの感触を楽しんでいたようだが、ようやくちゃんと目が覚めたらしい。

「違うよ。ここは君の村の近くにある山小屋さ」

「——山小屋、ですか？」

翻訳魔法の効果なのか、方言っぽかった彼女の言葉が普通に聞こえる。

方言は方言で可愛かったけど、わざわざ魔法をカットする必要はないだろう。

「雪の中で倒れていたんだ」

「あ！」

勘違いが解けたのか、少女がベッドから慌てて身を起こそうとして貧血を起こす。

オレは素早くそれを支えてやりながら、少女の背にクッションを重ねて座らせてやる。

「とりあえず、これでも飲んで落ち着きなさい」

「美味し……夏の蜂蜜水みたい」

オレが差し出したゆず茶を、少女は宝物のようにゆっくりと口にする。

これはゆずのマーマレードをお湯で溶いた甘いお茶だ。

お汁粉のお鍋は既に空だったので、今回はこちらを選んでみた。

「ルル特製ミルク粥を持ってきたわよ！」

「餡掛けはんばーぐも～？」

「やっぱり肉は必要なのです！」

――ＬＹＵＲＹＵ。

「ん、白パン」

少女がゆず茶を飲み干した頃に、年少組が食事を持ってやってきた。

一時間ほど前に飲ませた栄養補給剤で胃は落ち着いていると思うが、さすがに肉はキツイだろう。

しかしそんな心配は不要だったらしく、少女は見る間にミルク粥を平らげ、白パンの柔らかさに驚きながらも、小さな餡掛けハンバーグを興味深そうに口に運んでいた。

なお、このハンバーグに使った肉は少女を殺そうとした噴進狼のモノだ。

前にも食べたけど、肉食獣のくせに臭みのない牛肉のような味をしていたので、獣娘達を始め皆が絶賛していた。

この国には少なくない数が繁殖しているようなので、後で全滅しない程度に狩り尽くそうと思う。

「ふぅ、こんなに食べたのは三年前の収穫祭以来だぁ」

食事を終えて満腹になった後、少女が思い出したように謝罪の言葉を口にし、続けてオレとポチに礼を告げた。

「あ、あのお礼も言わずにガツガツ食べちゃってごめんなさい。助けてくださってありがとうございます。あたしは雪崩村のクピネっていいます」

「オレはシガ王国のサトゥーだ」

彼女を村に送ったら、もう会う事もないだろうから、爵位や家名については口にしなかった。

「え～、そこは越後のちりめん問屋の隠居って言ってほしかったわ～」

「ちりめんじゃこ～？」

「ポチは魚より干し肉を解したヤツの方が好きなのです」

「紫蘇ふりかけ」

アリサの言葉を勘違いした年少組が、変な方向に脱線している。

「あ、あの。お兄さんは奴隷商人さんなんですか？」

「いや、違うよ。ただの旅人だ」

オレが否定するとクピネががっかりとした表情になる。

好んで身売りするとも思えない――ちょっと気になって彼女の村を範囲検索してみる。

――なんと、村の九割が飢餓状態だ。

到着時にマップ検索した時は、疫病で絞ったから気付かなかった。

しかも、この国の王都とその周辺を除く多くの村で同じような状態だ。昔のムーノ領を思い出す。

どうやら、身売りしてでも食料を入手しないとヤバい状態らしい。

「何か困っている事があるなら言ってごらん？　力になれるかもしれないよ？」

オレの言葉に逡巡していた少女――クピネだが、背に腹は代えられないとでも思ったのか、村の窮状を語り、少しでも良いから食料を分けてほしいと訴えてきた。

「お願いします！　村にはお金なんてないけど、あたしを含めて未婚の娘が九人います。シガ王国で奴隷として売り払ったお金で食料を――」

――あれ？

奴隷商人だっていう誤解は解いたはずなんだけど、クピネはまだ信じてくれていないようだ。

「落ち着いて。身売りなんてしなくていい。とりあえず手持ちの余分な食料を持って君の村に行こう」

オレはまずそれをクピネに伝えた。

「でも、村にはお金が――」

「お金なんて必要ないよ。困っている人に施すのが家訓なんだ」

「家訓、ですか？」

「そうそう。だから心配しなくていい」

我ながら適当だが、詐術スキルのお陰か、クピネを信じさせる事ができた。

「それじゃ、ご案内します！」

クピネが勢いよく立ち上がる。

「待って、今は無理だ。日も暮れたし、それに外は凄(すご)い吹雪だ」

オレにはマップがあるけど、さっきみたいに雪庇(せっぴ)を踏み抜いて滑落したら危ない。

何より、健康とは言いがたいクピネに無理をさせるのは避けたい。

「日が昇ったら行こう」

「分かりました。ありがとうございます、サトゥーさん」

安心したのか、それともお腹(なか)がいっぱいになったからか、眠そうな雰囲気になったので、そのまま寝かせる。

翌朝、雪が小降りになるのを待って、仲間達と一緒にクピネを連れて雪崩村へと向かう事にした。

寒さに弱いリュリュはロッジを出た途端、ポチのペンダント「竜眠揺篭(ドラゴン・クレイドル)」に逃げ込んでいた。

村までは距離があったので、遊び用に作ってあった雪上船を移動に使う。氷で作ったカヌーのような本体に、三角帆で風を受けて進むのだ。

「速い～」

「ポチは風になるのです！」

「うっひゃ～、ちょー怖い」

「ん、迫力」

うちの子達には大受けのようだが、クピネは予想以上の速さに顔が引きつっていて無言だ。

移動中に樹上から雪豹(ゆきひょう)が襲ってきたが、雪上船の速さを見誤って後方に着地していた。

まあ、この速度差なら追いかけてこられないだろう。

やがて、雪の中にポツポツと家が見えてきた。

遠間に見える雪崩村は山の斜面に広がる七〇人ほどの小さな村だ。

雪に埋もれた平屋の家には大きな畜舎が併設されているが、そこに家畜がいる家は一軒もない。

村は男手が少なく、女性が八割を超えている。たぶん、出稼ぎにでも行っているのだろう。

村長の家に着く頃には、空からはらはらと雪が降り始めていた。

◆
「あたしの家はあそこです!」

村に入った所で雪上船の帆を畳み、クピネの家までロープで引っ張っていく。

家の近くに大きな木が何本かあるから、あれに雪上船を固定しておこう。

「なんだか積雪で潰れそうね」

アリサが雪がこんもりと積もった屋根を見上げる。

「クピネ、雪下ろししないでいいの?」

「この間まで吹雪が続いてて、外で作業できなかったの」

クピネが「後で妹とやります」と恥ずかしそうに続けた。

「だったら、ポチが手伝ってあげるのです!」

「タマもお手伝い～」

「あはは、ありがとう。でも、雪は重いの。小さい子には無理だよ」

「そんな事ない～?」

「そうなのです! ポチ達は力持ちなのですよ!」

ポチが力こぶを作ってみせようとするが、もこもこの防寒具が邪魔して分からない。

まあ、防寒具がなくても分からないだろうけど。

「ポチ、それは後になさい。まずは、食料を運び込みましょう」

「あ、ごめんなさい」

リザがそう言ってクピネを促す。

「ただいま、今帰っ――」

「おねぇえちゃん！」

「――ぐはっ」

クピネが扉の手前の雪を掻き分け、木戸を開けた途端、中から弾丸のような勢いで誰かが飛び出てきてクピネを雪の上に押し倒した。

「心配したんだから！　日が暮れてもお姉ちゃん帰ってこないし、外は吹雪いてくるし！」

「ただいま、コプネ。心配掛けてごめんね」

クピネを押し倒したのは彼女の妹らしい。

「おやまあ、お客さんかい？」

「うん、あたしの恩人なの！」

「それはそれは、何もない家だけど、せめて火に当たっていってくだせ」

お祖母さんに招かれて家に入る。

入ってすぐの土間の向こうに、フローリングになった八畳ほどの部屋があり、その奥に誰かが伏せっているようだ。

「お母さん、身体の具合はどう？　サトゥーさんが食料を分けてくれたから、何かお腹に溜まるモノを作ってあげるね」

「ごはん？　ねぇねぇ、お姉ちゃん、ごはんがあるの？」

クピネの言葉に、伏せった母親ではなく妹がハイテンションで反応した。

「娘――あの子達の母親は病に伏せっておりますが、離れていたら感染らないから安心してくださせ」

お祖母さんによると、母親は「雪棘熱」というごく普通の流行病で、毎年、この時期になったら流行るそうだ。

雪棘熱は大体の者が熱を出し、身体のそこかしこに棘が刺さったような痛みが現れるのが特徴で、それ以外は鼻水や咳、くしゃみなど、よくある風邪と変わらない感じらしい。

まあ、そのくらいの病なら預言の対象になる事もないだろう。

「今年はいつもより早いとか、感染が広がっているとかはありませんか？」

「いんや、いつも通りだから心配せんでよか」

例の預言に関連するのかと思ったけど、それは気負い過ぎのようだ。

「薬があるので使ってください」

「サトゥー」

感冒全般に効く薬を出したら、ミーアに袖を引かれた。

「治せる」

「魔法でかい？」

「ん」

「なら、栄養補給してから癒(い)やそうか」

「あ、あの」

ミーアと打ち合わせをしていたら、母親に声を掛けられた。

「見ての通りのボロ屋ですので、そんな高価なお薬のお代は、とても……」

「大丈夫ですよ。ただのお節介ですから、お代はいりません」

なおも遠慮する母親だったが、アリサが「貴人の義務、ノブレス・オブリージュってヤツよ！」

とドヤ顔で告げたら、勢いに負けたのか母親もおずおずといった感じで頷(うなず)いていた。

皆、好きだよね、ノブレス・オブリージュ。

「さてと――」

母親の体力が下がっているので、ミーアの「病気治癒(キュア・デシーズ)」の前に、栄養補給魔法薬を飲ませようとしたのだが――。

「ごほごほっ――ごめんなさい、高価なお薬なのに」

「病気で咽(のど)が荒れているんですね」

母親が咳(せ)き込んで魔法薬が飲み込めずにいた。

「ミーア、治癒魔法を使って」

「むぅ？　治癒？」

「うん、病気治癒の魔法じゃなくて普通のヤツ」

「なるほど、治癒魔法で荒れた咽を先に癒やすのね」

「納得」

ミーアより先にアリサが理由を察してくれた。

「■■……■　治癒：水（アクア・ヒール）」

「これが、治癒魔法？」

ミーアの魔法が発動するのを見て、クピネが驚きの声を漏らした。

「──凄い。息をするのも辛（つら）かったのに、痛みが全然ない」

「病気が治ったわけではありませんから、今のうちにこの薬を飲んでください」

栄養補給魔法薬を飲ませて少し待ってから、ミーアに病気治癒の魔法を使ってもらう。

「……■■■　病気治癒」

「──凄い。胸が軽くなりました。頭痛も悪寒もありません」

「完治」

ミーアがドヤ顔でピースサインをする。

「お母さん、ルルさんがシチューを作ってくれたの！」

クピネがシチューのお皿を母親の下へと持ってくる。

「まあ、具だくさんね。何から何まですみません」

「気にしなくて構いません。それよりもしっかり食べて元気になってくださいね」

母親が涙を流しながらシチューを食べる。

「さあさあ、あんた達も食べなさい！」

アリサが持ち前の明るさで、しんみりした場の雰囲気をリセットした。

「うわー、お肉やお芋が入ってる！　美味しー！」

「本当じゃな。なんのお肉かのぅ」

「噴進狼のお肉なのです！　とっても美味しいのですよ！」

「噴進狼？」

「お祖母ちゃん、死神狼の事だよ」

クピネが噴進狼の地元での呼び名を告げると、お祖母さんが目を丸くした。

「サトゥー様はお強いのですね」

「違うよ！　死神狼を倒したのはポチちゃん！　すっごく強いの！」

「そんなに褒められると照れちゃうのです」

ポチがくねくねと照れる。

「そうだ、クピネ。食料や薪はどこに置けばいい？」

「後で運ぶから土間のどこかで大丈夫だよ」

そういう話だったので、土間の端の方に積み上げていく。

「食料は保存の利くモノと塩を多めに置いておくよ」

「あ！　塩は大丈夫！」

「そうなのか？」

山村だし、海から遠いから不足しているかと思ったんだけど。

「うん、前に旅のお姉さんからいっぱい貰ったの」

そう言ってクピネが台所の物入れから、小枝を模した塩の塊を見せてくれた。

「わざわざ小枝に整形したの？」

「クピネ、ちょっと見せてもらっていいかい？」

「うん、いいよ。まだいっぱいあるから、欲しかったらあげるよ」

ポップアップされたＡＲ表示の詳細情報によると、これは「小枝を模した塩」ではなく、「小枝を塩に変えた物」だと分かった。

何かを塩に変える能力――オレの脳裏に、ヨルスカの街で使徒の天罰によって塩の像に変えられた「賢者の孫弟子」が思い浮かんだ。

彼も何かの力で塩像に変えられていた。

「アリサ――」

一緒に小枝を見つめるアリサに、その事を小声で伝える。

「つまり、使徒がこの村に来ていたって事？」

「可能性は高いね」

偶然、そっくりな力を持った別の人物だった、なんて可能性は低いだろう。

「その人は何しにこの村へ来たか言ってた？」

「うん、ザイクーオン神への信仰心を集めるために、旅をしているんだって言ってたよ」

「このお塩を使うたびに、ザイクーオン神へ感謝しなさいって」

なるほど、使徒らしい対価だ。

「善人っぽいわね」

「ああ、そうだね」

孫弟子の件を考えると、無礼者には厳しい感じだ。

出会ったら、なるべく穏便に声を掛けよう。

「それで使徒――その人は次にどこに行くか言っていた？」

「うん、他の村々を回ってから、王都に行くって」

分かっていたけど、マップ検索では使徒らしき姿はない。

「その人が来たのは最近？」

「先々月、くらいだったと思う。だよね、お母さん」

「そうだね。雪蕪が採れた頃だから、合っていると思うよ」

なるほど、既に使徒はこの国での信仰心ゲットを終えて次の国――恐らくはヨルスカの街へと移動してしまったのだろう。

ニアミスしたのは残念だけど、使徒の目的が分かっただけでも大収穫だ。

次は、クピネ一家の食事が終わったら、村長の家に案内と仲介をしてもらうとしよう。

◆

「サトゥー様、村人を代表してお礼申し上げます」

村長と村人達がオレの前で一斉に平伏する。

村人達の飢餓状態は栄養補給魔法薬と流動食で危機を脱し、動けるレベルの人達が村長の家に集まっていた。

十分な食料を提供してあるので、春までは大丈夫だろう。

ついでに病人がクピネの母親を含め何人かいたが、ミーアの魔法で治癒済みだ。感染爆発の元は潰しておくに限るからね。

「これは些少ですが、村人達から集めた品です。ぜひともお納めください」

村長が差し出した品は、様々な毛織物の衣装や小物、木彫りの置物や櫛、青銅製の剣や鏃などだった。

剣や鏃は独特の意匠の溝が彫ってある。

「変わった模様ですね。これには何か意味があるのですか?」

「これは雪豹や熊を倒す時に麻痺毒を塗るための溝です」

剣の柄につばがない独特のデザインで、柄に滑り止めを兼ねた彫刻が施してあるので、工芸品としても通用しそうだ。

「こちらの毛織物の柄も色々あるのですね」

「んだぁあ。織り方や刺繍で誰が作ったものか分かるんだぁあ」

しわしわのお婆さんが、刺繍を指でなぞりながら話してくれる。

代々家に伝わる模様があり、嫁入りまでの間に新しい模様を作るのが一人前の証になるらしい。

村の窮状を救って良かった。

こういう技術や文化は受け継がれていってほしいね。

村長の家に一本だけ残っていたというとっておきの甘芋焼酎を戴きながら、この国の事を教えてもらう。

「戦争ですか？」

「ええ、冬が続くこの二年ほどはありませんが、それまでは毎年のように隣のコゲォーク王国との間で戦があったのです」

戦争のたびに徴兵されるため、村の男達は年々減っていくのだという。

観光省の資料にも隣国との定期的な戦争の事が書いてあった。

「戦争がないのはええが、こう冬ばかり続かれちゃヤクの喰う草も育たん」

「ああ、川や池の魚も藻が育たんせいでいなくなっちまった」

「ほんの二ヶ月ほどじゃが、春や夏が恋しいわい」

そんな無茶な環境でよく二年も保ったものだ。

恐らく、冬が続くのは都市核の魔力分配が上手くいっていないからだろう。

村の畜舎が空なのは育てられなくなったヤクという家畜を潰して食料にしてしまったからだそうだ。

「この村はヨーグルト料理が美味（うま）くて王都でも有名だったんじゃ」

「サトゥー様にも食べさせてやりたいのう」

「ヤクの乳酒もじゃ」

マップで調べてみたら、キウォーク王国の外側にある魔物の領域に野生のヤクの群れがある。

現状では意味がないだろうが、この国の冬をなんとかできたら、ヨーグルト料理や乳酒も復活できるかもしれない。

観光大臣としては尽力したい所存だ。

例の預言に関係があるかは分からないけど、まずは冬が長期化している原因を調べますか――。

◆

「――雪像が食料を運んでくる？」

「なんだ、そのイカレたデマは」

キウォーク王国唯一の都市である王都キウォークの下町にある酒場では、そんな噂話（うわさばなし）がひそひそと交わされていた。

「食人藻（マーダー・ケルプ）ジャーキー以外のツマミが喰えるなら、デマでも縋（すが）りたいぜ」

「まあ、他に喰うもんがないとはいえ、正直なところ食い飽きたからな」

酔客達が言うように、この王都では近くの湖に生息する食人藻という魔物の死骸を食料にする事で飢餓から逃れていた。

王都の周辺の村や街道沿いにある街もその恩恵に与っているらしいが、全ての村々に配れるほどの収穫量はないそうだ。

「マズいしな」

「それでも喰えない辺境の連中よりはマシだろ」

「まったくだ。マズい食人藻に乾杯！」

しかも、食人藻はありていに言ってマズいので、王都の数少ない富裕層の人達は外国から輸入した食料を高額で買い求めているらしい。

食人藻はデミゴブリン並みに弱い魔物らしいが、冷たい水中に引き摺り込まれて命を落とす者も少なくないそうだ。

「おい、若いの」

噂話を聞きながら食人藻ジャーキーを肴に甘芋焼酎を傾けていると、酒場の主人が顎をしゃくって入口を見ろと促した。

入口から姿を見せた小男がオレの横に腰掛ける。

「桜」

「咲く」

符丁の言葉を聞いて、小男が小さく息を吐く。

この男はシガ王国の密偵で、キウォーク王国の情報収集を担っている。

宰相から教えてもらった方法で酒場の店主に接触して、彼を呼び出してもらったのだ。

「ここじゃマズイ、ついてこい」

小男と連れだって、酒場の裏口から出て細い路地を進むと、倉庫のような場所に辿り着いた。

倉庫には幾人かのガラの悪い男達がいたが、小男を一瞥した後はこちらに関心を向ける事もなく自分達の馬鹿話に戻る。

倉庫の地下にある小男の隠れ家に着いたところで、ようやく情報収集を始める事ができた。

「何が聞きたい？」

「この国の冬が続いている理由は知っているか？」

「下町の連中の話じゃ、隣のコゲォーク王国との境にある『死霊の谷』で『吹雪の精霊』と『氷厳の死霊』がケンカしているからだって言っている」

「へー、それはちょっと見てみたいな」

「おい、冗談を真に受けるな。本当は女王のせいだ」

この国は二年前の戦争で王を失ってからは、第一王妃が女王に即位して統治している。世継ぎにあたる第一王子はまだ九歳だ。

それにしても、「女王のせい」っていう事は、制御ミスじゃなくて都市核の力でわざと気温を下げているのかな？

「わざわざ冬を続ける理由は分かるか？」

「当初は隣のコゲォーク王国の侵略を防ぐためだったみたいだが――」

なるほど、豪雪で進軍不能にしたらしい。

なかなかファンタジーな戦い方だ。

「――今は金儲(かねもう)けのために変わったみたいだな」

小男が憎々しげに食人藻の粉末を溶かした白湯(さゆ)を飲み干す。

「どうやっているのかまでは調べがついていないが、冬を続ける事で氷石(こおりいし)を人為的に生産する事ができるらしい。その輸出で大儲けしているってもっぱらの噂だ」

なんでも、潜入調査担当の諜報(ちょうほう)員と連絡が付かないらしい。

氷石は冷蔵庫系の魔法道具(マジック・アイテム)や戦闘用の氷杖(こおりづえ)の素材に必要で、シガ王国で産出するのはセリビーラの迷宮と幾つかの山脈だけしかない。

産出量が少ない上に、安定した供給源がないので需要に供給が追いつかず、常に高値で取り引きされている。

「そんで、その主な輸出先は我らがシガ王国と東の果てにある鼬(イタチ)帝国さ」

なるほど、問答無用に冬を終わらせるのもマズイわけか……厄介だ。

「もう一つ聞きたいんだが――」

オレは預言の話を告げ、疫病の兆候がないかを尋ねる。

「いつもの流行病はポツポツ出ているようだが、特別広がっている様子はないぞ。その預言は初めて聞いた。この国にも神託の巫女はいるが、そんな預言が降りたなんて噂は聞いた事もない」

ふむ……地元で神託がないって事は、神託の場所がこの国じゃないって可能性もあるのか。

もっとも、この国以外はまだ雪の季節じゃないはず。ルモォーク王国あたりが来月くらいから冬になるくらいだ。

ここの冬問題が片付いたら、東方小国群にある他の国々を巡ってみるとしよう。

「そうだ。使徒について何か知らないか？」

「使徒？　昔話か？　それとも噂にあるザイクーオン神の使徒の話か？」

後者だと告げると、小男が彼の知っている噂について話してくれた。

「先に言っておくが眉唾物だぞ？」

小男がそう前置きしてから語った事を纏めると、人物像が聞く人によって大きく違う。共通しているのはザイクーオン神殿の法衣を着ている事と塩に関するエピソードを持つ事。

ヨルスカの街であったように天罰で人や魔物を塩に変えたり、クピネの村のように植物を塩に変えて施したり、霊験あらたかと言って岩塩を高値で売りつけたりするらしい。小男の推測では少なくとも最後のグループは、使徒の噂に便乗した詐欺師か悪徳商人の可能性が高いそうだ。

まあ、本物がいるとして、目的はザイクーオン神への信仰を高める事みたいだし、放置しても問題ないと思う。出会ったら、ちょっと交流してみるくらいでいいだろう。

「困窮する村につけ込んだ詐欺師はちょっといただけないね」

「そっちは心配要らん」

「国がなんとかするのかい？」

「いや、塩の専売商人達が賞金をかけたみたいで、賞金稼ぎ達が目の色変えて追いかけてるぜ」

なるほど、利権を荒らされた連中が怒っているわけだね。

他にも小男から王宮関係者や氷石を扱う商人の話を聞かせてもらった。

「情報感謝する」

活動資金の補充として、現金ではなく小粒の宝石が入った小袋を置き、サービスで数本の酒瓶と肴用の燻製肉とチーズを提供しておいた。

「おおっ、今までの連絡員と違ってあんた話が分かるぜ。食人藻と甘芋焼酎に飽き飽きしてたんだよ」

素で喜ぶ小男が、オマケの情報をくれた。

「王宮にちょっかい出すなら、氷の女王様より淡雪姫と冬将軍様に注意しな」

何だ？　その中二ネームっぽいのは……。

◆

「ご主人様、最後の村への食料配達終わったわよ」

「ん、完了」

「ご苦労様」

酒場で噂になっていた食料を運ぶ雪像の正体は、オレの作った雪だるまゴーレムとそれに指示を出すアリサとミーアの二人だ。

碧領の地下工場で量産した保存食が売るほどあるので、この機会に大量放出してみた。

これで当面の餓死者は出さなくて済むだろう。

「えもの〜？」

「大猟なのです！」

「ご主人様、噴進狼は数が少なかったので、灰色狼と黒牙熊を中心に狩り集めました。雪豹は毛皮を剥いで処置してあります」

続いてロッジに戻ってきた前衛陣から報告を受ける。

雪豹の毛皮は非常に手触りが良いので、後で全員分のコートを作ろう。

仲間達やアーゼさんの分は当然として、ムーノ領で留守番をしてくれているナナ姉妹やブライトン市の太守代理として活躍してくれているリナ嬢にも作ってあげよう。もちろん、セーリュー市のゼナさんやカリナ嬢を始めとするムーノ一家にも用意しないとね。

王都が寒くなるのはもう少し先だから、ヒカルやエチゴヤ勢の分は素材だけ確保しておけば十分だろう。さすがに、常夏のラクエン島や要塞都市アーカティアの子達には無用の長物か。

「ご主人様、山岳地帯の村を襲う氷翼禿鷲の群れは概ね駆逐しました」

「ワイバーンは飛空艇を見つけたら逃げてしまったと報告します」

ルルとナナは飛空艇で山岳地帯のパトロールをしてもらっていた。

「ありがとう、皆」

リビングで夕飯のお鍋をつつきながら、小男から得た情報を皆に伝える。

幼竜のリュリュはお腹が減っていないのか、暖炉の前で丸くなって眠っている。本当に竜は寝ぼすけだ。

「ふーん、なかなか複雑な事情がありそうね」

「ああ、これ以上は外からだと分からないから、乗り込んでみるよ」

「たのもーなのです！」

「先鋒はお任せください」

「タマは忍び込む～？」

「違うよ。シガ王国の観光大臣として表敬訪問するんだ」

言い方が悪かったのか、獣娘達が道場破り的な発想をしてしまった。

「全員？」

「いや、随員は二人くらいでいいよ」

交渉役と護衛役が各一人いれば体裁は保てると思う。

「行くメンバーは、わたしとリザさんでいい？」

「いや、亜人差別が少なくないから、アリサとナナを連れていくよ」

「イエス・マスター。マスターとアリサは私が守ると宣言します」

表通りや酒場で人族以外を見かけなかったからね。

マップ検索した限りでは王都人口の一割から二割は獣人なので、まったくいないわけじゃない。

「ふ～ん、差別なんてやーね」

「まったくだ」

その日の晩は明日(あした)着る衣装に、「精神干渉」「毒」「麻痺(まひ)」「呪詛(じゅそ)」の四種の状態異常に対抗する機能を盛り込んだ。

黄金鎧(よろい)に組み込んだ魔法回路(サーキット)の流用なので、朝までには余裕で組み込む事ができた。

やっぱり、物作りは楽しいね。

◆

「マスター、王城に到着したと告げます」

オレ達の乗るゴーレム馬車が、キウォーク王城の前の車寄せに滑り込む。

エントランスには数多くの使用人達が整列しており、その奥には文官や武官といった役人達や立派な服を着た貴族達の姿もある。

「凄(すご)い出迎えの数ね」

「歓迎されていると評価します」

今朝、王都の正門で来訪を告げ、その日の正午過ぎの訪問なのに、よくこれだけの人数を集めたものだ。というか、他国の貴族の出迎えにしてはちょっと人数が多いと思う。

「ドレスアップしてきて良かったわね」

「イエス・アリサ」

ちなみにオレは少し派手目の貴族服、交渉役のアリサはだて眼鏡に女性文官っぽい衣装、護衛役のナナは編み込み髪にサングラス装備のSP風ファッションに身を包んでいる。コーディネートはアリサとミーアの二人だ。

「馬車を放置してイタズラされないかしら？」

「大丈夫だろ。大臣の馬車に何かしたら、シガ王国に戦をしかけるようなものだろうし」

「分かんないわよ、ご主人様。自明の理さえ分からないような愚か者はどこの国にもいるんだから」

「イエス・アリサ。油断大敵、火がぼうぼうだと告げます」

「分かった分かった。まあ、御者ゴーレムも馬ゴーレムも戦闘はできるし、駐車場に移動したら自衛モードに移行させればいいよ」

どちらのゴーレムもレベル三〇くらいだけど、イタズラを防止するだけならこれで十分だろう。

「――うわっ」

オレ達が馬車を降りた瞬間、出迎えの人達が一斉に平伏した。

びっくりしたアリサが驚きの声を漏らし、ナナも無表情のまま反応に困っている。

「あれは――」

出迎えの人々が平伏した事で、彼らの奥にキウォーク王国の女王がいる事が分かった。

女王はアラフォーとは思えない爆乳美女で、胸元の主張が激しい立て襟の黒いドレスを着ている。

目下の者から歩み寄るのが礼儀らしいが、あまり早く歩を進めると軽んじられるそうなので、数拍ほど時間をおかねばならないらしい。このへんの作法は観光省の資料に書かれてあった。

「あれがペンドラゴン子爵、ずいぶん若いな……」

「閣下、声が大きゅうございます」

平伏する人達の間から、そんな私語が聞こえた。

たぶん、「聞き耳」スキルのあるオレにしか聞こえていないだろう。

「まったく、なぜ公爵長子たる私が、大国の貴族とはいえたかが子爵に跪かねばならぬのだ」

「ペンドラゴン子爵は大領ムーノの直臣にして太守就任も間近とか、しかもあの若さでシガ王国の大臣を務めるともなれば中央での影響力も絶大に違いありません。『魔王殺し』などという眉唾な噂もありますが、魔族を倒すほどの武人である話は確度の高いものです。その権勢は女王陛下と同等、あるいは勝ってございます」

へぇー、シガ王国の大臣や太守ってそんなに権勢があるのか……。

それはそうと、あの公子達には太守就任の話は届いていなかったらしい。まあ、雪深い山国だし、情報の伝播が遅いのも仕方がない事だろう。

「あの若造が、か？」

「御意。万が一、彼の勘気をこうむって軍を差し向けられたなら、我が国は早晩にも滅び、城門に首を晒す事になるでしょう」

おいおい、どこの戦国時代の話だよ。

そういうバイオレンスなのはノーサンキューです。

「だが、我が国には『冬の守り』がある。軍でいくら攻めようとも――」

「大国を甘く見てはなりませぬ。王国の西を守る『紅蓮鬼』殿やシガ八剣といった超常の者達がおります」

「我が国にも、将軍達や淡雪姫がおるではないか」

「残念ながら、相手にもなりますまい。彼らは一騎当千、魔族とすら互角に渡り合うのです」

「ま、魔族とか……」

紅蓮鬼って誰だ――って、思い出した。探索ギルドのギルド長の二つ名だ。

魔族と互角なのが高評価ポイントらしい。うちの子達だけでなく、今ならゼナさんやカリナ嬢だって下級魔族相手なら楽勝だと思う。

――さて、そろそろいいかな？

雑談の内容が興味深くて、予定よりも時間を置き過ぎた。女王の笑顔が引きつり始めている気がする。

優雅な所作を意識して一歩踏み出すと、女王がゆっくりと息を吐くのが見えた。

どうやら、余計なプレッシャーを与えてしまったようだ。

適度な位置まで進んでから、女王に挨拶する。

「シガ王国の観光省大臣、サトゥー・ペンドラゴン子爵と申します」

「キウォーク女王へイタナじゃ。ペンドラゴン子爵にはヘイタナと名前で呼ぶ事を許そう」

「光栄です、ヘイタナ陛下」

白い手袋に包まれた女王の手に、そっと触れるような口付けを行う。

それを盗み見た周りの人達が、安心したように緊張を解くのを感じた。

観光省の資料によると、東方諸国での目上の貴人に対する礼らしいので、オレが女王を上位者と認めた形になるので安心したのだろう。

なお、シガ王国では廃れた習慣らしい。

随員のアリサとナナを女王に紹介し、場所を城内へと移す事になった。

◆

「——なんて凄い」

女王への貢ぎ物を見た侍女の一人が息を呑む。

ここは謁見の間ではなく、女王の私室だ。

武官が二人、貴族が一人、ゆるふわ髪の令嬢が一人の計四人が女王の脇を固めている。

翠絹やシガ紬の反物にガラス細工、王都で大量に貰った美術品や絵画、他にも海魚やアワビの干物といった山間の国では珍しい食材なんかも贈ってみた。

中でもガラス細工の装飾品には、公都で大人気だったルーン光珠と同じ刻印魔法による彫刻を施して、疑似的な魔法道具に仕上げてある。

ちょっとした怪我(けが)を防いだり、雑菌や弱い病原菌から身を守ったりする程度の品だ。

仲間達の本気装備みたいに、ヒュドラの猛毒でも防ぐような一級品から見たら玩具(おもちゃ)みたいなものだが、アクセサリーの付加価値を増すだけのモノなので問題ないだろう。

なお、このへんの贈り物の選択はアリサとミーアとルルの三人に一任した。

「表敬訪問で、これほどの品を贈るとは……さすがは大領ムーノの直臣。ペンドラゴン子爵は大臣の他(ほか)に太守の任にも就いておられるのかや？」

貢ぎ物に気を良くした女王が、そんな風に話を振ってきた。

さっきの公爵長子は知らなかったようだけど、彼女はオレの太守就任を知っていたらしい。さすがに国のトップは、情報収集に力を入れているようだ。

「はい、先だってムーノ伯爵から、ブライトン市の太守に任じられました」

女王の傍らにいる人達が「太守」という事に驚きを表した。

「その若さで中央の大臣職に、太守、しかもセリビーラの迷宮で『階層の主(フロア・マスター)』なる強大な魔物を退治した武人であらせられるとか」

女王も先ほどの公子主従と同様に、「魔王殺し」を眉唾(まゆつば)だと思っているのか、そっちの称号は挙げてこなかった。

「もしや、ペンドラゴン子爵はシガ国王の縁の方なのでしょうか？」

「いいえ、私は平民出身の成り上がり者です」

女王の傍らにいたカイゼル髭の中年貴族――この国の宰相らしい――がオレに問いかけてきたので、即答で否定しておく。

素直に事実を告げたのに苦笑い付きで「ご冗談を」と言われてしまった。謎だ。

そこに茶器の載ったワゴンを押したメイド達が入ってきた。

「素敵な香りですね」

「ルモォーク産の青紅茶ですの。シガ王国のゼッツ伯爵領産と比べても遜色のない一級品ですのよ」

オレの褒め言葉に反応したのは、ゆるふわ髪の令嬢だ。

彼女はキウォーク王国の第二王女で、名をクリューという。王族で二一歳という年齢にもかかわらず独身で、童顔の巨乳美女だ。白いドレスの胸元はナナと同じくらいだろう。

また、和やかな雰囲気に反して、彼女はレベル三七の魔法騎士で、両手戦鎚、氷魔法、騎乗のスキルを持つ。

見かけに騙されたら、隙を突かれて一本取られそうだ。

「淡雪殿下はルモォーク贔屓ですな。他国の客人を歓迎するなら、自国の藻茶を出すべきではないか？」

「ガヌヌ将軍――」

筋肉質の赤毛将軍を宰相が窘める。

どうやら、クリュー王女が淡雪姫らしい。

シガ王国の諜報員が注意するように言っていた人物だ。

もう一人の軍人はこちらを観察するばかりで口を開こうとしない。

たぶん、彼が「冬将軍」と呼ばれていた人物だろう。

黒髪のやる気のなさそうな軍師タイプの軍人で、ベレー帽が似合いそうな印象の二九歳の男性だ。

『なんだか、戦場の魔術師とか二つ名が付きそうな雰囲気よね』

『銀河戦争系の？』

『うん、英雄っぽい伝説の』

お澄まし顔に飽きたのか、アリサが「遠話」で雑談を振ってきた。

前は音声会話しか送れなかったアリサも、最近では思念会話も送れるようになったようだ。集中しないと伝わらないらしいので、戦闘中や他の事をしながらは無理らしい。

周囲の様子を観察しながら、お茶に口を付ける。

お茶は美味しかったがお茶請けの菓子が砂糖でジャリジャリしそうな甘ったるい物だった。

この国は甘党が多いのか、宰相も赤毛将軍も美味そうに食べている。

「ペンドラゴン子爵は甘いのは嫌いかの？」

「いえ、美味しく戴いておりますよ」

「その割りに食が進まぬようじゃが」

「いえ、この国の新雪のように美しい菓子だと感心しておりました」

「ほほほ、子爵は口が上手い」

女王の追及を適当な言い訳で躱す。

無表情スキルの助けを借りて営業スマイルを貼り付け、甘すぎる砂糖菓子を口に運ぶ。

ああ、ジャリジャリする。甘い物は嫌いじゃないが、これは辛い。

「わたし達旅する者にとって雪は美しいだけですが、暮らしている方にとっては大変ではありませんか？」

「雪が続くと山村で暮らす民は狩りどころか家畜の世話すら大変そうですね」

アリサが「冬問題」に関する話の流れを作ろうとしてくれたので、それに乗っかる。

「わ、我が国の民は冬に慣れておりますから、ご安心ください」

「噂では例年になく冬が続いていると伺いましたが――」

宰相の言い訳に食いつく。

「ふふふ、子爵はお優しい。冬が続いているのは妾も承知しておるゆえ、宰相に命じて税や賦役の全免除を通達してあるのじゃ」

「は、はい陛下。申し出のあった村には食料援助も行っております」

女王の援護に、宰相が胸を撫で下ろす。

ふむ、税金や賦役の話は聞かなかったが、少なくとも食料援助があったようには見えなかった。

「陛下も宰相殿も甘い！　自助努力が足らぬのだ！　税や賦役を免除していてはいつまで経っても、戦支度が整わぬ。兵力さえ揃えば、『冬』などに頼らずとも忌々しいコゲォーク王国の蛮人など追い払ってみせる！」

「――ガヌヌ将軍！」

赤毛将軍の失言を宰相が窘める。

やはり、この国の「冬」は人為的なモノと考えて良さそうだ。

黒髪の冬将軍が苦々しげな顔を浮かべたが、オレの視線に気がついて顔を背けた。

赤毛将軍とは理由が違いそうだが、彼も「冬」によって隣国の侵略を防いでいる現状を良しとしていないようだ。

◆

「サトゥー様、シガ王国のお話を聞かせてくださいませ」

「王都ではどのようなドレスが流行なのでしょう？」

「女王陛下に贈られた翠絹を見せていただきましたけど、とても素晴らしくて感動いたしましたの」

「サトゥー様は海というモノをご覧になった事があるのですか？」

「砂漠という砂の海があると本に書いてあったのですが、本当なのですか？」

女王達との会談後に招かれた舞踏会で、オレは貴族令嬢や姫君達から質問攻めに遭った。

どの娘さん達も高価なドレスに立派な装飾品を身に着けている。

民が飢えに苦しんでいる割に、貴族達は羽振りがいいようだ。

「はいはい、離れて、離れて――」

「な、なによ、この小娘はっ」

過度なスキンシップを試みる令嬢を、アリサとナナが引き離してくれる。

「皆様、あまり子爵様を困らせてはいけませんよ」

女王が付けてくれた侍従が、適度なタイミングで娘さん達を解散させてくれたので、オレ達はようやくパーティーを楽しめる状態になった。

それにしても、田舎の小国とは思えないほど煌(きら)びやかなパーティーだ。

立食形式の料理が並ぶテーブルには、下町では見た事もないようなご馳走(ちそう)が並んでいる。

幾つか食べてみたが、地元の食材らしきガレットのヨーグルトがけやゴボウやニンジンを鳥肉で巻いたモノに甘酸っぱいソースを掛けたモノが美味かった。

他はシガ王国料理の下位互換みたいな料理でイマイチな感じだ。

素材の鮮度だけではなく、料理人自身が食材に慣れていないような印象を受ける。

「どうかな、子爵殿。我が国の料理は」

ワインを片手に声を掛けてきたのは、出迎えでオレの噂話(うわさばなし)をしていた公爵長子だ。

「とても豪華ですね。特にこちらの料理が素晴らしい」

「キウォーク雪鳥のゴボウ巻きとは随分鄙(ひな)びた料理が好みなのだな」

わりと好意的な感じだったので、この国の料理を褒めたのに「鄙びた料理」扱いをされてしまった。

彼は自国の料理が嫌いらしい。

「ええ、素朴ですが実に美味です。後で料理人にお礼を言いたいくらいですよ」

できれば、レシピや調理のコツなんかを教えてもらえると最高だ。

「そ、そうか……」

オレの返答に公子が毒気を抜かれた顔で頷く。

もしかしたら、オレを挑発したかったのだろうか？

「こんな所におられたか、子爵殿！」

野太い声で呼びかけたのは片刃の曲刀を手にした赤毛将軍だった。

少し顔が赤く、息が酒臭い。酔ってるみたいだ。

「子爵殿は幾つもの武功を誇ると聞き及びましたぞ！　我が剣舞の相方としてその武勇をお見せ願いたい」

赤毛将軍が鞘に入ったままの曲刀をオレに投げ渡す。

タイミングを合わせたように、彼の取り巻きがダンスをしていた人達を退けて剣舞の舞台を作り上げた。

ご丁寧な事に、オレと赤毛将軍が剣舞を行うと吹聴して回っている。

剣舞と言っているのに、まるで決闘の様相を醸し出しているのはなぜだろう？

今さら剣舞を断るのは無理そうだ。

「ナナ、アリサを頼むよ」

「イエス・マスター」

「アリサは周囲の観察を頼む」

「おっけー。ご主人様が負けるとは思わないけど、油断して怪我しないようにね」

「分かってる」

脱いだ上着をアリサに預け、会場を見回して情報を集める。

女王は能面のように無表情なので心情を窺い知れないが、宰相と冬将軍の二人と幾人かの有能そうな貴族は苦々しい表情をしており、淡雪姫や大多数の貴族は楽しそうな感じだ。

声援を聞く限り、赤毛将軍は軍人や金満貴族に人気らしい。

目が合った淡雪姫が「思いっきりやっちゃって！」と言いたげな顔をする。

――決闘じゃなくて、剣舞ですよ？

ジャンッと弦をかき鳴らす音から、楽団による勇壮な曲が始まる。

ミーアの曲を聞き慣れているせいか、なんとなく拙い感じだ。

「ゆくぞ、子爵」

「お手柔らかにお願いします」

曲刀を抜き、鞘を空いている手に持つ。

赤毛将軍は二刀流らしいので、鞘を盾代わりに使おう。

――ザザンッ。

揃って振り下ろされる二刀を、曲に合わせて曲刀で受ける。

しなる薄刃の刀だからか、受けた時の音が独特だ。

ザッと音が鳴るように絨毯の上に足を滑らせ、二刀を受け止めたまま、くるりと横に一回転して赤毛将軍の二刀を強くはね飛ばす。

彼が体勢を整えるタイミングに合わせて、曲刀をザ、ザンッと彼の刀にリズミカルに打ち当てる。

「き、貴様っ！」

剣舞なので実際の剣技のセオリーから外れた大げさな動きを試みたのだが、赤毛将軍には不評らしい。

アニメの「帰ってきた王様」の抜刀ダンスをイメージしてみたので、後でアリサに採点してもらおう。

少なくとも、会場の令嬢やメイド達には好評だったので良いだろう。

途中からは淡雪姫だけでなく、女王陛下も興奮気味に見ていたので見世物になった甲斐があるというものだ。

曲が終わる頃には赤毛将軍が息も絶え絶えになっていた。

寸止めのレベルを獣娘達基準にしたせいか、ちょっとストレスが大きかったらしい。

自分から言い出した剣舞なんだから、そんな仇敵を見るような目は止めてくれ。

「素晴らしい余興であった。ガヌヌ将軍とペンドラゴン子爵は共に国を代表する剛の者だ。褒美にこれを与えよう」

女王がオレ達二人を賞賛し、氷石の嵌まった腕輪を手渡す。

魔法道具の類いではないが、けっこうな価値がありそうだ。

赤毛将軍は女王の信奉者なのか、オレの事など脳裏から消し飛んだような顔で、受け取った腕輪を手にして感激している。

ススッと音もなく歩み寄ってきたメイドが、酒杯の載った盆を差し出す。

「お疲れ様でございます」

受け取った蜂蜜酒を飲み干し、空のゴブレットを返す。

蜂蜜酒には遅効性の麻痺毒が入っていたようなので、ゴブレットとメイドをマーキングしておこう。

なお、今日の衣装には「麻痺」を解除する魔法回路があるので、抵抗に失敗したところで脅威にはならない。

「子爵様、少しよろしいですかな？」

「もちろん、構わないとも」

オレは声を掛けてきたフードを目深に被った鼬人族の商人に笑みを返した。


「いつもそんな無粋なフードをしているのかい？」

「ご容赦を。我らの獣の顔が不快と仰る貴人がこの国には多いゆえ」

鼬商人と一緒に舞踏会場の外へ移動する途中で、目深に被ったフードについて質問してみたところ、そんな答えが返ってきた。

妙に滑舌が良いのが気になったので尋ねたら、鼬帝国のデジマ島にある交易人ギルドで人族の発声を学んだそうだ。シガ王国で会った鼬商人ホミムードーリ氏も、そこで学んだのかもしれないね。

「どこまで行くんだい？」

「もうすぐです」

暖かかった舞踏会の会場と違い、底冷えする石の回廊は健康な人でも半時間で風邪をひきそうな場所だ。

「ペンドラゴン閣下は、私ども鼬人が氷石の利権に大きく絡んでいる事はご存じですか？」

鼬商人がそんな話を切り出してきた。

「風の噂程度にはね」

回廊の向こうで不審な人の動きがあるのを、レーダーの光点が教えてくれた。

こんな場所で待機とは暗殺者もご苦労な事だ。

「あれをご覧ください」

回廊の途中で立ち止まった鼬商人が、小さなガラス窓の外を指さす。板ガラスを作る技術がないのか、丸いガラスの底をカットして繋いだ独特なガラス窓だ。

窓外に見えるのは雪景色。

雪に沈むキウォーク王都と氷に覆われた湖が見えた。

湖の中央には水晶のような巨大な岩石——いや、塔のようなモノが生えており、中から淡い光が漏れ出している。

オレは「望遠」スキルのお陰でよく見えるが、普通の人ならぼんやりとした光が見える程度だろう。

微かな物音が回廊の石柱の陰から聞こえた。

見え見えの襲撃者がそろそろ襲ってくるようだ。

「見せたいのはあの朧気な光か？」

「はい、あの光を発する塔こそが――」

鼬商人の言葉の途中で彼を突き飛ばし、オレ達を狙って飛んできた毒刃を、魔力を流したマフラーの一閃で弾き飛ばす。

「バカな」

「七つとも全て、弾くなんて！」

こちらに見せつけるように柱の陰から、襲撃者達が姿を見せた。

舌っ足らずで聞き取りにくい言葉はいつも通り、脳内補完で補正しておく。

五人の襲撃者達が、毒の滴る小剣を構える。

フードを目深に被った姿は鼬人族のように見えるが、ＡＲ表示によると中の人は鼠人族の男達だ。

所属は――。

「ペンドラゴン卿はご無事か！　者ども！　賊を一人たりとも逃がすな！」

「「応」」

回廊の反対側から異様にタイミング良く、赤毛のガヌヌ将軍が兵士達を率いて姿を現した。

不利を悟った襲撃者が、侵入に使ったらしき回廊の柱の陰にある穴から逃亡を図る。

マーカーを付けてあるのでどこに逃げようと同じだが、捕まえに行くのが面倒なので、礫を放って襲撃者の一人を行動不能にしておく。

「こいつを地下牢に入れて尋問せよ」

赤毛将軍の連れた兵士が行動不能にした襲撃者を縛り上げて連れていこうとする。

おっと、このままだとマズイ。

「ペンドラゴン卿、お怪我はありませんかな？」

「ええ、私は大丈夫です」

白々しい笑顔で、オレの視線から襲撃者を隠すようにする赤毛将軍に首肯する。

「待て、その男に少し用がある」

「ペンドラゴン卿、賊に近寄るのは遠慮してもらおう」

襲撃者を連行しようとする兵士を呼び止めようと一歩前に出るが、それを赤毛将軍が遮った。

「この手の暗殺者は暗器の類いを用いる。貴君は我が国の賓客、害される可能性があるのを見過ごせぬ」

「なるほど、それもそうですね――」

オレは手の中に出したキウォーク半銅貨を指で弾いて、襲撃者のフードを暴く。

「――鼬人かと思いましたが、鼠人だったようですね」

オレが爽やかな笑顔を作ってそう告げると、赤毛将軍がぐぬぬと言いたげな顔で「そのようですな」と言葉を絞り出して引き上げていった。

さて、一連の不可解な襲撃事件だが——。

襲撃してきた鼠人達の所属はキウォーク王国の汚れ仕事専門の亜人部隊だ。もっとも、通常の鑑定(アナライズ)スキルだと犯罪ギルドの所属に見えるようになっている。認識阻害アイテムと複数の所属を用いた所属偽装のようだ。

続いて、マップ検索したところ、地下牢には瀕死(ひんし)の鼬人が数人いた。

ここからは推測だが、赤毛将軍が襲撃者を捕らえた後、地下牢の鼬人達を獄殺して、オレの暗殺未遂犯は鼬人族だと持っていきたかったんじゃないかと思う。

赤毛将軍は鼬人族を王国から追い出して、氷石の利権を全て得るか、もしくは「冬」を終わらせて戦争を再開させるかのどちらかが目的だったに違いない。

ついでに麻痺毒で動きの鈍ったオレを助けて、恩を売ろうと思っていたのかもしれないね。

なお、オレに麻痺毒入りの酒を飲ませたメイドは、昏倒(こんとう)状態で貴族街の一角に監禁されていた。

お人好(ひとよ)しなお節介を焼く前に、するべき事を済ませよう。

オレは腰を抜かしたままの鼬商人に向き直った。

「さて、聞かせてもらおう。あの塔が何かを——」

◆

「ガヌヌに竜の尻尾を踏みに行かせたのは、あなたね？」

「私は何も指示していませんよ。それに、あの子爵があんな児戯に引っかかるとも思えません」

忍び込んだ冬将軍の部屋で、目的の人物と淡雪姫の会話が聞こえてきた。

「あら、ずいぶん彼の事を買っているのね？」

「成人したての平民が、大国の爵位を得、しかも中央の大臣にまでなりおおせているのです。そんな人間を過小評価するのは、愚か者のする事ですよ」

ちなみに、宴がお開きになった後、アリサとナナの二人は彼女達に割り振られた部屋に入った後、眠っているように見せかけて、仲間達の待つロッジに引き上げさせている。

襲撃事件があったので、二人とも引き上げるのを渋ったが、アリサが「遠見」でオレの行動を見守る事を許可して、なんとか納得させた。

「あなたは『冬』を終わらせたいと願っているかと思ったんだけど、違った？」

「女王に『冬』を献策したのは私ですよ？　辺境の村々を切り捨てる愚策と知っていながら、他の策を用意できなかった」

冬将軍が自嘲するように淡雪姫に言う。

「うちの軍は弱兵だものね」

淡雪姫がそう呟いて立ち上がる。

「『冬』が終わらないなら、この国にいても戦えないわね。こんな雪と氷の中で朽ちるくらいなら、子爵を籠絡して戦場のある国に連れていってもらおうかしら？」

「雪豹や噴進狼はお気に召しませんか？」

「もう飽きたわ。私は世界平和のために魔族と戦いたいの。勇者の傍らに立つのは無理でも、シガ八剣と拮抗するような武人になりたいのよ」

もっと享楽的な人物かと思ったが、淡雪姫には意外な目標があったらしい。

沈黙する冬将軍に、引き留めてほしそうな視線を送ったあと、肩を竦めて淡雪姫が部屋を出ていった。

冬将軍が陰鬱な顔で、甘芋焼酎入りの薬茶を呷る。

「……『冬』が敵を防げるのは楽観的に見てもあと数年。戦上手のコゲォーク王なら、必ず雪の中を進軍する手段を見つけるだろう。それまでに氷石を使った兵器を揃えるのは……」

「不可能かえ？」

「……陛下」

淡雪姫が出ていったのとは違う扉から、黒いドレスの女王が入ってきた。

色っぽい透け透け衣装を期待したが、胸元も大人しい実務用のドレスだった。

「貴族達の浪費する分を開発に回せれば、五年で定数を揃えられますが、今のままでは――」

「無理じゃな。今でも『冬』を否定する貴族は多い。金品による懐柔を止めれば、次期国王争いが激化して開発費どころではなくなろうぞ」

女王が茶器の横の甘芋焼酎をカップに注ぎ、優雅な仕草で飲み干す。

「コゲォーク王が侵略を止めてくれたら簡単なのじゃが――」

「無理でしょう。この国から流れる冷たい風が、あの国の草原を枯らします。『冬』でそれが加速している今、コゲォーク王が折れる事はないでしょう」

――ん？

この国の温度を年中春以上の温度にしたら、隣国との諍いも終わるんじゃないか？

「本当に策はないのかえ？」

女王の質問に、冬将軍が沈黙する。

ないと答えないのは、彼のプライドか、それとも――。

「ございます。ですが、それにはペンドラゴン卿の助力が不可欠です」

「言うてみよ。妾にできる事であれば、この身に代えてでも成してやろうぞ」

「湖に封印された強大な魔族を、彼と彼の家臣に討ち取ってもらうのです」

――湖に封印された強大な魔族。

実はその話を、先ほど鼬商人から教えてもらった。

この魔族の封印を維持するために、この国の冬は元々長かったらしい。

魔族から漏れる瘴気が湖の藻を魔物に変え、白い封印塔に集まる凍気が氷石を生む。

鼬商人がその事を教えてくれたのは、彼曰く「利益確保のため」らしい。十分な量の氷石を確保できたので、値崩れの恐れの高い増産体制を第三者の手で終わらせたいのだそうだ。

勝手な話だが、実に鼬人族の商人らしい。

「湖の魔族さえ滅ぼせれば、この国を常春に保つ事も不可能ではありますまい」

「ふむ、少し難しいが、隣国に冷気を流さずに済む程度には暖かさを保つ事はできよう。それでコヴォーク王国が攻めてこない保証はないが、一考の価値はあるのう」

オレが考察している間にも、話は進んでいたようだ。

「よかろう、妾の魅力で子爵を籠絡してみせようぞ。吉報を待て！」

次回予告のような発言をした女王が部屋を出ていった。

オレの部屋のベッドで待機している淡雪姫と出くわしそうな気もするが、放置で良いだろう。

オレはコンコンとドアをノックして、将軍の返事も待たずに部屋の中に入る。

「こんばんは将軍閣下」

「ようこそ、子爵殿。倒していただけますか、湖の魔族を？」

やけに説明的な会話が多いと思ったら、冬将軍はオレが盗み聞きしているのに気付いていたらしい。

「『冬』の即時終了と王国が保有する氷石の在庫の半分を報酬として約束していただけるなら」

「承知しました。この命に代えても女王陛下から確約を得て参りましょう」

かなりふっかけたのに、即決で了承されてしまった。

冬将軍から、湖に封印されている強大な魔族とやらの言い伝えを教えてもらう。レベル五〇の魔族で「石化」の灰バージョンである「灰化」と下僕の魔族を召喚する能力を持つらしい。

「一度下見に行きたいので、案内を手配していただけますか？」

「お安い御用です」

封印解除の儀式は「封印官」という役職の宮廷魔術師がやってくれるそうだ。

冬将軍の注いでくれた酒杯で乾杯しようとしたところで、荒々しく扉が開かれる。

「将軍！　コゲォーク王国軍が砦を突破したと報告が！」

「な、なんだとっ！　すぐ行く！　子爵殿、失礼いたします」

士官の言葉に冬将軍が慌てて部屋を出ていく。

なかなか、波瀾万丈の国だね。

――頑張れ、冬将軍。

◆

『ご主人様、わたし達は介入しないの？』

アリサから遠話が入った。

『一般人に被害が出ない内はスルーかな』

冬将軍が飛び込んできた士官と一緒に軍令部に向かった部屋で、甘芋焼酎の酒杯を傾けながらマップを開いて状況を確認する。

東南にある山岳地帯からコゲォーク王国の軍勢が侵入してきたらしい。

正規の街道がある場所より、かなり南側だ。

――人馬族？

隣国のコゲォーク王国は人族の国ではなかったようだ。

生ケンタウロスか……見物に行こうかな？

そんな事を考えながらマップの詳細情報を見ていると、最寄りの村を襲いに行ったらしき小部隊の動きがおかしい。

まるで、何かから逃げるように本隊に向かっている。

噴進狼とでも遭遇したのかな？

それにしてはコゲォーク王国軍に死人がいない。

昏倒や凍傷になっているだけだ。

オレは「遠見」と「遠耳(クレアヒアリス)」の魔法を発動して、現場を確認する。

『ま、魔族だ！　雪の魔族が襲ってくる』

『逃げろ！　踏まれるぞ！』

吹雪の中、暖かそうな毛皮付きの鎧(よろい)を身に纏(まと)ったケンタウロス達が、必死の形相で雪中を疾走している姿が見えた。

彼らの言葉も東方諸国語らしい。

『うわぁあああ』

『トミー！』

『あいつはもうダメだ。早く逃げるんだ！』

――おや？

ドスンドスンと飛び跳ねる白い物体には見覚えがある。

食料輸送に使っていた雪だるまゴーレムだ。

魔核(コア)を使っていない使い捨てタイプだったから、最後の村で運搬を終えた後は村を守る設定で放置していたっけ。

三箇所ほどしか放置していないはずなのに、偶然引き当てるとはケンタウロス達も運が悪い。

キウォーク王国の村人からしたら、運がいいって話だけどさ。

『我こそはコゲォーク王国第三王子レタロミーなり！　魔族よ！　我が宝槍(ほうそう)の錆(さび)となれ！』

――おお、凄(すご)い。

宝槍の先端についた風石(かぜいし)の力だと思うが、空を飛ぶような速度で加速して騎乗突撃(ランス・チャージ)を行った。

ズボッと鈍い音がして、雪だるまゴーレムの腹が突き破られる。

『見たか！　コゲォークは最強な――』

勝ちどきの途中で、雪だるまゴーレムの拳骨(げんこつ)がレタロミー王子の頭上から降り、彼を雪中深くに埋没させる。

腹にできていた空洞がフィルムの逆回しのように復元し、元気に他のケンタウロス達の追撃を再開した。

映像で見ているとコミカルだが、逃げるケンタウロス達は真剣そのものだ。

魔物以外は非殺傷設定にしてあるので、今のところ誰(だれ)も死んでいない。

『王子をお救いせよ！　火炎獣前に！』

少し偉そうな指揮官が房のついた短鞭を振ると、軍勢の奥にいた口から火の息を漏らすアリクイのような魔物が八体やってきた。

どうやら調教された魔物らしい。

たぶん、この魔物を雪中行軍の補助に使っているのだろう。

『焼き払えぇぇえええ！』

雪を赤く照らし、炎の帯が雪だるまゴーレムを溶かす。

だが、このまま溶かされてしまうほど雪だるまゴーレムは甘くない。

――ＭＶＡ。

雪だるまゴーレムの炭団の口が開き、氷柱交じりの吹雪のブレスを吐く。

――ＫＵＧＹＷＥＥＥＥ。

――ＫＹＳＨＵＵＵＵＷ。

――ＭＶＡ。

火炎と吹雪が入り乱れ、白い靄で映像が見えなくなっていく。

『あっつぅううううう』

『さ、寒っ。凍えるぅうう』

どうやら熱い蒸気と冷たい吹雪で、周りのケンタウロス達は散々な目に遭っているらしい。

これで、少しは戦争が嫌いになってくれたらいいんだけどね。

コゲォーク王国の軍勢が雪だるまゴーレムに追われて戦争どころではない、などと知らないキウォーク王国首脳部の人達は、眠れない夜を過ごす事になりそうだ。

オレは眠る前に、こっそりと地下牢の鼬人達と凍死寸前の麻痺毒盛りメイドを救出して、適当な厩舎の藁束の中に放置しておいた。

ここなら凍死する事もないし、勝手に逃げるだろう。

なお、地下牢の鼬人が冤罪なのは拷問吏と牢番の会話で確認してある。

部屋に戻ったオレは、ベッドの香水の匂いと体温に少し困りながら眠りについた。

空間魔法でオレを見守るアリサに、匂いが伝わらなかったのは不幸中の幸いだ。

◆

コゲォーク王国の軍勢が這々の体で故国へ逃げ帰った翌朝——。

「凍った湖面の上を歩いていくのですね」

「ええ、でも細雪熊に乗っていないと、滑って転んでしまいますのよ」

オレは重武装の淡雪姫と一緒に痩せた白熊のような乗用動物に乗って、湖の中央にある水晶の塔まで来ていた。

冬将軍の手配した案内役が淡雪姫だったからだ。

「——あれは？」

塔の近くには氷でできた民家ほどのサイズの小さなドームが幾つも作られており、鼬人族の技師達が氷石生成の魔法装置を操作している。

「氷石の採取現場だ。今日の視察には関係あるまい」

そう答えたのは淡雪姫ではなく、随行している宮廷魔術師のレブイ封印官だ。

何が気に入らないのか、初対面からツンケンとした態度をしている。

「なるほど」

空返事をしながら、塔の周辺を見回す。

塔に魔族が封印されていると知らなければ、観光名所になりそうな場所だ。

ここには封印官の他に、淡雪姫の直属の部下である白百合隊という一五人ほどの女騎士が随行している。

高レベルな淡雪姫と違って、彼女達のレベルは平均八しかないので、お飾りの部隊なのだろう。

まあ、今日は封印場所を確認するだけの視察なので問題ない。

封印を外して魔族を退治するのは明日以降だ。今日の午後には白銀鎧に身を包んだ、ミスリルの探索者チーム「ペンドラゴン」がキウォーク王都に到着する事になっている。

「隣国が攻めてきたとお聞きしましたが、案内していただいてよろしかったのですか?」

「ええ、構いませんわ。コゲォーク王国軍は未知の魔物に敗北して、自国へ撤退したそうですの。今頃、ガヌヌ将軍が魔物の調査をしに向かっているはずですわ」

オレの質問に淡雪姫が軽い口調で答える。

雪だるまゴーレムは昨日の戦闘で魔力切れになって崩れてしまったはずなので、赤毛将軍の捜索は徒労に終わりそうだ。

なお、冬将軍が設置した伝令塔によって、今朝の内にはコゲォーク王国の軍勢が撤退した情報が王城に届いていたらしい。

コゲォーク王国方面にしかない設備らしいが、情報伝達速度の速さはなかなかのものだ。

——MUWOOOOWN。

氷の下から魔物の叫び声が伝わってくる。

凍った湖面の下で、うぞうぞと蠢く食人藻が気持ち悪い。

氷が分厚くて出てこないと分かっていても、生理的な嫌悪感がある。

「あれが封印ですわ」

淡雪姫の指さす先には怪しげな祭壇があり、神聖魔法系の封印術式が刻まれていた。

この祭壇は塔を囲むように等間隔で七つある。

「やはり、ザイクーオン神の聖印を施した封印術式が解けかけている。まったく、魔族の封印すらまともにできぬ劣神めがっ」

封印官が祭壇を確認した後、神を冒涜するセリフを吐いた。

ザイクーオン神の事はカリオン神やウリオン神も腐していたし、問題の多い神なんだとは思うけど、さすがに神々が身近に実在する世界で神を冒涜するのはマズいと思う。

ギリシャ神話なんかでも、神を冒涜して呪われたり天罰を落とされたりするようなエピソードは枚挙に暇がないからね。

「レブイ封印官、口が過ぎますわよ」

「申し訳ありません、殿下」

「詫びる相手は私ではないでしょう？」

淡雪姫に窘められた封印官だったが、ザイクーオン神に詫びを入れるのはプライドが邪魔するのか、最後まで口にする事はなかった。

いやはや、処置無しだね。


「ところで殿下」

「何かしら？」

「護衛の皆さんが持っている物々しい氷杖や、後ろのソリに載せられた大砲は何なのでしょう？」

「うふふ——」

オレの質問に淡雪姫が微笑みで誤魔化す。

「——何だと思います？　もし分かったら、私を自由にする権利を差し上げますわ」

先に祭壇の上に足を進めた淡雪姫がフェミニンな笑顔でこちらを振り返る。

肩に担いだ巨大な戦鎚が非常に不似合いだ。

まさかと思うけど、この場で封印を破壊する気はないよね？

その思考はフラグだと言わんばかりに淡雪姫が行動を起こした。

「《砕け》　破城戦鎚！」

にこやかに告げた聖句が淡雪姫のウォー・ハンマー——破城戦鎚を赤く輝かせる。

ぶん、と冷たい空気を引き裂いて、淡雪姫の破城戦鎚が祭壇の封印術式に突き刺さった。

あまりの暴挙に初動が遅れた。それでも、縮地や常時発動している「理力の手(マジック・ハンド)」を使えば彼女の暴走を阻止できたが、さすがにそれらを使うのは憚(はばか)られる。

それらを使うくらいなら、中級魔族と接戦を演じた方が問題が少ない。

「——なっ」

淡雪姫の暴挙に封印官が顔を引きつらせてパニックになる。

今さら再封印は無理だろうし、彼のフォローは早々に放棄して魔族の復活に備えよう。

——びきっ。

どこかから乾いた音がした。

「さあ、サトゥー様。一緒に戦いましょう」

淡雪姫が良い笑顔で片手をこちらに伸ばす。

なんていうか、なかなかのバトルジャンキーさんみたいだ。

——びきびきびきっ。

水晶の塔にヒビが入っていく。

近くのドームで作業していた鼬人族の技師達が、氷の湖面を転がりながら逃げ出した。

女騎士達は既に塔から距離を取って、氷杖を構えて布陣済みらしい。

大砲のソリはセッティングに手間取っているようで、技師のお嬢さんが慌てふためきながら操作を行っている。頑張れ、と心の中でエールを送っておこう。

「なんという事をなさるのですか！　これでは封印がと、解けて、魔族が復活してしまうではありませんか！」

封印官が必死な顔で訴えるが、淡雪姫は「そうね。それが何か？」と素知らぬ顔だ。

塩対応を予想していなかったのか、封印官が顔を信号のように赤くしたり青くしたりと忙しい。

「クリュー殿下、そろそろ無駄口の時間は終わりのようです」

オレは淡雪姫に注意を促す。

視線の先では白い靄を漏らしながら、水晶の塔が砕けていく。

その中から姿を現したのはタコの下半身と朽ち木のような上半身を持つ魔族だ。頭部に当たる場所には、鳥の巣のような構造物がある。公都で見た中級魔族に少し似ている。

——あれ？

目の前の魔族は中級じゃない。

伝承が間違っていたのか、封印で弱体化したのか、魔族の傍らにポップアップされたAR表示によるとレベル三五の下級魔族で、能力のほとんどが制限状態にあるようだ。魔族の下半身も氷結したままだし、淡雪姫達でも倒せそうなほど弱体化している。

これなら余計なお世話は焼かずに、淡雪姫達が武勲を立てるのを見守ろう。

——ＴＷＡＫＷＵＵＵＵＵＯＷ。

魔族が一声吼えると、足下の氷にヒビが入り、割れた氷の間から触手が現れた。

なんとなく、芋掘りの根を引っ張り出した時のような印象を受ける現れ方だ。

一見、氷の中から這い出てくるかに見えたが、よく見ると外周部の触手しか氷から出ていない。

魔族の下半身の大部分を拘束する氷は封印の一部らしく、魔族が動くたびに聖なる青い光と紋様でその動きを縛り付けているようだ。触手の動きも一般人でも目で追えるくらい遅い。

「伝承にある記述よりも、気持ち悪い姿ですわね」

淡雪姫が内容に反する笑顔で言う。

タコのようだと前述したが、触手の半ばから先は枝分かれしており、うねうねと気持ち悪く蠢動している。

魔族が自由を得る前に、一番近くにいた淡雪姫が突っ込んだ。

「どぉっせぇぇぇぇぇぇぇぇいっ！」

淑女らしくないかけ声で、魔族の胴体に破城戦鎚を叩き込む。

身体強化スキルと筋力増加スキルの重ね技のお陰で、淡雪姫の振る鎚の速度は大したものだ。

――DWAGWWWUUUOWN。

魔物の咆哮が詠唱だったらしく、淡雪姫の破城戦鎚は魔族の前に現れた灰色の障壁に防がれている。

飛び散った灰色の粉はバッドステータスを齎すようで、それを浴びた彼女の鎧がボロボロと劣化を始めた。

魔族は少しずつ能力を取り戻しつつあるらしい。

「……■■　光砲（レイ・カノン）」

封印官の放った魔法が魔族の障壁を打ち砕く。

彼は光魔法が得意らしい。

――DWAGWWWUUUOWN。

魔族が触手の鞭（むち）を横薙（よこな）ぎに放った。

「――危ない」

コートの陰から取り出した妖精剣（ようせいけん）で、淡雪姫や封印官を襲う魔族の触手を切り捨てる。

切り飛ばされた触手が灰色の血のようなものを流しながら、うねうねと独立してオレに襲いかかってきた。

気持ち悪いので、軽く踏みつぶしたら動きを止めた。

思わず手が出てしまったが、このくらいならたぶんノーカンだ。

「サトゥー様、感謝いたしますわ」

感謝を告げる淡雪姫の向こうで、魔族の頭部にある鳥の巣の上に灰色の靄（もや）のようなものが生じ始めるのが見えた。

「氷杖隊！　魔族の頭部に向けて斉射！」

「「はいっ！」」

副隊長の指示で、女騎士達が氷杖を使う。

白い雹（ひょう）のようなシャワーが、魔族頭上の灰色の靄を凍らせて消し飛ばしていく。

なかなか効果的だ。恐らく、封印されていた魔族の対処法に関する伝承が残っていたんだろう。

封印官は大技を使うべく、威力増幅系の触媒を撒き散らしている。

──DWAGWWWUUUOWN。

さっきの攻撃は魔族にとって不快だったらしく、氷の下に封じられたままの触手が千切れるのも厭わずに、氷の地面を砕いて縛めから脱した。

「──ぐわっ」

砕かれた氷の破片が命中したらしく、封印官が杖を構えた格好で気絶している。

「今はこっちが先か──」

魔族の範囲魔法が発動しそうだったので、淡雪姫を襲っていた触手を本体に向けて蹴飛ばし、発動を中断させる。

『ご主人様、準備完了。これから王都の近くに転移するわ』

アリサから遠話で進捗報告があったので、魔族の邪魔をしながらこっちの状況を伝える。

『げっ、マジで？　転移後に、リザさん達に先発してもらうわ。オーバー』

アリサとの通話が切れる。

見守る予定と伝える前に切れてしまった。

「「「きゃあああ」」」

ベキベキと氷の割れる音に重なって、女性の悲鳴が響き渡った。

氷の下を潜って、回り込んだ細い触手が女騎士達を軽々と拘束したのだ。

悲鳴を上げる女騎士達が四肢を広げられ、鎧の胸元を裂かれる様はエロゲーのようだが、ゲームと違い現実の彼女達に襲いかかるのは陵辱ではなく殺戮のようだ。

女騎士達の露わになった白い肌の下にある心臓を目掛けて、魔族の本体側の尖った触手がゆったりした動きで襲いかかる。

スプラッタなのは嫌なので、見守りうんぬんは忘れて瞬動で割り込んで触手を掴んで止めた。

——げっ、ここから伸びるのかっ。

慌てて触手を手繰り寄せる。

どんどん伸びる。マジか。

彼女達の眼前に触手の尖った先端が迫る。

女騎士達が顔色を蒼白にして、冷たい汗を流すのが見えた。

オレは必死に尖触手を手繰る。武勲を立てるのを見守ろうとか考えずに、さっさと始末するべきだったかもしれない。

「不埒なマネはさせません！」

淡雪姫が部下達を救おうと、破城戦鎚を振り上げて本体に躍りかかった。

だが、重い武器を振り回して行うのは、少々隙が大きすぎる。

「きゃあああ」

彼女の後ろから襲いかかった触手が、彼女の足を掬い上げる。

悲鳴を上げて、淡雪姫が逆さ吊りに持ち上げられた。

「「「姫様！」」」

　女騎士達が、自分達の状況も忘れて悲鳴を上げる。

　そっちも助けてやりたいが、どんどん伸びる尖触手を手繰る手を一瞬でも緩めたら、女騎士達が危うい。

　こうなったら、仕方ない。禁じ手を使ってでも――。

「――飛空魔刃旋風（エアリアル・ヴァンキッシュ・スライサー）なのです！」

　彼方から超高速で飛来した白銀の騎士が、触手をズタズタに切り裂いた。

　その余波が氷原をも抉（えぐ）り、氷と雪と白い靄が周囲を覆う。

「アクソクザザーンなのですよ！」

　白銀の鎧に身を包み、長大に変形した魔剣を構えるのは「犬侍」ポチだ。

　たぶんだけど、転移後に強化外装で出した加速門（アクセラレーション・ゲート）を使ってカタパルト発進してきたのだろう。使い捨てタイプとはいえ、アタッチメントもない白銀鎧で使うのは無茶が過ぎる。

「ポチ、大丈夫かい？」

「はいなのです。ポチはいつだって大丈夫なのですよ！」

　強引な着地で過負荷になった白銀鎧の耐衝撃ユニットが火花を上げているので、あまり無茶な運用は止（や）めてほしい。ポチが怪我（けが）をしたら大変だからね。

　――ＬＹＵＲＹＵ。

　ポチに遅れて幼竜のリュリュが追いついてきた。

「リュリュ！　こっちなのです！」

ポチの頭にリュリュが着地する。

ほのぼのとしたやり取りの背後では、引き倒されてズタボロになった魔族が、ジタバタと起き上がろうと氷の上を藻掻いていた。

湖面の氷にヒビが入り、そこかしこで割れ出す。

「にんにん～。タマはおしゃまなお助け忍者さん～？」

女騎士達は影移動で現れたタマが救出したようだ。

淡雪姫は切断された触手に絡みつかれて難儀している。

本体から離れても、異様に活動的な触手だ。

オレは妖精剣でサクサクと触手を細切れにして彼女を解放した。

「クリュー殿下、大丈夫ですか？」

「助かりまし――」

淡雪姫の視線が氷上で藻掻く魔族に止まる。

「――魔力砲を撃ちなさい！　まだ魔族は健在ですわよ！」

「はい、姫様！」

大砲にしがみついていたお嬢さんが、魔力充填が終わっていた大砲を魔族に照準する。

「発射ぁあああ！」

砕けた氷原の間に沈みながら、ソリの上にあった大砲が白い氷柱交じりの吹雪を放つ。

だが、不安定な足場の上で攻撃が命中するはずもなく明後日（あさって）の方向へと空（むな）しく消えていく。

お嬢さん達は沈むソリからなんとか逃れたようだ。

「総員！　塔の小島に退避！」

大砲の一撃が最後の引き金になったのか、湖面の氷が完全に割れてそこかしこで水中に没し始めた。

よく見ると、鼬人族達が作業していた氷石製造の魔法装置も、砕けたドームと一緒に湖へと没していくところだった。

オレはその内の一つにこっそりと「理力の手」を伸ばして回収しておく。

コピー品が完成したら、湖の底に返しておこう。

「えいやーなのです！」

ポチが立ち上がった魔族の首をスポーンと刎（は）ねた。

ちょうど魔核があったのか、魔族の身体（からだ）が黒い靄となって滅び、リュリュのブレスが黒い靄を吹き飛ばした。

「ポチ、リュリュ、戻っておいで」

「はいなのです！　ポチは氷飛びのプロなのですよ！」

――ＬＹＵＲＹＵ。

ポチが湖に浮かぶ氷を蹴って戻ってくる。

塔の周辺は小島になっているらしく、氷が砕けても沈む心配はないようだ。

「そういえば封印官は――」

存在を忘れていたが、氷が命中して気絶していた封印官も目を覚まして身体を起こすところだった。

「にゅ！」

タマの耳がピクッと動き周囲を見回す。

それと同時にレーダーに赤い光点が映った。

「何か来る～？」

さっきの魔族が現れた場所の地下から別の魔族が出てきた。

――ＤＷＡＧＷＷＷＵＵＵＯＷＮ。

藻を髪の毛にしたような半魚人っぽい姿をしている。

ＡＲ表示によるとレベル五〇の中級魔族だ。たぶん、こいつが封印された本命の魔族なのだろう。

魔族は言い伝えにない「疫病蔓延」という厄介な種族固有能力を持っていた。たぶんだけど、こいつが神託にあった災いを振りまく存在じゃないかと思う。

「まさか、二体も封印されていたなんて……」

淡雪姫が愕然とした声を漏らす。

その声を掻き消すように、割れた氷の間から食人藻がウゾウゾと這い出してきた。

「食人藻が地上に？」

「魔族に操られているようですね」

ざっと見渡しただけでも数百体はいる。

「総員集合！　互いの背を守れ！」

淡雪姫が指示を出し、白百合（しらゆり）隊の女騎士達が集合して背中合わせになって、オレ達を包囲する食人藻達に備える。

「「「はい、姫様！」」」

「ポチ隊員、タマ隊員、彼女達を守るぞ！　オレを起点に三角陣を組め！」

「あいあいさ～」

「はいなのです！」

――LYURYU。

タマとポチとリュリュは彼女達を囲むように配置し、いつでも使い捨ての魔法盾ファランクスで、中級魔族からの攻撃から守れるようにした。

中級魔族は食人藻達に包囲された彼女達の恐怖を味わうためか、復活した地点から動かない。

「瞬動――」

凛（りん）とした声が湖上に響いた。

「――螺旋槍撃（らせんそうげき）・雪崩」

赤い流星が八艘（そう）跳びのような機動で氷の上を舞う。

「……凄（すご）い」

「あれは人なの？」

淡雪姫や女騎士達が、食人藻の群れを鎧袖一触で殲滅する女戦士――リザに見惚れる。

「ご主人様、到着が遅れて申し訳ありません」

リザの言葉に重なるように紅蓮の炎が湖面の食人藻を薙ぎ払った。

「わお～？」

「ふぁいやーぼんばーなのです！」

「アリサ達から援護のようですね」

マップ情報によると、獣娘達以外は湖の氷が割れて足止めをくらっているようだ。

まあ、そのうちミーアの精霊魔法で召喚した精霊に乗ってくるだろう。

「……■■■■■」

不安定な魔力の波動に視線を向けると、存在をすっかり忘れていた封印官が光系の攻撃魔法を唱えていた。

その魔法を行使するのに、彼のスキルレベルでは無理があるようで、今にも暴発しそうで怖い。

「滅びろ、魔族よ！　――滅光砲！」

封印官の杖から、昭和の特撮でありがちな放電風の光線が放たれた。

光線は周囲の氷を砕きながら着弾点を補正し、なんとか中級魔族に命中する。

舞い上がった氷の粒と光線で溶けた氷の蒸気が周囲を白く染めた。

――DWAGWWWUUUOWN。

中級魔族の叫びと同時に、蒸気が吹き飛ばされた。

「馬鹿な……無傷だと？」

「あの灰色の障壁で防がれたようですわね」

まあ、威力の大部分が地面に当たって減衰していたし、それも仕方ない事だろう。

「にゅ」

「ご主人様、誰かがいます」

「黄色い人なのです！」

いつからそこにいたのか、中級魔族とオレ達の間に、黄色い神官服の女が立っていた。

いや、ストレートロングの髪からそう判断したが、性別は分からない。

なぜなら、神官の傍にポップアップしたＡＲ表示には「正体不明」とだけ出ていたからだ。

「そこにいたら危ないのですよ！」

ポチに声を掛けられた神官が、ようやく中級魔族に気付いたように顔を上げた。美人だ。

興味のなさそうな顔で中級魔族をその視界に納める。

「……魔族か」

――ＤＷＡＧＷＷＷＵＵＵＯＷＮ。

魔族が怯えたような咆哮を上げ、ノータイムで灰色のブレスを放った。

魔族と神官の間にあった祭壇の一つが、灰色のブレスを浴びて一瞬で塵に変わる。

だが――。

「汚らわしい」

神官に触れる寸前で、灰色のブレスが掻き消えた。

「我に敵意を向けるのは、偉大なる我が神に仇なすも同じ」

――DWAG。

魔族がその場から後退る。

「滅びよ」

その一言で、魔族が黒い靄になって消えた。

「「「……なっ」」」

その光景に淡雪姫達が絶句した。

獣娘達も予想外の光景に、警戒心を露わにする。もちろん、オレもだ。

「貴様は何者だ！」

緊迫した空気を読まずに封印官が誰何した。

「無礼な……」

神官は中性的な美貌を不快げに歪める。

「無知蒙昧な下界の者に道理を説いても詮無きことか」

「宮廷魔術師にして、封印官たるこの私が無知蒙昧だと？」

見下す神官に、封印官が噛みつく。

「止めなさい、レブイ封印官！」

慌てて淡雪姫が窘めるが、封印官は神官を憎々しげに睨み付ける。

「神官様、名のあるお方とお見受けいたしますが――」

「私は神官ではない」

神官が淡雪姫の言葉を遮るように否定する。

その神官が砕けた祭壇に気付いた。淡雪姫が最初に砕いた祭壇だ。

「なんという不敬な」

瞬き一つの間に、神官が祭壇の横にいた。

オレにも動きが見えなかった。縮地か転移だと思うが、空間魔法特有の空間の揺らぎもない。

素早くメニューを操作して、神官にマーカーを付けた。

「偉大なるザイクーオン神の聖印を傷付けるとは……」

祭壇の聖印を、神官がなぞるように撫(な)でる。

「貴様らに命ずる。偉大なる聖印を疾(と)く修繕いたせ」

「ふん！　魔族の封印も満足にできぬような劣神の聖印など――」

偉そうに命令する神官に、封印官が秒で噛みつく。

だが、封印官が「劣神」と口にした瞬間、神官の放った殺気が周囲を圧した。

「愚民よ、使徒たる我の前で、我が神を冒涜(ぼうとく)するか」

祭壇の横に現れた時のように、神官――いや、使徒が封印官の眼前に現れ、彼を片手でネックハンギングにする。

「貴様には天罰すら生ぬるい」

そう言って封印官を投げ捨てる。

宙を舞う封印官の姿が塩の像に変わり、地面に叩(たた)き付けられて砕けた。

間違いない。こいつがヨルスカの街で賢者の孫弟子に天罰を落とした使徒だ。

「あなたがザイクーオン神の使徒――」

オレの呼びかけの途中で、使徒は忽然(こつぜん)と消えた。

マップのマーカー一覧を確認すると、使徒は「狭間(はざま)の世界」という場所にいる。

「ご主人様、使徒というのはいったい？」

「神様のしもべの事だよ」

震える声で問うリザに、分かり易(やす)く答えた。

「ふにゅ～」

「とっても怖かったのです」

――LYURYU。

タマとポチとリュリュが、オレの両足にペタリペタリと抱き着いた。

淡雪姫達の方を確認すると、淡雪姫を除く全員が腰を抜かしてへたり込んでおり、淡雪姫自身も破城戦鎚(せんつい)に寄りかかるようにして辛うじて立つのがやっとみたいだ。

「ご主人様ー！」

シルフの背に乗ったアリサ達が追いついてきた。

ここの魔族退治は終わったたし、帰りはシルフに乗って戻るとしよう。

◆

「サトゥー・ペンドラゴン卿、貴殿の功績を讃え、キウォーク青氷湖勲章を授けるものとする」

「謹んでお受けいたします」

魔族退治後、オレ達はキウォーク王城で女王から勲章を授与されていた。

褒美としてキウォーク王国の名誉侯爵位をくれるという話もあったけど、熟考の末に断った。

宰相によると、貴族が他国の爵位を貰う事は珍しくないそうなのだが、特にメリットがないし、色々と政治的なしがらみが増えそうだったからね。

さらに副賞として、淡雪姫や彼女の姉妹達との婚姻も打診されたが、そちらも丁重にお断りした。

女王陛下から内々に、自分の夫になる気はないかと色っぽく迫られたが、断腸の思いで断ってある。さすがに王配になる気はないからね。

淡雪姫は独断での魔族との交戦強行を女王や大臣達に責められていたけど、自業自得なのでフォローはしていない。

なお、この件でアリサとミーアが王城の書庫の閲覧権をゲットしてくれたので、滞在中に色々と読ませてもらおうと思う。

冬将軍と約束した氷石の方はちゃんと受け取ってある。

予想以上の分量だったが、格納鞄経由でストレージに収納したので余裕だった。

異常な容量が疑われないように、何度か別の「魔法の鞄」に交換していたので大丈夫だと思う。

「ペンドラゴン卿、貴公の尽力に感謝する」

「私はほとんど何もしていませんよ、仲間達のお陰です」

「貴公がいなかったら、姫殿下も白百合隊にいた私の婚約者も無事では済まなかったはずだ」

冬将軍との会話の後、彼の横に立っていた金髪ショートの知的美人さんが、ペコリと会釈して凛とした声でお礼を告げる。

確か、後方で大砲を操作していた子達の一人だ。

王城で開かれた数日に及ぶパーティーは、ナナやルルにパートナーを務めてもらって乗り切った。

長居すると縁談攻勢を受けるので、適当なタイミングで退出し、アリサやミーアと一緒にキウォーク王城の書庫で情報を漁ってみた。

あまり蔵書量は多くなかったが、廃れた昔の祭りやこの地方独自の文化などが書かれた郷土資料なんかが興味深かった。

「氷魔法や火魔法に珍しい術式が多いけど、シガ王国の資料にあるのと大差ないものばかりだね」

「これ」

ミーアが渡してくれたのは、魔法道具関係の資料だ。

「鼬人族の言葉かな？」

「こっちに、東方諸国語の翻訳文があるわよ」

「いや、字が汚かったから読めなかっただけだよ」

鼬人族語のスキルは持っている。

ミーア達が見つけたのは、魔族戦でゲットした氷石製造の魔法装置の簡単な概念図と操作方法の説明書だった。これだけで同等品を作るのは無理だけど、現物の解析の助けになりそうなので、内容を写しておこう。

それ以外には、さほど大きな発見もなく、書庫調査は終了した。期待していた怪しげな古文書とかはなかったよ。

トラブルと言えば、書庫調査の最中に淡雪姫が何度もプロポーズしてきた事くらいだ。

何が彼女の琴線に触れたのか、やたらと積極的だった。アリサとミーアの鉄壁ペアさえ突破して誘惑してきたり、ベッドに潜り込もうとしてリザやタマに不審者として捕縛されたりしていた。

散々断ったら、今度は食客として同行したいと上品にごねていたが、この国の「冬」が終わる以上、彼女の力は故郷を守るために必要なので、残るように説得しておいた。

これで諦めてくれたらいいんだけどね。


「ご主人様、疫病が蔓延する気配はある？」

「いや、まったく」

一応、ヨルスカの街で聞いた預言やオレ達の推理は、女王や冬将軍に伝えてある。

「やっぱ、中級魔族が神託の元凶だったのかしら？」

「たぶんね。一応、該当しそうなルモォーク王国にも行ってみよう」

「分かった。皆に言って、出発の準備をしておくわ」

なお、出発前に淡雪姫がこっそりと馬車のトランクに潜り込もうとしていたのだが、警備ゴーレム達が簀巻きにして王城の衛兵に引き渡し済みだ。

彼女が実力行使に出る事は冬将軍から示唆されていたので、馬車に潜り込む計画を暴くのは簡単だった。

こんなちょっとしたトラブルを含め、全ての事案を片付けたオレ達は、王城の人々に見送られて王都を旅立った。

「サトゥー様！　私は諦めませんわよぉおおおお！」

往生際の悪いお嬢さんが王城の尖塔から叫んでいたので、笑顔で手を振っておいた。

面白い人だ。一緒に旅する気はないけど、また遊びに来られたら相手をしよう。

カリナ嬢あたりとは気が合いそうな感じだよね。

インターミッション

〝サトゥーです。仕事が忙しい時ほど、直近の仕事と関係ない事がしたくなるのはなぜなのでしょうか？　コードの改善案や効率化が次から次へと思い浮かぶのに、仕事を片付けた後は、それがピタリと止まってしまうのです。不思議ですよね。〟


「マスター、セーリュー市からの移民任務は完了いたしました」

ナナ姉妹の長女アディーンがオレに報告する。

キウォーク王国で一仕事終えたオレ達は、途中で放り出していた事柄の後始末をするべく、オレが太守を務めるムーノ伯爵領のブライトン市に戻っていた。

「マスター、視察しますかと問います」

「マスター、ユィットが案内すると宣言します！」

「それは越権行為だとユィットを牽制(けんせい)します」

しばらく放置していたせいか、ナナ姉妹達が姦(かしま)しい。

「視察には皆で行こう」

ナナ姉妹達に先導され、オレ達は獣人達に割り振られた宿舎に向かう。

「ご主人様、おかえりなさいませ」

「チタ、太守様あるいはペンドラゴン子爵様と仰いなさい」

「はい、リナ様」

宿舎には獣娘達の元奴隷仲間である豹頭族のチタと太守代理であるリナ・エムリン嬢がいた。

「おかえりなさいませ、太守様」

「ただいま。獣人達の様子はどうだい？」

「はい、今のところは大きな問題は起きていません。チタが獣人達を纏めてくれているので助かっています」

「いえ、アーベやケミ達が手伝ってくれているお陰です」

リザの古馴染み達が活躍してくれているようだ。

チタ達が文官として相応しいようならば、正式に任官していいとリナ嬢に伝えておこう。

「太守様、獣人達の一部が農民ではなく、樵や狩人になる事を希望しているのですが……」

「別に構わないと思うけど？」

十分な広さの耕作地があるとはいえ、必ずしも農業従事者にならないといけないわけじゃない。

「その……反乱の危険もありますし、武器となるモノを与えても良いのか……」

なるほど、リナ嬢は彼らが盗賊になったり、クーデターを起こしたりするのを警戒しているようだ。

「リナたんは心配性ね～」

「ですが、アリサ。獣人達は身体能力の高い者が多いですし、兵士並みのレベルを持つ者もいます。

太守代理殿のご懸念も杞憂とは言えないのではないでしょうか？」

「リザさんまで……大丈夫だってば。チタ、獣人達を広場に集めて」

「は、はい。承知いたしました」

チタがリナ嬢に視線で確認してから、アリサの指示を完遂すべく移動した。

「さて、ルルお姉様、出番です」

「え？　私？」

いきなり指名されたルルが目をぱちくりさせた。

チタが集めた獣人達に、アリサが「シガ王国一の名手による模範射的を見せてあげるわ」と宣言して、ルルの的当てが始まる。

獣娘達が空に投げた幾つもの的を、ルルが火杖銃で次々に射貫いていく。

「「「うぉおおおおおおお」」」

次々に射貫かれる的を見て、さっきから獣人達のテンションが高い。

「続いて、遠当てでーす。ルルお姉様、どうぞ」

「え？　火杖銃のまま？　まあ、このくらいの距離なら当てられるけど――」

ルルが三〇〇メートルくらい離れた的を次々に射貫いてみせた。

「ご主人様とミーアもやる？」

「任せて」

「別にいいけど、弓はこれ？」

短弓だと、限界まで引いても三〇〇メートル先の的には届かない。

「ポチ、タマ、的を投げて」

まさかのクレー射撃だった。

ミーアが五個中三個を当てたので、オレは的が重なる瞬間を狙って、三本で五つの的を貫く曲芸をやってみせた。

「狩人を目指すなら、このくらいはできるようになりなさい」

アリサが獣人達に無茶振りをする。

「あとは太守様とキシュレシガルザ女准男爵の組み手で終わりにしましょう」

「ご主人様、胸をお借りします」

イマイチ、アリサの狙いが分からないが、リザが期待に満ちた顔で目を輝かせているので、久々に手合わせをしてみた。

うん、前よりも強くなっている。

レベル差とステータス差でなんとかなっているけど、油断したら一本取られそうだ。

ちょっと危ないシーンもあったものの、いつも通り勝ってご主人様の面目を保つ事に成功した。

「——えっと、これは？」

見物していた獣人達がその場で平伏している。意味が分からない。

「獣人は強い者を尊ぶところがありますから、ご主人様に敬意を表しているのでしょう」

リザが息切れしつつも満足そうに言う。

「以上！　太守様一行による演舞でした～、拍手～」

アリサが勝ち誇った顔で獣人達に言う。

誰も顔を上げないので、拍手してくれたのはリナ嬢やナナ姉妹といった身内だけだ。

「う～ん、最後の締めにアリサちゃんが空にインフェルノを打ち上げて終了しようと思ったんだけど、必要なさそうだわ」

そう言うアリサに促されてオレ達は太守館に戻る。

「それで何がしたかったんだ？」

「ほら、軍事演習みたいなものよ。『君達が反旗を翻したら、こんなヤバイやつらが敵に回るよ』って教えてあげたの」

「そうだったんですね！」

一緒に聞いていたリナ嬢が手を打って笑顔になった。

なるほど、これなら自分の力に自信があったとしても、よほどの愚者以外は行動に出ないだろうし、誰もついてこないだろう。

「戦わずして勝つ。兵法の基本よ」

アリサがドヤ顔でウィンクする。

まあ、今日のところはアリサを褒めて、ご褒美に何か好きな料理でも作ってあげよう。

◆

「「「おかえりなさいませ、クロ様！」」」

ちょっと間が空いたからか、王都のエチゴヤ商会に顔を出したら、いつも以上の勢いで幹部娘達が突撃してきた。

一応、ヨウォーク王国での魔王退治後に一回とセーリュー伯爵領に滞在している間に二回ほど、遠話（テレフォン）で連絡をとっていたんだけど、あれは通話相手が支配人か秘書のティファリーザのいずれかだったからね。

「クロ様、ご報告があります。国王陛下がセリビーラの迷宮をサガ帝国の新勇者達に解放する事をお決めになったそうです」

怜悧（れいり）な美貌（びぼう）を持つティファリーザが最新情報を教えてくれる。

「新勇者達はもうセリビーラに入ったのか？」

「いえ、まずはサガ帝国の斥候部隊が入ってからになると思われます」

七人もいるとはいえ、虎の子の新勇者達を下調べもせずに送り込まないか。

「その新勇者に絡んで、ペンドラゴン子爵閣下に招待状が届いているそうです」

「小僧に招待状？」

貰（もら）ってないけど？

「ヨウォーク王国の魔王退治の件か？」

「そちらもですが、パリオン神国の魔王退治の件も併せて、サガ帝国で式典を開きたいようです」

サガ帝国の皇帝から国王陛下に内々で、オレにサガ帝国を訪問するように要請があったそうだ。

「小僧も大変だな」

クロの姿だと他人事みたいに言えるけど、さすがにスルーし続けるのは無理っぽいので、今回の件が終わったらサガ帝国に顔を出した方が良さそうだ。

憂鬱な気分から逃げるように、幹部娘達からの報告に耳を傾ける。

エチゴヤ商会は順調すぎるくらい順調のようだ。特にパリオン神国との交易で入荷した西方諸国の品々が莫大な利益を生んでおり、社会福祉のつもりで始めた不採算部門もいつの間にか黒字に転換している。

「クロ様、利益は可能な限り投資に回しておりますが、よろしいのでしょうか？」

「構わん。金は社会に循環してこそだ」

オレ個人の資産も増える一方なので、エチゴヤ商会の投資部門に資金提供しよう。

支配人達なら、きっと有意義に使ってくれるに違いない。この後にでも、御用商人アキンドーに変装して投資話を持ちかけてみよう。

「王国の大型飛空艇の建造は進んでいるのか？」

「先に竣工した二隻に続いて、三隻目と四隻目の造船が進行中です」

オレの質問にティファリーザが答えてくれた。

「三隻目も来月には船体の建造が終わり、艤装に入れるそうです」

「ほう？　思ったよりも早いな」

「実はミックニ女公爵閣下の後押しがあったそうで――」

ミックニ女公爵――ヒカルが国王に働きかけたせいで、王祖様LOVEな国王達がハッスルして造船を早めたらしい。

まあ、移民事業は一段落したけど、大型飛空艇の運行計画に余裕ができれば、色々と融通が利きそうだし、実に頼もしい。

「三隻目の艤装に関しては、当商会で請け負いました。王立造船所は早めにドックを空けて、五隻目の建造に取りかかりたいようです」

そういえば、前回に受け取った報告書の中にそんなのがあったような気がする。

「クロ様、王立造船所からは四隻目の艤装も受けてほしいとの事ですが、よろしいでしょうか？」

「うむ、支配人の判断で構わん」

王国に提供した空力機関は五隻分だったから、次の建造のために三隻目の大型飛空艇を早めに移動させたいのは分かるけど、四隻目のドックを空けたいのはどうしてだろう？

「東方航路に就航する既存の旧型を、新型に改装したいそうです」

なるほど、旧型飛空艇はけっこう年季が入っているからね。

そうだ。回転狂のジャハド博士が設計した空力機関に触発されて作ったヤツが何隻か分あるし、ボルエナンの森まで行けば、未使用の船体が幾つもある。シガ王国の大型飛空艇に近いフォルムの船体もあったから、緊急時にすぐ使えるように一隻か二隻くらい作っておこう。

一人で作るのはわりと手間だから、ボルエナンの森のエルフ達にも手伝ってもらおうかな？

「――ん？　そういえば大型飛空艇用のドックは一つしかなかったはずだが？」

「こんな事もあろうかと、スァーベ商会から引き継いだ修理ドックを拡張してあります」

支配人がドヤ顔で言う。

うん、美人はどんな表情でも様になる。

「そうか。支配人の先見の明を誇らしく思うぞ」

褒めたら、支配人がデレデレの顔になった。

案外、褒められ慣れていないのかもしれない。


商会本部での用事を終え、研究所に足を運ぶ。

そこでは問題児だらけの博士達が自由すぎる研究を幾つも花開かせていた。天才鬼才達に自由に使える資金と資材を渡したらこうなるという良い見本だ。まあ、アオイ少年という常識人の調整役がいてこそだろうけどね。

「システィーナ王女、少しいいか？」

「クロ殿が私に用事とは珍しいですわね」

研究所では博士達に交ざってシスティーナ王女が何かの実験をしていたので、ちょっと声を掛けてみた。

「我が主より、禁書庫の蔵書確認を頼まれた」

「勇者ナナシ様から？」

オレはメモ用紙をシスティーナ王女に渡す。

「……これは禁忌ですわよ？」

「分かっている」

碧領の異空間で見つけた対神魔法的なモノの研究資料に、見知らぬ文献名が幾つもあったので、「禁書庫の主」という二つ名を持つシスティーナ王女に尋ねてみたのだ。

「それで蔵書にありそうか？」

「これとこれは写本があります。こちらは破損したモノがあったはず、これとこれはありませんが、後の時代に書かれた類似の写本が何冊かあったはずです」

さすがは「禁書庫の主」だけはある。

まさか、禁書庫に戻らずとも覚えているとは思わなかった。

「感謝する」

「勇者ナナシ様に伝えなさい。『蔵書を閲覧する時は、私に声を掛けなさい』と」

意外な事に、システィーナ王女は勇者ナナシを手伝ってくれる気らしい。

「禁忌に触れる事になるぞ」

「構いません。勇者ナナシ様が望むという事は、世界平和に必要な事なのでしょう？　そのためならば、この身が異端と罵られようとも覚悟の上です」

システィーナ王女がキリリとした顔で言う。

「その覚悟、しかと我が主に伝えよう」

彼女には言えないけれど、また再び「まつろわぬもの」と交戦する事があった時に、きっと「対神魔法」は必要になると思うんだよね。

「ヒカルは不在か――」

エチゴヤ商会での用事を終え、アキンドーで投資話を済ませて時間ができたので、王都のヒカルの所に顔を出そうと思ったのだが、彼女のマーカーは公都へと向かう大型飛空艇の中にあった。

サトゥーとしてうろうろするのはまずいので、王都にいる他の知り合いの所に顔を出すわけにもいかない。

ヨルスカの街に寄って、例の神託を伝えてくれた巫女に面会を願ったのだが、そちらは新たな神託を受けるための儀式中で会えなかった。なんでも、七日七晩かかる儀式らしい。そういえば、聖域なしだと神託の儀式は時間がかかるって言っていたっけ。

「――あら？　ナナシさん、お久しぶりね」

公都のテニオン神殿にいる巫女長に会いに行ってみた。

「先触れもなくすまん」

巫女長相手の時はクロっぽい口調だったはず。

「うふふ、お気になさらないで」

巫女長が軽妙な口調で言う。

相変わらず老いを感じさせない人だ。

「ヨルスカの街で神託が下りたと聞いた。公都でも何か神託があったか？」

「ええ、少し遠い神託だったから、私にはあまり聞こえなかったの。セーラなら、少しは詳しいと思うわ」

そう言って巫女長が巫女セーラを呼んでくれた。

やってきたセーラから聞けた神託は、ヨルスカの街のモノと大差ない感じだ。

「神託の事象が起こったか否かは分かるのか？」

そう問いかけてから、セーラの前で演じていた勇者ナナシはこんな口調じゃなかったのを思い出したが、今さら口調を変えるのも変なので、そのまま押し通した。

「そのような神託は滅多にありません。普通は災害が実際に起こる事で分かりますから」

魔王討伐の時はテニオン神から神託があったので確認したのだが、今回の件のような神託の場合は完了報告がないらしい。

キウォーク王国の魔族を退治して「冬」を終わらせたのが、神託で語られた事なのかは分からないようだ。

「――どうした？」

セーラが何か言いたそうだったので話を振ってみた。

「先ほどの神託の件なのですが――」

少し言い淀んだ後、セーラは言葉を続けた。

「私の思い違いかもしれませんが、テニオン様の言葉に迷いのようなものを感じました」

「迷い？」

「迷いというか、私達の感じる不安のような……曖昧な話で申し訳ありません」

「構わぬ。巫女の印象は神託を紐解くのに重要な鍵となる」

迷いや不安か……神託が起きるかどうか不明な感じだろうか？

「あの、勇者様。サトゥーさん――ペンドラゴン子爵様はご無事だったでしょうか？」

「ペンドラゴン子爵？」

セーラに問われた内容が一瞬分からなかったけど、すぐに何を聞きたいのか分かった。

「ああ、ヨウォーク王国の魔王退治の件か？」

「はい」

「直接は会っていないが、怪我をしたという話は聞かなかった。あの筆まめな男が手紙を出していないのか？」

「たぶん、まだ届いていないだけだと思います」

オレもそう思う。なにせ、クボォーク王国とセーリュー市で、それぞれセーラ宛に手紙を送ったのだから。

「では、失礼する」

オレはそう言って、テニオン神殿を後にした。

◆

「――飛空艇？」

「うん、観光省の大臣専用艇だって」

ブライトン市に戻ると、小型の飛空艇が届いていた。

領主達の分の小型飛空艇が全て行き渡ったから、余った分がオレに割り当てられたらしい。

そういえば、けっこう前にそんな話を宰相がしていたっけ。

「東方小国群は道が悪いから丁度いいか」

騎馬で旅するのもいいけど、ちょっと移動に時間がかかりすぎるからね。

「次はどこに行くの？」

「目的地はルモォーク王国だけど、あそこの冬はもう少し先だから、もう一度キウォーク王国をチェックしてから、順番に小国を訪問してから行こう」

その方が観光大臣っぽいしね。

水桃の王国

〝サトゥーです。お祭りは好きです。見応えのある大祭や外国のお祭りもいいですが、地元の小さな夏祭りも違った楽しみがあるんですよね。浴衣を着た女友達に、ドキドキしたのを思い出します。〟


「そろそろ目的のルモォーク王国？　色々と寄り道してたから、ちゃんと冬に間に合うのかしら？」

「まだ雪が降っていないから大丈夫だよ」

オレ達はゆったりとしたペースで色々な国や小部族の里を訪問して回った。退屈な飛空艇での移動中もアリサ主導のレクリエーションを適宜挟んでいるので、それほど苦痛ではなかったよ。

「ならいいけど、たくさん回ったわよね」

「五ヵ国」

アリサの呟きを拾ったミーアが答える。

「それだけだった？」

「小部族の里を幾つも回ったから、多く感じたんじゃないか？」

雪の国ことキウォーク王国の次に、人馬族のコゲォーク王国を訪問して、キウォーク王国の「冬」が近々終わる事を告げ、他にも三つの王国を巡った。

そのうち二箇所で、例の使徒の痕跡があった。

子供の奴隷を使い捨てにしていた鉱山経営者や魔人薬系のドラッグを捌いていた犯罪ギルドの構成員が塩の柱に変えられる事件があったそうだ。どちらも実行犯のみの成敗で、その後ろにいたオーナーや黒幕には手を出していなかったので、同様の行いが再発していた。

前者はクロとしてエチゴヤ商会謹製という触れ込みの小型採掘用ゴーレムと子供奴隷を交換し、後者は黒幕を国王に突き出して司法の裁きを受けさせた上でドラッグ類の製法を完全に喪失させておいた。

ドラッグの製造を強要されていた錬金術師や薬師は、二度とドラッグの製造に手を出さない事を誓わせた上で、シガ王国王都のエチゴヤ商会の工房に転職させてある。

「定時連絡はした？」

「さっきしておいたよ。ブライトン市の方も順調だってさ」

どこも特に問題は起きていない。

「ユィット達も一緒に来れば良かったのにね」

アリサが言うように、小型飛空艇に乗っているのはいつものメンバーだけで、ナナ姉妹達は一緒に来ていない。

「イエス・アリサ。雑魚寝をすれば搭乗可能だったと告げます」

「さすがに定員オーバーだよ。それに、子供達のために学校を作るって言ってたじゃないか」

一応、ブライトン市にも学校はあるのだが、基本的に生活に余裕のある富裕層の子供達だけで、それ以外の子供達は通っていない。

それを聞いたユィット達が、リナ嬢の許可を貰って職業訓練校的な学校を作ったのだ。

「あの子達に教えられるのかしら？」

「読み書きや計算くらいは教えられると告げます」

「全部をあの子達が教える必要はないさ」

姉妹の次女イスナーニが中心となって、教師達を勧誘してまわっている。

「手伝ってあげなくて良かったんですか？」

「ルルの言う通りよね～。いつものご主人様なら過保護に手を出してたじゃない」

アリサの言うように手伝う気満々だったのだが、長女アディーンから姉妹の成長のために見守っていてほしいと頼まれたので、たまに空間魔法の「遠見」で見守るだけにしている。

「おっきな木～？」

「山樹みたいなのです！」

タマとポチがテレビＣＭに出てきそうな巨木を窓外に見つけた。

「もしかして、あれがミーアの言っていたルモォーク王国の大樹？」

「ん、癒眠樹」

ミーアが頷くと、他の仲間達も窓から見える大きな木を覗き込む。

興味がありそうだったので、近くの山陰に飛空艇を降ろして、ゴーレム馬に分乗して癒眠樹を見物する。

「ご主人様は見に来た事があるのよね？」

「前に、メネア王女の要請で、勇者ハヤトと一緒に黒竜退治に来た時に寄ったんだよ」

最初に黒竜へイロンの竜泉酒を飲んだのも、ここだったと思う。

癒眠樹の近くには療養に来た病人や怪我人が暮らす集落や木賃宿がある。

この癒眠樹はエルフが植えたものらしく、ミーアを見た集落の人達から下にも置かない扱いを受けた。

「サトゥー」

ミーアが淡く光る種を持ってきた。

「どうしたんだい？」

「癒眠樹から」

どうやら、癒眠樹がミーアに種をくれたらしい。

「どこかに植えてほしいって事かな？」

「そう」

ミーアがこくりと頷いた。

まあ、益ある大樹だし、どこか良い場所があればそこでいいし、良い場所が見つからないようなら、ブライトン市に戻った時にでも植えればいいだろう。

「ご主人様、炊き出しに来ていた者から聞いたのですが――」

もてなしのお返しに、ルルと一緒に病人への炊き出しをしていたら、リザがルモォーク王国で開かれる祭りの話を聞いてきた。祭りまで日もないという事だったので、オレ達は早々に癒眠樹の集落を後にし、ルモォーク王国の王都を訪問する事にした。

◆

シガ王国の大使として訪問すると、気軽な食べ歩きができないので、今日はお忍びで訪問して観光を堪能し、明日改めて飛空艇で訪問し直そうと思っている。

ここはルモォーク王国の王都で開かれている市の食べ物エリアだ。

露店を覗き込んだタマとポチが耳をペタンとさせて落胆する。

「またお芋さんなのです」

「芋～？」

——LYU？

ポチの頭の上で幼竜のリュリュが首を傾げる。

リュリュは芋に興味がないようで、匂いを嗅いだだけでそっぽを向いていた。

「他の国の子達かい？　ルモォークは食芋を使った料理が多いからね」

猿人族の老露店主が色の白いジャガイモのような芋を見せてくれる。

彼は皮付きのままの芋をスライスすると、それをこちらに差し出してきた。

「騙されたと思って、食芋の刺身を食ってみな」

「騙す～？」

「嘘はいけないのですよ？」

差し出された芋のスライスに興味を引かれたタマとポチが、スンスンと匂いを嗅ぐ。

食レポの番組でよくあるシチュエーションだが、生の野菜を丸かじりするのは少し抵抗がある。

「しゃくしゃく～？」

「お芋さんは生よりも焼いたり蒸かしたりした方が美味しいと思うのです」

スライス芋を受け取ったタマとポチが、ショリショリと芋を囓る。

「普通」

「イエス・ミーア」

「芋ですね」

「意外に美味しいですよ？」

二人に続いてミーアとナナが手を出し、興味を引かれたリザとルルがそれに続いた。

「ご主人様に譲るわ」

「いや、レディ・ファーストで」

そんな風にアリサと先を押し付け合っていたのだが、結局は老露店主の笑顔に負けてオレとアリサも戴く事になった。

「どうだい？」

「面白い味ですね」

食感はスティックニンジン風で、味はジャガイモをレンジで温めたような素直な感じだ。

美味いとは言いがたいが、まずいと顔を歪めるほどでもない。

「食芋というのは、このあたりの名産なのですか？」

「ああ、この国でしか育たないらしいな――」

食材が豊富な公都でも見かけなかったと思って店主に尋ねてみたところ、シガ王国への輸出が禁止されている食品との事だった。

「――禁止ですか？」

「ああ、大昔の勇者王ヤマト様が『カ、リ、ロ、ー、ゼォ』だからダメだって当時の王様に言ったとか言わないとかで」

――カロリーゼロかな？　後でヒカルに直接聞いてみよう。

「食芋ばかり食べてたら、やせ細って死んでしまうとかですか？」

「なんだ、知ってるじゃないか。そうさ、他の食べ物と一緒なら大丈夫なんだが、不思議と食芋だけだと死んじまうらしい。ワシなんて四〇年間毎日食ってるが、どこも悪くならないのに不思議な話さ」

どうやら、予想通りコンニャクみたいなロー・カロリー食品みたいだ。

粉末加工したヤツを、肥満治療用のダイエット食品として流通させてみたいね。使用上の注意を明記して薬品扱いにすれば、悲しい事故は避けられる気がする。まあ、このへんはヒカルと相談して慎重に決めよう。

「こちらのベリーも特産品なのですか？」

「そうさ。そのままじゃマズいぞ。あそこの屋台で売ってるベリーの包み焼きなんかに使うんだ」

老露店主がそう言って、近くの屋台を教えてくれた。

試食だけというのも悪いので、お店の商品である食芋とベリーを大きな籠一つ分ずつ買い求める。

もちろん、老露店主お勧めの「ベリーの包み焼き」も人数分買っておいた。

「ご主人様～？」

タマが鼻をヒクヒクとさせる。

「あっちから、肉の焼ける匂いがするのです！　きっと狼肉か熊肉なのです！」

千切れそうなほど尻尾を揺らすポチが、オレの袖を掴んでピョンピョンと跳ねた。

「ご主人様、確認に行って参ります」

リザがキリッとした顔で宣言してから、率先して肉の匂いのする方へと自主的に偵察に行った。

「タマも～？」

「ポチだって確認したいのです！」

――ＬＹＵＲＹＵ。

どうやら、タマとポチとリュリュだけでなく、リザも芋の匂いに飽きていたらしい。

「このままだと見失っちゃうわ」

「イエス・アリサ。人混みの向こうに姿が隠れそうだと告げます」

「ご主人様、どうしましょう？」

ルルが焦った顔で言う。

「それじゃ見失わないように追いかけよう」

レーダーで位置は追跡できるし、ポチなら匂いを辿って戻ってこられそうだけどね。

「サトゥー、手」

ミーアが手を差し出してきた。

混雑する人の流れではぐれたらいけないので、ミーアと手を繋いで獣娘達を追いかける。

なお、空いていたもう片方の手が取り合いになったのは言うまでもない。

「――第二王子は話に乗らなかっただろ？」

「ああ、『イタチは信用できない』とけんもほろろに断られた」

雑踏の向こうから、聞き耳スキルがそんな会話を拾ってきた。

「あんたらじゃなくても、墜落城へ宝探しに行きたいなんて話に、この国の王族が乗るわけがないさ」

「なぜだ？　貧乏国の財政を一気に好転できるぞ。王子自身も継承順位が上がる良い話ではないか？」

マップで見た感じ、会話をしているのは鼬人族の商人とサガ帝国出身の高レベル冒険者らしい。

冒険者の女性はレベル三九となかなかのものだ。

「そんな風に割り切れるのはあんたらだけだよ。影姫の墜落城はこの国の王族の祖先が暮らしていたって伝説があるじゃないか。この国に墜落した時に、生き残った僅かな者達がこの国を興したんだ……その城に手を付けるのは、いわば祖先の墓を荒らすようなモノだと感じてもおかしくないさ」

「ふむ、人族とは不合理な感傷を優先する生き物なのを忘れていたようだ」

　観光省の資料によると冒険者の言う墜落城というのは、この国の北東にある森の中にある過去の遺跡らしい。

　マップを見たところ、北東にある「影森」という森の中央部が空白地帯——別エリアになっているので、そこにあるのだろう。

「墜落城の心臓部を手に入れたら、大怪魚を凌ぐような空中要塞を建造できるというのに……」

「手に入ったら、だろう？　あそこは六〇〇年以上前に、シガ王国の勇者王ヤマトが挑んで逃げ帰ったような魔窟だ。入口付近で墓荒らしをするならともかく、最奥に挑むなんて自殺行為もいいとこさ。あたしは勇者ってヤツの非常識さをハヤトに見せつけられたからね」

　この冒険者は勇者ハヤトと面識があるようだ。

　彼らの言う墜落城には興味があるが……墓荒らしはしたくないな。

　ヒカルが入った事があるみたいだし、後で話を聞いてみよう。

　それにしても、墜落城か。この国に落ちたのも、ララキエ文明の浮遊城とかだろうか？

「——ならば、この魔法道具を墜落城の中まで運ぶ仕事ならどうだ？」

「なんだい？　この卵？」

「起動句を唱えたら、調査用の魔法生物が出てくるモノだ。これを内部に運ぶだけで金貨一〇〇枚出そう」

「あんたの国の金貨は使いにくい。シガ王国金貨一五〇枚かサガ帝国金貨七五枚なら手を打とう」

「よかろう、シガ王国金貨で支払おう。前金三〇枚、後金一二〇枚だ」

「分かった、それで――」

悪巧みと言えなくもない会話の途中で、控えめな声がオレの集中を遮った。

「ご主人様、どうかされたんですか？」

「いや、ちょっと知り合いに似た人がいたんだけど、人違いだったみたいだ」

ルルが不安そうにしていたので適当な言い訳で誤魔化す。

さっきの二人は密談をしていた宿を引き払ったようだ。

トラブルの臭い(におい)がするので、とりあえずマーカーを付けておこう。

「じー」

口で擬音を言いながら見上げるミーアとアリサの目がキラリと光っていたので、たぶん二人にはオレが誤魔化した事がバレたに違いない。鉄壁ペアの勘は色恋以外にも鋭いね。

当たり障りのない会話を皆(みんな)と交わしながら通りを進むと、人垣の向こうに巨大な魔物の頭が見えた。

「あれが匂いの元みたいだね」

「ま、魔物ですか？」

「城虎という魔物だよ」

勇者ハヤトと黒竜退治に来た時に、勇者の従者であるルススとフィフィが狩ってきた魔物だ。

「美味しいの？」

「獣臭さをちゃんと処理したら美味しいよ」

国軍の兵士達が倒した城虎を、お祭りの催し物の一つとして展示しているようだ。

すぐ傍の仮設竈では城虎の後脚が火に掛けられており、無料で人々に振る舞われているらしい。

「じゃあ、アレはダメね」

アリサが言うように、獣臭いせいか身なりの良い人達は近寄らず、肉体労働者風の豪快な男達や貧困層っぽい服装の人達が城虎の肉串や煮込み料理を受け取っている。

その様子を見物していると、城虎の肉串を貰ってきた獣娘達が戻ってきた。

「カタウマ」

「ワイバーンのお肉みたいなのです」

「固くて歯ごたえがありますね」

獣娘達がガジガジと肉に囓り付く。

「ご主人様、皆様の分も戴いて参りました」

「ああ、ありがとう」

「リザに感謝を」

「どんな味か気になります」

オレに続いてナナとルルが、リザから肉串を受け取る。

「いらない」

「わたしも遠慮しておくわ」

「分かりました、ミーアとアリサの肉串は私が責任を持っていただきましょう」

肉嫌いのミーアと獣臭に顔をしかめたアリサが受け取りを拒否した。

「どう？　ご主人様」

……なんていうか、靴底を煮たような食感と、一噛みごとに獣臭さがにじみ出てくる。

ありていに言ってマズイ。

残りはポチが食べてくれたが、二度と食べたいとは思えない肉だった。処理や下拵えの有無で、ここまで違う味になるとは思わなかった。

もちろん、内心で思っていても口にはしない。

「ノーコメント」

周囲ではそんな固くて不味い肉でも、必死で食べる人達がいるからね。

ナナとルルも途中でギブアップし、彼女達の残りはタマが処分したようだ。

「味はともかく、お年寄りには辛い固さみたいね」

「ご主人様、ちょっと行ってきます」

困っている人を見てルルの料理人魂に火が付いたらしく、雑に調理する兵士達の所に走っていってしまった。控えめなルルにしては珍しい。

「そういえばさっき様子が変だったけど、何か見つけたの？」

アリサに聞かれたので、さっき聞き耳スキルで拾った会話を伝える。

「へー、鼬人と女冒険者の陰謀ねー」

「鼬人どもが何かよからぬ事を企んでいるのでしょうか？」

話していたアリサよりも、近くで聞いていたリザの方が真剣な顔で考え出した。

彼女は鼬人を嫌っているから、少し過剰な反応だ。

今のところ介入する気はないけど、観光の合間にでもチェックしようと思う。

「それも気になるけど、彼らが話してた墜落城もちょっと興味がある」

墓荒らしをする気はないけど、どんな場所か、遠くからでもいいから見物してみたい。

「確かに、ちょっと浪漫よね～」

アリサやリザも興味がある感じなので、「遠話」でヒカルにどんな場所か聞いてみる事にした。

『――墜落城？　ルモォーク王国の影城の事よね？』

『ごめん、影城って呼称は知らないけど、北東の森にある遺跡みたいなんだけど』

『それが影城だよ。もしかして行くの？　あそこは危ないから、イチロー兄ぃでも止めた方がいいよ』

『そうなのか？』

『うん、当時のルモォーク王に頼まれて入ったんだけど、最奥の間を守る影の番兵が強すぎて逃げ出しちゃった』

『ヒカルが？』

勇者ヤマトとしてシガ王国を建国したヒカルは、レベル八九の魔法使いだ。

生半可な相手なら、ヒカルの敵じゃないはず。

『うん、一体一体は上級魔族ほどじゃないんだけど、倒しても倒しても次々に湧いてくるから手が回らなくなっちゃうんだよ』

上級魔族級の敵が無限湧きとはなかなか酷い場所だ。

『よく無事に逃げられたね』

『番兵達は影城から離れられないから、なんとかね』

なるほど、そんな制約があるのか。

『それにあそこはルモォーク王国の墓所でもあるから』

『分かった。興味本位で訪れたりしないよ』

墓所を荒らすのは良くない。

オレはヒカルに約束して通話を切った。

「――柔らかい！」

ルルのいる方から歓声が上がった。

「これなら、あたしでも食べられるよ」

「凄いね、お嬢さん。歯が残っていない婆ちゃんでも食べられるなんて！」

ルルは臭い消しの香草を投入した城虎肉のミンチを、肉団子にして好評を得ていた。

ちなみに香草は、癒眠樹の里で大量にゲットした品だ。

最後にレシピを兵士達に伝え、その場を後にした。

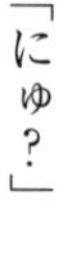

食べ歩きをしながら露店を眺めていると、前方の大通りから人々の歓声や木琴のような音が聞こえてきた。

「楽しそうな音」

「にゅ？」

「何かしら？　行ってみましょう！」

「ん、行く」

アリサとミーアがオレの手を引いて駆け出す。

「ナナ、私達も行きましょう」

「私にはカワイイを確保する義務が――」

「この飴細工は買ってあげますから」

オレ達の後ろから、出遅れたナナをリザとルルが促している。

少し距離が離れてしまったが、リザとルルが一緒なら大丈夫だろう。

後ろの方でチンピラの悲鳴が何度か聞こえていたが、きっと気のせいに違いない。

アリサとミーアが人垣の間を掻(か)き分けて、通りが見える場所に割り込む。

迷惑そうな顔で睨(にら)んでくる人達に詫(わ)びるのは、必然的にオレの役目だ。

「なんだか、山車みたいね」

「だし？」

「ああいう車輪のついた御神輿(おみこし)みたいなモノの事、だったかな？」

あまり正確な分類は覚えていないので、少し曖昧(あいまい)な説明をミーアにする。

アリサが顔の前に手でひさしを作り、こちらに向かって移動してくる何台もの山車を眺める。

見えにくそうだったので、二人の腰を抱き上げてよく見えるようにした。

「うおおおぅ……ありがと」

「感謝」

急に持ち上げられて驚くアリサとミーアの二人に微笑(ほほえ)み返し、オレの身体(からだ)を樹木のように登ってきたタマとポチを「理力の手(マジック・ハンド)」で支えて、一緒に山車見物を行う。

幼竜のリュリュは疲れたのか、既にポチのペンダント「竜眠揺篭(ドラゴン・クレイドル)」に潜り込んでお休み中だ。

「来た」

先頭から「真っ黒なシルエット状のお城」「お城のバルコニーのような所に座る桃色の髪の王女様と黒髪の王子様」「侍女風の衣装の貴族少女達」の山車だ。

「立派だと告げます」

「物語風になっているみたいですね」

そう言うのはナナとルルだ。リザはオレの身体に登ったポチとタマを回収してくれた。

山車の傍を歩く兵士達は頭から被る真っ黒な布と服を着て、影でできた人形のようにも見える。

先ほどの鼬人と女冒険者の話に出てきた、墜落城とルモォーク王国の祖を作った人達を祭る山車に違いない。

ＡＲ表示によると、桃色の髪の王女はルモォーク王国の第六王女みたいだ。

メネア王女に似た七歳の美幼女で、おっとりとした静かな印象を受ける。

「今日のモモナ様はお淑やかだな」

「そりゃ、祭りの影姫様役だからさ」

「いつも兄王子様達と馬で遠乗りしている姿からは想像もできないね」

周りの市民達の言葉からして、本来の第六王女は快活な子のよう——違う。

ＡＲ表示された第六王女の名前はリミア。マップ情報によると、彼らが話すモモナ第五王女の双子の妹だ。

たぶん、リミア姫の方は市民への露出が少ないのだろう。

隣に座る黒髪の少年も本物の王子で、一二歳の第四王子様らしい。

王族は全員ピンク色の髪らしいから、彼は黒髪のカツラを被っているのだろう。

山車の行列を見物したあと、お城の前の催し物広場を目指して移動する。

ポチとタマのリクエストで買ったお面を後ろ頭に付けた。夏祭りなんかもそうだけど、こういうお祭りの雰囲気だと、ついつい お面を買っちゃうよね。

「演劇をしてるみたいだわ！」

「行く」

「れっつら～」

「ごーなのです！」

年少組が駆け出し、年長組がそれを追いかけた。

「走ると危ないぞ」

オレはノンビリと追いかけながら、周りの人にぶつかりそうになっている子供達に注意する。

「きゃっ、ごめんなさい」

十字路で横から、どこかの子供に体当たりされた。

「こちらこそ、失礼。怪我はないかい？」

「うん、大丈夫」

謝る少女のフードの奥にピンク色の髪が見えた。

先ほどの行列見物の時に市民が噂していたモモナ第五王女だろう。快活な彼女はお忍びの祭り見物と洒落込んだようだ。

人垣の向こうから、彼女の護衛らしき兵士と侍女が追いかけてきている。

ちらりと後ろを振り返ったモモナ王女が、慌てた様子で細い路地へと駆けていった。

――そちらはマズイ。

小さな悲鳴と袋に何かを詰めるような音を、聞き耳スキルが拾ってきた。

こうなっては是非もない。

「ちょっと行ってくる」

オレはそう言い残して、細い路地へと滑り込んだ。

「なんだ、てめぇ！」

オレと目が合った途端、チンピラが恫喝してきた。

「おいおい、いきなりけんか腰は止めてやれ。いいとこの坊ちゃんが震えてるじゃねぇか」

チンピラ二人組がズダ袋の口を縛りながら、こちらを睨み付けてきた。

手ぶらの兄貴分が腰の山刀を見せつけるように抜いて、刃を舐め上げる。

物語でよくあるシチュエーションだが、舌を切らないのだろうか？

「へらへらしやがって！　舐めてんじゃねぇぞ！」

そんな風にどうでも良い事を考えていたせいか、チンピラが激昂して山刀を振り下ろしてきた。

それを軽く避けて後ろに回り込み、彼のでかいお尻を蹴飛ばして地面に積み上がっていた瓦礫にダイブさせる。

「よくも――」

もう一人のチンピラがズダ袋を放して短剣を抜いた時には、オレの手によって空をダイブしていた。

ドスンという重い音と兄貴分の悲鳴が路地裏に響く。

特に狙ったわけではないが、ジャストミートしたらしい。

もつれ合いながら起き上がろうとする二人は、雷石を使ったスタナーで意識を刈り取っておく。

王女をズダ袋から解放する前に、人相がバレないようにお祭りで買ったお面を被る。

幼女とのフラグなんて不要だからね。

「お怪我はありませんか？」

「う、うん。大丈夫――ファルサ！」

「お姫様！」

茫然自失といった王女が、通りの方に知り合いを見つけて大声で呼ぶ。

侍女の後ろからついてきていた護衛の兵士が、路地裏のただならぬ様子に剣を抜いて王女と侍女を庇う位置に立つ。

「殿下のお付きの方ですね？」

「そうだ、貴公は何者だ」

「名乗るほどのものではありません。そこに重なっている二人が殿下を攫うのが見えたのでお助けしたまで、後はお任せいたします」

「おい、待て――」

呼び止める兵士を無視して、路地の壁を蹴って建物の上に移動し、透明マントで姿を隠して仲間達のいる場所に戻った。

◆

「神の創りし浮遊城、桃色の髪をした美姫は神の花嫁なり——」

広場の一角で舞台が行われている。演目はこの国の建国話らしい。

役者はあまり上手くないが、シナリオはなかなか良い。

それに、美姫役の女性がなかなかグラマラスで魅力的だ。

「ご主人様、こちらです」

リザの槍を目印に、舞台を座って観覧している仲間達に合流する。

「遅かったじゃない。綺麗な女の人に鼻の下を伸ばしていたんじゃないでしょうね？」

「ん、浮気禁止」

幼女趣味はないので、フラグは立てません。

「違うよ。誘拐されそうになっていた子供を助けただけだ」

「まーた、どこかの幼女とフラグを立ててたのね！」

「乱立危険」

アリサとミーアを宥めていると、前の席に座っていたナナが、無表情のままクリンと振り向く。

「演劇は静かに見るべきと注意します」

「「ごめんなさい」」

もっともな話なので、その後はナナの邪魔をしないように静かに演劇を見物する。

演劇のクライマックス付近で、バタバタと大通りを騎馬の一団が駆け抜け、続いて国軍の騎士達がガシャガシャと金属音を立てながら通り過ぎた。

「マナーが悪いと批評します」

無粋な騒音に演劇のクライマックスを邪魔されて、ナナがお冠だ。

その間にも、舞台の上では狗頭の邪神と城の主たる神様の戦闘シーンが進んでいる。

神様が見事に邪神を討ち果たすが、邪神が死ぬ間際に使った魔法で、書き割りの浮遊城が墜落していく。

墜落した浮遊城からピンク色の髪の王子と王女が姿を現し、神の花嫁である母が死んだ事を告げる。

「神と人とは共にあってはならぬようだ……愛しき我が子達よ、この地と加護をお前達に与えよう。健やかに国を築け」

「御意、父――いえ、大神様」

ラストはよくある王権神授で締め括られたようだ。

◆

演劇中の騒動が少し気になったのでマップ検索してみたが、先ほどの騎馬の集団と悪巧み風の会話をしていた鼬人や女冒険者は無関係らしい。後者は今もこの王都内にいるようだ。

そして、舞台が終わった後、王都内にある一番美味しいと宰相メモにあったレストランの個室を取る事ができた。

本来なら祭りの最中にはいつも予約でいっぱいのレストランで、個室が空いているはずもなかったのだが、予約主が急用でキャンセルしたらしく、オレ達がその隙間に滑り込めたのだ。

テーブルの上には、昼間も食べた食芋を使った小さめのパイが山盛りになっている。

いつものようにアリサの「いただきます」の音頭で食事が始まる。

「食芋推しの国ね〜。カロリーゼロらしいから、食べ過ぎても安心だけど」

食芋と茸のパイ、食芋とブルーベリーのパイ、食芋と鹿の腎臓で作ったキドニーパイ、サラダは見慣れない山菜を湯がいたものの上に、皮を剥いてカットしただけの食芋のスライスやマッシュポテトがこんもりと盛られている。

「ブルーベリー、美味」

「ちゃんとお肉さんも隠れているのですよ!」

「キドニーパイが美味しい〜?」

皆が自分の好みのパイを選んで食べる。

メインディッシュにはレストランと契約している狩人達が獲ってきた巨大な青角鹿の丸焼きが出た。

「鹿肉ウマ〜?」

「煮込みからも肉の匂いがしているのです！」

「ご主人様、こちらの鹿のスジ肉の煮込みもどうぞ。一緒に煮込まれている軟骨がコリコリしていて美味です」

獣娘達が勧めてくれる料理を順番に口に運ぶ。

タマお勧めの鹿肉のグリルは淡泊な味ながら、脂が乗っていてなかなか美味だ。

ポチとリザが勧めてくれた煮込みはトロリとした食感で、食べると温かくてお腹がホコホコしてくる。アクセントで入っているグリーンピースのような小粒の豆が煮込みを飽きさせない。ワインが欲しくなる味だ。

「むぅ、ブルーベリー・パイ」

「ちょっと待って、そんなに皿に載せられないよ」

お勧めをグイグイ押し付けてくるミーアを窘めて、一先ず皿に取り分けた分を片付けに掛かる。

美味しい料理に舌鼓を打っていると、個室の外から不穏な会話が漏れ聞こえてきた。

高級店なのに壁が薄いらしい。

「――影姫の祭場が襲われたらしいぞ」

「祭場が？」

「どこの罰当たりだ」

「祭場の殿下達はご無事なのか？」

昼間のパレードの幼い王子と王女の事だろう。

「それが……どうも、モモナ様が攫われたらしい」

「王子や護衛の兵士達はどうしたんだ？」

「王子は無事だ。兵士は麻痺(まひ)毒入りの酒を――」

どうやら、トラブルが発生したようだ。

幕間：事件の裏側で

祭りの会場で事件が起こる少し前、ルモォーク王城の離宮には幾人もの貴人達が集まっていた。

「殿下、イタチどもはなんと？」

「影城を再び浮かべてみせるので、中に入れろと言ってきた」

ピンク色の髪をした第二王子が、部屋に入ってきた自派閥の大臣に気怠げに答える。

彼の後ろに追従していた文官が、大臣の指示を受けて扉の外の衛兵を立ち退かせて扉を閉めた。

「影城を？　可能なのでしょうか？」

「不可能に決まっている」

第二王子が呆れたように呟いた。

「大祭以外で持ち出しが禁じられている『宝鍵の首飾り』を身に帯びた幼い王女にしか結界の門を開けぬ上に、かの勇者王ヤマトさえ追い返すような番兵が守っているのだぞ？」

第二王子の脳裏に伝説が過る。

大陸に覇を唱えていた古のフルー帝国を滅ぼした大魔王、その大魔王さえ倒した勇者王ヤマトは彼にとって「最強」の象徴だった。

その「最強」が勝てなかったほどの相手を、彼は想像できない。

「それにしても惜しいですな。神の番兵がおらねば影城に眠る神代の宝を、殿下が手にする事もで

か？」

きましょうに……」

「私に墓荒らしをしろと？」

「いえいえ、ご先祖の宝を少しばかり相続していただくだけにございます」

大臣の言葉に、第二王子の心が揺らぐ。

そこにつけ込むように大臣の後ろにいた文官が囁いた。

「先般からイタチの手の者が犯罪ギルドと接触していたのは、今回の件に関してではないでしょうか？」

「ヤツらに唆された犯罪者どもが影姫役のモモナを攫うと言うのか？」

「誠に恐れながら……」

第二王子の懸念に大臣が首肯する。

「まさか――先日、陛下と謁見していたサガ帝国のＢ級冒険者達も、ヤツらが呼びつけたのか？」

「可能性はございます。斥候風の冒険者が客の出入りしない城の深部に迷い込んでいたとの報告もありますれば」

有象無象のゴロツキがいくらいても影城への潜入は難しいだろうが、そこに迷宮の第一線で活躍する上級冒険者が一緒となると成功率が違ってくる。

「子飼いの騎士を祭場の近くに待機させよ」

大臣に命じつつ、第二王子も立ち上がる。

「私も出る。妹を攫おうとする悪漢どもから妹を助け出すのは、兄の役目だからな」

彼の心の中では、犯罪ギルドや冒険者達から妹を救い出し、影城の宝物を掌中に収め、不遜な鼬人の商会を没収する図が浮かんでいた。

捕らぬ狸の皮算用を突っ込む者はこの場にはいない。

◆

「今日のモモナは大人しいな」

明るい笑顔の兄――第四王子の言葉に、小さなリミア王女の胸はちくちくと痛んだ。

なぜなら、第四王子は祭りの影姫役が双子の姉王女モモナと彼女が入れ替わっているのに、まったく気がついていないからだ。

第四王子にとって、王家の特徴である桃色の髪を持たない彼女は妹として認識されていないのかもしれない。

「疲れているなら、挨拶に来る民草の対応は俺が引き受けてやる。モモナは果実水でも飲んで適当に笑顔でいればいい」

「ありがとう、ございます。兄様」

リミア王女は精一杯の笑顔で第四王子の厚意に答えた。

やがて日が傾き、祭場の周りに篝火が焚かれる。

「ほう、美味いワインだな……」

「先ほどの代表が樽で持って参りました」

「高価なワインを樽で寄越すとは裕福な商人もいたものだ」

第四王子が上機嫌でワインを傾ける。

商人が献上したのは渋くて不味い国産のワインではなく、隣国から輸入された高級品だったようだ。

「モモナ様にはこちらの葡萄水を」

「ありがとう」

リミア王女は見かけないメイドに勧められて、透き通るように赤い液体に口を付ける。

(甘い。前に上兄様の成人式で振る舞われた砂糖水のような上品な甘さ)

幼い顔に今日初めて笑顔が浮かんだ。

リミア王女は先ほどまでの憂鬱さを感じさせない表情で、甘い葡萄水をこくこくと飲み干した。

その途端、彼女の視界がくらりと揺れる。

よろめいて手を突き、リミア王女は考えの纏まらない頭を巡らせて周囲を見回した。

(みんな寝てる?)

「肝心のお姫さんが起きてるじゃねぇか」

「けっ、イタチ野郎め、不良品を掴ませやがって」

「おい！　文句は後だ。さっさとずらかるぞ」

聞き慣れない荒々しい言葉遣いに、リミア王女は青い顔で震える事しかできない。

彼女が腕を掴まれたと気付いた一瞬後には、変な臭い(におい)のする袋の中に詰め込まれ、荷物のように抱え上げられていた。

「い、嫌っ、は、離し――」

弱々しいリミア王女の訴えなど誰(だれ)にも届かず、乱雑に運ばれる内に気を失い、どこかへと運び去られた。

◆

「お頭！　後ろから騎兵が追ってきます」

「なんだとっ⁉」

犯罪ギルドの頭目が馬上で後ろを振り返ると、鱗　鎧(スケイル・メイル)を装備した騎兵の姿があった。

重武装で重い騎手を乗せているにもかかわらず、騎馬の速度は向こうの方が速い。

「全部で一〇騎か……数は少ねぇが追いかけてくるのが早すぎる」

彼らが王女を攫(さら)う前から待機していたとしか思えない手際だ。

この国の無能な騎士ではありえない。

「ちっ、イタチ野郎に嵌(は)められたか？」

「お頭、あれは第二王子の手勢だ」

「あの策士気取りの猪(いのしし)武者の第二王子にしてはやるじゃねぇか。おい、シガ王国の探索者崩れから巻き上げた煙玉を使え。あの櫓を抜けるのに合わせろ！」

「へいっ」

祭りのために作られた櫓の傍を通り過ぎる時に、頭目が剣で櫓の綱をブチブチと切断する。

少し遅れて追いかける手下達が、白い包みを地面に投げると爆発的な勢いで煙が周囲に広がった。

背後で巻き起こる阿鼻叫喚に構わず、男達は王都を駆け抜け、開いたままの王都の門を潜り抜けた。

正門を潜る時に、祭り飾りを幾つか倒壊させ、部下に放火まで指示する。

「お頭、いいんですかい？　ここまでやっちまって」

「構わねぇよ。墜落城の宝を手に入れたら、とっとと隣の国に逃げちまえばいいのさ」

幹部の懸念を頭目が笑い飛ばす。

都市間や国家間の行き来の少ないこの東方諸国では、国の境を越えてしまえば追っ手が掛からない事の方が多い。

もっとも、今回のように王族の誘拐や国宝の強奪の場合は例外となるだろう。

その事に気がついているのは頭目と幹部を含む数人だけのようだ。

「宝が手に入らなかったら？」

馬に鞭を入れながら、気弱そうな幹部が頭目に尋ねる。

「構わねぇさ。さっき祭場で王子や王女から盗んだ装飾品だけでも、けっこうな値が付く。この王女が持っていた『宝鍵の首飾り』を有力貴族なり隣国の王なりに売れば、爵位だって買えそうだぜ」

「さすがお頭、冴えてるっす！」

浮かない顔の幹部と違い、手下達は口々に頭目を褒め称える。

追跡する騎兵達を撒いた男達は、悠々と影城のある森へと馬を走らせた。

◆

「リミアぁあああああ！」

人が集まる影姫の祭場が何者かに襲撃されたのだ。

お忍びで祭場前の広場に繋がる小道にいた幼いモモナ王女は、妹王女が攫われるのを目撃した。

「助けなくっちゃ！」

「いけません、モモナ様」

「離して」

後先考えずに飛び出そうとしたモモナ王女を、乳母のファルサが抱き留める。

乳母が護衛の兵士に周辺の安全を確認させて、その上で護衛の兵士に詰め所まで衛兵を呼びに行かせた。

そこに騎馬の一団が姿を見せる。この国の騎士達だ。

「お前達は賊を追え！　賊は影城の森に向かったに違いない」

「「応！」」

騎馬は数名を残し、リミア王女を攫った賊を追いかけていってしまう。

「あ、あれは第二王子殿下の紋章？」

乳母の言葉にモモナ王女が視線を戻すと、確かに上の兄——第二王子の凛々しい横顔があった。

「兄様！」

「——っ、モモナ？　どうしてお前がここに？」

第二王子が狼狽した声を上げる。

なぜなら、影姫の祭場で攫われたはずのモモナ王女が目の前にいたからだ。

「大変なの！　リミアが悪い人に攫われたの」

「そういう事か……」

第二王子はモモナ王女の発言で、攫われたのは彼女と双子のリミア王女だった事を理解する。

「最悪の事態は避けられたか……」

（イタチどもめ、間抜けな事だ。しかし、ヤツらが間違えたのを悟ったなら、リミアの命が危うくなる。猶予はあまりないな。急がねば）

「——お兄様？」

モモナ王女がただならぬ様子の第二王子に怯える。

「お前は城に戻っていなさい——おい、お前達は城の近衛を呼びに行け。私は弟を侍医の所に連れていく」

第四王子を抱えた第二王子が、城仕えの侍医の所へと馬を走らせた。

他の騎兵の人達も、人を呼びに走っていってしまう。

「おや？　こりゃ何があったんだい？」

馬で走り去る人々を目で追っていたモモナ王女は、後ろから突然掛けられた声に身を震わせて振り向いた。

そこにいたのは燃えるような赤毛の女性と斥候風の細身の男性、そして普通の大人の倍くらいある巨漢の剣士。

モモナ王女は彼らに見覚えがあった。城に謁見に来ていたサガ帝国の冒険者達だ。

「――ん？　お姫ちゃんかい？　どうした、泣きそうな顔じゃないか？」

覗き込んでくる女冒険者に、モモナ王女は堰を切ったように事情を話して助けを乞うた。

「いいさ、妹姫を助けたいっていうお姫ちゃんの心意気に負けた。このB級冒険者カイゼマイン様が一肌脱ごうじゃないか！」

心強い発言をする女冒険者の言葉に、モモナ王女は猫の前に置かれた鼠のような気分になりながらも、差し伸べられた手を取った。

「お姫様、リミア様の救助なら第二王子殿下にお任せいたしましょう」

「どうする、お姫ちゃん」

「行きます。連れていってください」

「よし！　大船に乗ったつもりで任せな！」

乳母は最後まで反対していたが、モモナ王女の決意を変える事はできなかった。

モモナ王女は自分の我が儘で身代わりになった妹王女を、自分の手で救いたかったのだ。

「馬で追わないの？」

「まあ、ついてきな。馬よりいいモノがあるのさ」

そう嘯く女冒険者達とともに向かったのは、王都からほど近い農村だった。

「これがあたし達『不知火戦鬼』の足さ」

一軒の納屋に隠されていたのは、三体のゴーレム。

玩具を見せびらかす子供のような笑顔で、女冒険者がゴーレムを指し示す。

「……鼬人の使う有人ゴーレム」

「そうさ、乳母殿は物知りのようだね」

青い顔で震える乳母が、ニヤリと笑みを浮かべた女冒険者を見て卒倒する。

「あらら？　気絶した人間を連れていくわけにもいかないね。村の人間に介抱させな」

「威圧しておいて、よく言うぜ」

「何か言ったかい？」

「い、いやなんでもないさ、姐さん」

「なら、言われた事をさっさとやりな」

「へい、姐さん」

女冒険者の指示で細身の冒険者が村の中へ走っていく。

（……イアツって何かしら？）

モモナ王女は乳母を介抱しながら、聞き覚えのない単語に首を傾げる。

「イゼの姐さん。起動完了しました」

「よし、あたしはお姫ちゃんと先行するよ。あいつが戻ったら一緒に追ってきな」

モモナ王女は女冒険者の小脇に抱えられ、周囲の民家よりも背が高いゴーレムの上に連れていかれる。

「それじゃ、行くぜ？　大丈夫か、お姫ちゃん？」

（お城のバルコニーよりは低いけど、揺れる操縦席は寒くて怖い。でも――）

「大丈夫、です」

（リミアを助けるためだもん。我慢できる）

「走らせるよ？　落ちないようにしっかり掴まっていな」

（待っていて、リミア）

モモナ王女は陽気に告げられる言葉に答える余裕もなく、ゴーレムを操る女冒険者の腰帯にしがみつく事しかできなかった。

（必ず助け出してみせるから！）

◆

「では商会は任せる」

「はい、会頭」

灰鼠人の番頭に言いつけ、鼬人の商人は馬車に乗り込む。

商人が連れていくのは金庫代わりの「宝物庫（アイテムボックス）」スキル持ちの女奴隷だけ。

資金や高価な貴重品さえ運び出せば、王国側に商会を接収されても被害は少ない。

「上手（うま）い具合にカイゼマイン殿も影城へ向かったようだ。影城にある神代の秘宝（アーティファクト）が手に入れば最上だが、『探査ぷろーぶ』が一つでも情報を持ち帰ってくれたら、それだけで皇帝陛下の覚えがめでたくなるというものだ。貧乏国の支店の一つや二つ失っても惜しくない」

独り言を呟（つぶや）き、空を見上げる彼の瞳（ひとみ）に黒い影が過（よぎ）る。

風圧に馬車が揺れ、女奴隷が悲鳴を漏らす。

馬車から降りた商人を迎えたのは、四体の魔物。

その背には隷属の首輪を付けた蜥蜴（とかげ）人族や獅子（しし）人族の戦士達の姿があった。

奴隷達が乗っているのは、鼬帝国でも豪商しか持ち得ない調教（テイム）済みのワイバーンだ。

「会頭、迎えに来ました」

「ご苦労。私達の乗る一頭以外は、影森に向かえ」

商人から「探査ぷろーぶ」回収用の魔法道具を受け取った飛竜騎士達が飛び立つ。

「会頭、ルモォークの兵がこちらに向かっているようです」

「では、我らも行こう」

「行き先は帝都でよろしいですか？」

ワイバーンの背に乗った商人に、兎人の騎手が問う。

「いや、帝都に帰る前に、スィルガ王国に寄る」

「承知しました」

街道に足跡を刻みながら滑走したワイバーンが飛び立つ。

「下級竜の牙、などと贅沢はいわんから、爪かトゲ——最低でも鱗くらいは手に入れたい」

背にしがみつく女奴隷の体温に身体を委ねながら、商人は一人呟いた。

◆

「くそう、どうして門が開かねぇんだ」

影城の森で、男達が悪態をついていた。

必要な条件は満たしているはずだと、犯罪ギルドの頭目が幼い王女の髪を掴み上げる。

短い悲鳴を上げた王女からピンク色のカツラが脱げ、松明の明かりの中に金色の髪が露わになった。

「――偽物だと?」

頭目が凶相を赤黒く染めて幼い王女を睨み付ける。

「ニセモノ、じゃや、ないもん」

「王族の髪の色じゃなきゃ、意味がねぇんだよ！　この偽物がっ」

震える声で抗う王女に、頭目がなおも暴言を叩き付ける。

「仕方ねぇ、鍵だけでも金になる。ずらかるぞ」

頭目の曲刀が松明の光を浴びて妖しく光る。

悲鳴を上げる事もできずに後退る王女に、曲刀が無造作に振り下ろされた。

誰もが飛び散る血しぶきを予想したが、次の瞬間に耳に届いたのは刃が木にめり込む乾いた音だけだった。

王女がいたはずの場所にはドレスを巻き付けた一本の丸太――。


「空蝉の術~?」


「――誰だ!」

どこからか聞こえてきた声に、頭目が誰何の声を上げる。

一陣の風とともに仮面の少年が姿を現す。

その傍らには幼い王女を抱えた桃色マントの小さな黄金鎧が佇んでいた。

「やあ、はじめまして。短い付き合いになると思うけど、よろしくね」

緊張の欠片もない少年の言葉に、犯罪ギルドの面々は背筋に氷柱を差し込まれたような悪寒に身を震わせた。

影城

〝サトゥーです。死亡フラグを最初に流行らせたのは誰なんでしょうね。もっとも、「単位が取れたら彼女とスキーに行くんだ」と呟いていた友人が追試になったのは、モテない仲間達の怨念の気がします。惚気は口に出してはいけないのですよ。〟


「困った事だ」

せっかく高級店の美味しい料理に舌鼓を打っていたのに、祭場で王女が攫われたなんて話が聞こえてきた。

「どしたの、ご主人様？」

「――この国のお姫様が誘拐された、みたいな話が聞こえてきたんだ」

訝しげなアリサの問いに簡潔に答える。

「大変！　それならわたしが助けに行ってくるわ。場所はドコ？」

「たいへんたいへん～？」

「ポチも助けに行ってあげるのです」

「幼生体の保護は必須で義務でマストであると告げます」

アリサが当然のように救出に向かおうと立ち上がる。

それに釣られるように、タマ、ポチ、ナナまで立ち上がった。

ポチとタマは肉料理の刺さったフォークを持ったままだ。

まあ、助けに行くのは吝かではない。攫われた王女と直接的な関わりはないけど、友人であるメネア王女の妹だし、見捨てるという選択肢はないよね。

「ちょっと調べるから待って——」

オレはそう言って皆を宥め、マップを開く。

噂だけじゃ、本当に誘拐されたかどうかも分からないしね。

噂ではモモナ王女が誘拐されたと言っていたが、祭りの山車に乗っていたのは妹のリミア王女の方だった。

ここは個別検索ではなく、「王女」で検索しよう。

王城内にある光点は無視するとして——都市外にある光点は二つ。

影城——墜落城のある別マップの外縁部の近くにリミア王女がいるようだ。

彼女の周辺には馬に乗った何人かの犯罪ギルドの連中がいたのだが、すぐにリミア王女を連れて影城のある別マップに入ってしまったので何人いるのかは分からなかった。

もう一つの光点は王都と影森の中間地点あたりの山中におり、騎馬以上の速度で影森方向へと向かっている。

こちらはモモナ王女らしい。

モモナ王女の周囲にもマーキング済みの光点がある。

どうやら、鼬人と契約していた女冒険者が一緒みたいだ。

前に彼女のマーカーを確認した時は王都にいたから、その後にモモナ王女を連れて王都を出たのだろう。

王女達のマーカーを基点に空間魔法の「遠見(クレアボヤンス)」を発動して状況を確認する。

女冒険者は鼬帝国製の有人ゴーレムを移動に使っており、頭部にある操縦席の中にモモナ王女がいた。

王女は目を瞑(つぶ)って必死に女冒険者の腰に掴まっており、拘束されたり乱暴をされたりといったような痕(あと)はない。

多分だけど、リミア王女を助けるために女冒険者の協力を求めたのだろう。

「――どう?」

「リミア王女が犯罪ギルドの連中に誘拐されて影森にいる。それをモモナ王女が追いかけているみたいだ」

王女の名前を言っても、人物鑑定スキルのあるアリサ以外はピンと来ていない様子だったが、名前はあまり重要ではないので追加説明は省略しておく。

「ちょっと助けてくるよ」

気分良く祭りや料理を楽しむために、王女達をサクサクと助けてくると宣言する。ヒカルには「興味本位で訪れたりしない」とは言ったけど、救助のためなら影城を外からチラ見するくらいは許されるだろう。

「待って」

「お待ちください、ご主人様」

立ち上がるオレをアリサとリザが制止した。

「一人でもできるだろうけど、分業した方が楽でしょ？」

「そうです。せめてタマをお連れください」

アリサとリザの言葉に首肯し、モモナ王女方面にアリサ達を派遣し、リミア王女方面はオレとタマが担当する事にした。

——それはともかく、リザ。

鹿肉（しか）を咥（くわ）えたタマの胴体を持ち上げて、ヌイグルミみたいに差し出すのは止（や）めてあげてほしい。

「なんくるないさ～」

◆

「それじゃ、こっちは頼んだよ」

「おっけー」

「うん、そっちも油断しちゃダメよ」

アリサがそう言って「戦術輪話（タクティカル・トーク）」で皆を繋（つな）いだ。

王都郊外の転移ポイントまで「帰還転移（リターン）」で移動したオレ達は、ここで二手に分かれる。

オレとタマは閃駆で一足先に、残りのメンバーはミーアの精霊魔法で召喚したガルーダに乗って移動する予定だ。

ちなみに、仲間達は黄金騎士団モード、オレも勇者ナナシの姿になっている。

ヒカルの話だと、影城はレベル八九の彼女が逃げ帰るくらい強い敵がいる上に、上級魔族並みの敵が無限湧きするような厄介な場所らしいので、万全の準備を整えたのだ。

「ここからは歩いていこう」

「あい」

閃駆で影森の手前に移動する。

「このへんから別マップ――」

「――にゅ」

影森エリアに入った瞬間、仲間達と繋がっていた「戦術輪話」が切れた。

その場でアリサに「遠話」を入れてみるが、上手く魔法が発動しない。他の魔法は大丈夫みたいだから、このエリアは空間魔法だけが制限されているようだ。

「真っ黒なお城ある～？」

タマの指さす先に、森の木々の上に影絵のように漆黒の城の尖塔があった。影城と呼ばれるだけあって、蜃気楼のように頼りなく揺らいで見える。

さっきまで、こんなモノは見えていなかった。急に視界が開けたわけではない。

たぶん、別マップからは見えないようになっているのだろう。

『アリサ、影城の周りは空間魔法が使えないみたいだ』

『え？　マジで？　アリサちゃん、ぴーんち』

一度外に出て、遠話で連絡が取れない旨を伝えた。

通信ができないので、仲間達の目印になるように、タマに言って樹木のてっぺんに目立つ布を巻き付けさせた。

するすると樹木を下りてきたタマに声を掛ける。

「さ、行こうかタマ」

「あいあい～」

ぴょんっ、と飛んだタマがオレの肩口に着地し、肩車の体勢で落ち着く。

タマは黄金鎧を着ているので、少し肩が痛い。

さっきの場所まで来たら別マップになったので、「全マップ探査」の魔法を使って空白地帯を詳らかにする。

ヒカルは影の番兵が守っていると言っていたが、森の半分ほどを占める城の中には誰もいない。

リミア王女と犯罪ギルドの連中は、城を守る結界に阻まれて立ち往生をしていた。

どうやら、何か問題が起きて入れないようだ。

「――偽物だと？」

「ニセモノ、じゃ、ないもん」

彼らの近くに聳え立つ、真っ黒な杉の枝に着地するとそんな会話が聞こえてきた。

犯罪ギルドの頭目の手にはピンク色のカツラが握られており、リミア王女の髪が金色に変わっている。

彼女はルモォーク王族の特徴であるピンク色の髪をしていないようだ。

「王族の髪の色じゃなきゃ、意味がねぇんだよ！　この偽物がっ」

激昂した犯罪ギルドの頭目が理不尽な文句をつけて曲刀を振り上げる。

——おっと、まずい。

リミア王女がピンチだ。

「空蝉の術～？」

忍者タマが不思議忍術でリミア王女と丸太を入れ替えた。

それは「変わり身」の術じゃないのかと突っ込むのもヤボなので軽くスルーしつつ、この隙にオレも勇者ナナシの仮面を被り直す。

「——誰だ！」

「やあ、はじめまして。短い付き合いになると思うけど、よろしくね」

デフォルトのナナシ口調を意識しながら、対人制圧用の「誘導気絶弾」で犯罪ギルドの連中を打ち倒していく。

悲鳴を上げて逃げ惑ったり、樹木や仲間を盾にしようとしたりする者もいたが、ものの一〇秒ほどで制圧が完了だ。

彼らの持っていた松明は、落ちる前にタマが器用に回収していた。

「怪我はないかい？」

オレがそう問いかけても、リミア王女は青い顔で震えるばかりで答えない。

「どこか痛い～？」

タマの問いかけにふるふると首を横に振ったリミア王女が、震える声で問いかけてきた。

「森に入ったリミアを罰しに来た影の番兵様ですか？」

「違うよ」

彼女の勘違いを正すと、安堵の表情になって気を失った。

まあ、無理もない。箱入り王女がこんな人相の悪い連中に誘拐されていたんだから。

『ご主人様、そっちはどう？』

『攫われたリミア王女は無事だ。誘拐犯も制圧した』

『良かった。こっちはモモナ王女達と合流してそっちに向かうところよ』

『了解。ここまでの道をナビするよ』

オレはアリサに道順を伝えた後、リミア王女を近くに寝かせ、タマに誘拐犯達の捕縛を頼んでから、森の中に逃げ散った馬を集めて回る。

最後の馬を回収した頃に、モモナ王女一行を連れたアリサ達が到着した。

アリサ達とは別件だが、この国の第二王子の手勢らしき騎士達もこちらに向けて移動中らしい。

王女達を親元に連れ帰る役目は彼らに押し付けよう。

「リミアぁああああ」

「お姫ちゃん、走ると危ないよ」

リミア王女を見つけたモモナ王女が、大声を上げて妹に駆け寄る。

転びそうになる彼女を、女冒険者が保護者のような気遣いでサポートしていた。女冒険者の後ろからは有人ゴーレムに騎乗した彼女の仲間二人も続いている。

同行しているアリサ達の表情からして、オレの予想通り、冒険者達がモモナ王女を攫ったわけではないようだ。

気絶したままだと感動の再会にならないので、リミア王女を揺すって目覚めさせる。

「――姉様？」

「リミアぁあああああ」

髪色以外に違いが分からない幼い王女達が抱き合って、安堵の涙を流している。

「相変わらず素早いわね～」

「普通の犯罪者相手だったしね」

そんな幼女達を眺めながら、アリサがオレに話しかけてきた。

「いいじゃない、平和が一番よ」

そんなアリサの頭に手を置いて締め括る。ハプニングがないのが一番だよ。

オレはレーダーに映る高速移動光点を確認しながら、空を見上げた。

さっきのフラグみたいなセリフが誘引したわけではないと思うのだが、ルモォーク王国の領域から数機の飛竜騎士が飛来した。

「ぴーひょろ〜？」

「どっかで聞いた覚えのある笛の音ね？」

木々が邪魔でよく見えないが、音源は飛竜騎士らしい。

「ぐあぁあああ」

「うぅるぅるるるる」

「ふぁおぉぉぉぉおおおおお」

奇妙な声に視線を巡らせると、縛って地面に転がしておいた誘拐犯達が苦悶の表情を浮かべて藻掻き苦しんでいた。

身体や顔の一部が別の生き物のようにベコベコと蠢く様は、なかなかにホラーだ。

「うげっ、何かヤバい！」

「お姫ちゃん、妹ちゃんと一緒にこっちに来な！　こいつらから離れるんだ」

アリサが悲鳴を上げ、怯えて固まっている王女二人を促して冒険者達と一緒に避難を始める。

「ルル！　ワイバーンの方を任せる」

「はい、ご主人様！」

ルルが森の外に駆け出す。視界が開ければ、ワイバーンくらいはルルの敵じゃない。

あちらは任せておいて大丈夫だろう。

「ご主人様、賊どもが」

リザの声に振り返れば、藻掻き苦しんでいた誘拐犯達が異形の姿へと変わり、縛り上げていた縄を切って立ち上がった。

この姿には見覚えがある。魔人薬を過剰摂取した者の姿だ。

そして、魔人薬を飲んだ連中と違うのは、彼らの身体の表面を蠢く縄のような赤い光の魔法陣だ。

あれは恐らくシガ王国の王都を襲った「赤縄の魔物」の人間バージョンなのだろう。

――趣味の悪い事だ。

「皆、距離を取れ」

仲間達のレベルなら後れは取らないだろうけど、どんな隠し球があるか分からないからね。

「イゼの姐さん」

「お前ら、油断するんじゃないよ。お姫ちゃん達はこっちに来な」

冒険者達が有人ゴーレムに飛び乗り、赤縄誘拐犯達に向けて剣や杖を構える。

やる気満々なところを悪いが、ここはオレ達がサックリと始末しよう。スプラッタは嫌いなのだ。

リザを始めとした前衛陣が誘拐犯達を押さえ込み、オレの「魔力強奪」の魔法で彼らの魔力を吸い尽くす。

誘拐犯達が魔力を吸われてミイラのようになっていく。

異形の姿がマシになったが、魔人薬中毒の人達と同様に元の姿には戻らないようだ。

――ん？

レーダーに映る冒険者達の光点が、結界を抜けて影城方面に移動していく。

そういえば、あの女冒険者は鼬人族から「調査用の魔法生物が出てくる魔法道具」を影城に持ち込む仕事を依頼されていたっけ。

「――ご主人様！」

切羽詰まったアリサの声に振り返ると、無数の黒い手に掴まれた年少組が結界の向こうに連れ去られる姿が見えた。

「アリサ！　転移だ！」

「無理！　妨害される！」

引きつったアリサの顔が、状況のヤバさを雄弁に伝える。

とっさに縮地で追うも、地面から生えた無数の黒い手が襲ってきて邪魔をした。

オレは自分の失態にほぞを噬みつつも、ストレージから取り出した聖剣デュランダルで、影のような黒い手を薙ぎ払う。

縮地で接近して一番手前で黒い手に搦め捕られていたタマを掴んで脱出させる。黒い手は聖剣で簡単に斬れるが、斬る端から新しい影が出てくるのでタマも脱出できなかったようだ。

たぶん、これがヒカルの言っていた無限湧きの相手に違いない。彼女が苦戦した相手だとしたら黄金鎧装備の仲間達でも危険だ。

オレは焦燥感に駆られながらもポチとミーアを回収して、近くで奮闘していたリザとナナに渡す。

「アリサ――」

最後に一番奥にいたアリサへ向けて手を伸ばしたが、津波のように押し寄せる影の手を蹴散らしている内に、結界の向こうへと連れ去られてしまった。

「けっかい～?」

目の前で閉じた結界の表面をタマがバンバンと叩く。

「くそっ」

八つ当たりのように、結界の手前で通せんぼしていた影の手を力任せに引きちぎる。

落ち着け、サトゥー。そう自己暗示を掛けるが、焦燥感は収まってくれない。

「ごしゅ～」

タマが不安そうな顔でオレにしがみつく。

そうだ。落ち着け。被保護者に心配させてどうする。

なんとか焦燥感を理性で抑え込み、マップを開いてアリサの行方を確認する。

影城へと移動していたアリサの光点が消え、再び現れた時には迷路のような影城の最奥にいた。

マップ情報によると、アリサは気を失っているらしい。

なぜか女冒険者達が連れていったはずの二人の王女もアリサの傍にいる。

「ご主人様、こっちは倒してきました」

そこに飛竜騎士の騎手らしき獣人達を引き摺ったルルが戻ってきた。

「あら?　アリサは?」

「結界の向こうに連れ去られた」

不甲斐ないオレのせいで。

「そんな!」

「大丈夫だ。アリサは必ず助け出す」

「ですが、結界が――」

「任せろ」

――結界なんて引き裂けばいい。

アリサを攫われた焦りから、少し乱暴な考えに支配されている。

そう自己分析しながら、結界に手を伸ばす。

――あれ？

なぜか、結界はオレを拒まず、そのままスカスカと手を素通りさせた。

横で見ていたタマが結界を抜けようとして顔面から激突した。オレ以外は結界に拒絶されたままらしい。試しにタマと手を繋ぐと、二人で一緒に入れる事が分かった。外に出る時は、オレが手を繋いでいなくても大丈夫らしい。

「オレはバカか……」

相当冷静さを失っていたらしい。自分には結界の類いは効かない事すら失念するなんて……。

続けてユニークスキルである「ユニット配置」が使える事を確認する。

アリサを助け出すだけなら、今すぐにでも可能だ。ユニット配置は「自軍のユニット」をオレのいる場所に引き寄せる事ができるからだ。

ただし、アリサと一緒にいる王女達はユニット配置の対象外になるため、その場に放置する事になる。

その場合、王女達の安否は保証できない。

『囚われの幼女達を見捨てるなんて、絶対にダメよ！』

アリサならきっとそう言うだろう。

助けるなら全員だ。奥の手でいつでもアリサを回収できると分かったせいか、気持ちが軽い。我ながら現金な事だ。

「ここをいざという時の集合地点にする。はぐれたら結界の外に移動し、ここに戻ってこい」

ユニット配置の移動先に使える折りたたみ式のテントを設置する。

スイッチを入れて簡単ポイだ。捕縛した賊に壊されたら困るので、彼らは「落とし穴」の魔法で作った深い穴の底に移動させておいた。

「サトゥー」

「大丈夫だよ」

オレは不安そうなミーアの頭をひと撫でして、仲間達を連れて結界の中へと足を踏み入れた。

◆

「ごしゅ」

森を進んですぐに、タマが警告を発した。

樹木の影から、影絵のようなシルエットが現れた。

『退去セヨ』

シルエットが喋った。これは神代語だ。

『お前達が攫った娘を返せ。そうすれば出ていく』

『神ノ乙女ハ保護スル』

言葉が通じるならと、交渉してみたがそう言って譲らない。

『退去セヨ』

『アリサを返せ』

言葉を換えつつ、その問答を繰り返したが、やがて番兵が痺れを切らした。

『番兵ヨ、集エ』

「にゅ」

「ご主人様、何か来るのです！」

木々の陰から、兵士のシルエットをした影の番兵達が現れた。

オレ達を実力で排除しようと援軍を呼んだらしい。

「交渉決裂か――」

「マスター、情報を」

「――影の番兵、レベル三〇、影操術を使う。物理半減、魔法半減、通常武器無効、下級魔法無効がある」

ナナのリクエストに応え、ストレージから出した聖剣デュランダルで番兵を排除する。

「これ強い～」

「なかなか歯ごたえさんなのです」

「ポチ、タマ、油断してはいけませんよ」

「違うヤツが交ざってるのか！　影騎士(シェイド・ナイト)、レベル五〇に気を付けろ！　肩と兜(かぶと)に角があるヤツだ」

格下である無数の番兵はともかく、たまに交ざっている影騎士のせいで、仲間達が苦戦している。

「マスター、強化外装の使用許可を」

ルルと一緒にミーアを守りながら戦うナナが許可を求めてきた。

「全武装の使用を許可する」

「イエス・マスター。強化外装展開、移動城砦防御(モービル・フォートレス)起動と告げます」

「ポチも強化外装展開なのですよ！」

「タマも展開～」

仲間達が強化外装を装備した。

「螺旋槍撃(らせんそうげき)・槍(やり)津波」

「魔刃影牙・鎖連(ボーパル・シャドウバイター・ネクサス)う～」

「魔刃暴風(ヴァンキッシュ・サイクロン)、なのです！」

行く手を阻む影の番兵達を、強化外装を纏(まと)った獣娘達の聖なる武器やルルの加速砲が塵(ちり)に変えていく。ミーアも自分の護衛用に、風の疑似精霊ガルーダを呼んだ。

「マスター、森を抜けると告げます」

影の番兵を蹴散らし、オレ達は森を抜けて城の手前までやってきた。

目の前にはオーバーハングの崖があり、その上に大きな漆黒の城が聳え立っている。

「また来ました！」

ルルの声と同時に、樹木や岩の影から次々と影の番兵が出現してくる。

ゲームの無限湧き出現地点でもあるまいし、レベル三〇程度といえども毎回一〇〇体近くも現れると邪魔で仕方がない。

しかも、出現するまでマップに存在しないというのが嫌らしい。

「ご主人様、ここは私達に任せて先にお行きください」

リザの発言にしばし迷う。

「陽動」

「イエス・ミーア。ここを拠点に派手に暴れると告げます」

「ポチ達にお任せなのですよ！」

「なんくるないさ〜」

仲間達がキリリとした顔で請け合う。

「分かった。オレが城に辿り着いたら、結界の外に退避しろ」

「承知」

陽動はそれで十分だ。

「タマは一緒に行かなくていい〜？」

「今度はオレ一人で行くよ」

さっき攫われかけたからか、リザも今度はタマを連れていけとは言わない。

「ご主人様、アリサ達をお願いします」

「ああ、任せろ」

必ず無事に助け出す。

「ルル、ミーア、番兵の耳目を集めます」

「はい、強化外装、対軍兵装に切り替えます」

「ガルーダ――天嵐(テンペスト)」

ミーアが命じると、風の疑似精霊ガルーダが秘奥義的な「天嵐」を発動させて、埋め尽くすように集まった番兵達を暴風の嵐(あらし)で大地ごと微塵(みじん)に切り裂いた。

秘奥義で魔力を使い果たしたガルーダが空中に溶けるように消える。

番兵の過半数はそれで滅び、残った強めの番兵達にルルの強化外装に装備された連射砲の火線が浴びせられた。

オレは仲間達と別れ、透明マントで姿を隠し、閃駆で影城へと向かう。

◆

影城に侵入成功――。

まずはアリサ達の状態をもう一度チェックする。

――うん、無事だ。

オレはようやく城内に目をやる余裕ができた。

影城の中は外から見たシルエットと違って、ごく普通のお城だ。

見た感じ中は閑散としており、影の番兵も住人らしき者も見当たらない。

とはいえ、姿を現したら、物陰から影の番兵がわらわらと現れるのは想像に難くないので、このまま姿を隠してアリサ達がいる部屋を目指す。

マップを頼りに、立体迷路のように入り組んだ城内を進む。

――こっちは見張りがいるか。

最短コースには影騎士の上位版っぽいレベル七五の影近衛（シェイド・ロイヤルガード）というのが、門番よろしく立っていた。

AR表示される情報に、オレの潜伏系スキルや透明マントの効果を見破りそうな名前のスキルが幾つもある。

君子危うきに近寄らず。

オレはマップを再確認し、迂回（うかい）コースを選ぶ。

ちょっと遠回りだけど、こっちのコースなら門番はいない。

オレは通気孔や下水道や物資搬入路などを経由して進む。

途中から石造りの城っぽい偽装がなくなり、エルフ達の施設みたいな近未来的な廊下に変わった。

「あれ？」

通路があるはずの場所が銀色の壁になっている。

思わず呟いてしまったが、番兵達が出てくる様子はない。

――どうして、こんな場所に壁が？

マップで再確認したところ、これは隔壁のようなものみたいだ。

材質はオリハルコンを含有したアダマンタイト合金製らしい。硬さに特化したタイプのようで、物理攻撃で壊すのは骨が折れそうだ。ゲーム的に言うなら、「非破壊属性」が付いた背景オブジェクトみたいなものだろう。

――とはいえ、ここを迂回するとアリサ達の場所に行けない。

さっき回避した影近衛のいるコースを進む以外に道はなく、あっちに向かっても影近衛を蹴散らしている間に、これと同じ隔壁が下りそうな気がする。

選択肢は三つ。

一つ目は「全てを穿つ」竜の牙を用いた竜槍を使う。

二つ目は聖剣の中で最高の切れ味を誇る聖剣エクスカリバーを使う。

そして三つ目は――。

「やっぱ、これが一番斬れる」

ストレージから居合い抜きにした神剣で隔壁を斬る。

切断を終えた隔壁をストレージに収納し、通り抜けてから隔壁を元通り嵌めておく。

これなら一見しただけだと分からないから、潜入の発覚も遅らせられるだろう。

隔壁を抜けて、リノリウムっぽい光沢の廊下を進む。

突き当たりの扉を潜(くぐ)った先に、ホムンクルスを作るのに使うようなガラス筒が並ぶ部屋があった。

奥の方のガラス筒の一つには液体が満ちており、中に何か浮いているようだ。

――何かの研究施設か？

利用目的は分からないが、重要な施設なのは間違いなさそうだ。

なぜなら――。

『退去セヨ』

眼前に振り下ろされた漆黒の大鎌(おおがま)を、頑丈な聖剣デュランダルで受け流す。

部屋の四方から現れたのは影墓守(シェイド・グレイブキーパー)という番人、それもレベルが九九もある大物だ。

『退去セヨ』

『聖ナル墓所ナルゾ』

こんなのがいるなら、全盛期のヒカルが追い返されたというのも納得できる。

オレは縮地で配置を変え、三体の影墓守が一列になる瞬間を狙(ねら)って、魔力を過剰充填(じゅうてん)した「聖なる弾丸」を射出した。弾丸はオレの眼前に展開された「加速門(アクセラレーション・ゲート)」を通り、ルルの加速砲並みの勢いで影墓守達を消滅させる。

レーザーのような勢いで青い弾丸が壁に当たり、熱い油に水滴を落としたような音を残して弾(はじ)き返された。聖弾を反射するとはなかなか堅い壁だ。

『退去セヨ』

射線に乗らなかった最後の一体が眼前に迫る。

――これでも喰らえ。

勇者ハヤト直伝の閃光六連撃が、漆黒の大鎌ごと影墓守を滅した。

「ふう――」

一息吐いて周囲を見回す。

今のところ、お代わりはないようだ。

さっき見つけたガラス筒の中の浮遊物は、桃色の髪をした幼女だった。マップ情報によると既に死んでいる。さっきの墓守は、この子を守っていたようだ。

オレは心の中で彼女の冥福を祈り、アリサの待つ最奥の間へと駆け出した。

◆

背の高いモノクロの扉を蹴り開けると、謁見の間のような場所に出た。

ここは静謐な空気に満たされており、目の前には幅三メートルほどの柱のようなモノがある。

アリサがいるのはこの向こう側だ。

オレは縮地で回り込む。さっきの柱のようなものは、高さ一〇メートル以上ある巨大な玉座だったらしい。

「アリサ！」

その玉座の上にアリサがいた。王女達もだ。

揺すっても起きないので、気付け薬でアリサを起こす。

「えへへ、サトゥー」

寝ぼけたアリサが首元に抱き着いてきて、オレの唇を奪おうとするので、手のひらで額を押さえて止める。

「キスくらい後でいくらでもしてやるから、早く目を覚ませ」

「ふへ？　――ってご主人様？」

寝ぼけ眼でにへにへ笑っていたアリサが、目を覚まして真面目(まじめ)な顔に戻る。

どうやら、さっきのオレの発言は聞いていなかったようだ。

「えっと？　どここ？」

戸惑うアリサに現状を伝える。

「ごめん、足手まといになっちゃったわね」

「無事ならいい」

死ななければ、たいていは何とかなるしね。

アリサを玉座から降ろし、一緒に座っていた幼い王女達を抱き上げる。

「とりあえず、ここを出よう」

「うん――」

周囲を見回していたアリサが動きを止めた。

「どうした？」

「ご主人様、あれ見て」

アリサが指さす先にあったのは――。


――絵？


玉座の背後にある壁に三枚の絵画が飾られている。

中央が肖像画で、左右はなぜか武器の絵だ。左の絵は透明な刀身の刀で、右の絵は漆黒の大鎌だった。なぜだか分からないけど、その二つの絵からは得も言われぬ畏怖を感じる。

――僕が相手では、ご自慢の次元刀と虚無刀を振るうには値しないと？

誰かの言葉が脳裏に過った。いつ聞いた言葉かは忘れたけど、刀の絵はそんな名前が相応しい超常の迫力を感じる。左が虚無刀なら、右は次元刀だろうか？　まあ、刀っていうフォルムじゃないから、違うんだろうけどさ。

「どこ見ているのよ。わたしが言っているのは真ん中の絵よ」

アリサが中央の肖像画を指さす。

肖像画にはピンク色の髪をした幼女を抱える黒髪の青年が描かれていた。日本人っぽい容姿だが、なんとなく見覚えがある。

「この絵がどうしたんだ？」

「碧領の異空間にあった絵と似てない？」

アリサが言うのはララキエ王朝と戦っていた「狗頭の魔王」側の軍勢が残した遺跡に残されていた「自由を尊ぶ解放神と使徒達」と題された肖像画の事だろう。

そうだ。思い出した。さっきの虚無刀うんぬんは狗頭のセリフだ。

「幼女の方は髪色といいそっくりだね」

あっちの絵の男性は顔の上半分が劣化して剥がれ落ちていたから、同一人物かは分からないが髭や口元はそっくりだと思う。

「男性の方も同じ可能性は高いね」

「やっぱ、そうよね～」

という事は、この影城もあの遺跡と同じ勢力のものの可能性が高い。

ならば、この男性は狗頭の軍勢が言う解放神――魔神だろう。

「それにしても、なんだか会った事もないのに見覚えのある顔よね」

「そうだな――」

言葉の途中で分かった。

この男性が誰に似ているのか。

「どうしたの？」

「いや、なんでもない」

元の世界にいた時の大人になったオレの顔に、なんとなく似ているんだ。

もっとも、オレはあんな感じの髭を伸ばした事はない。たぶん、他人のそら似だろう。

オレが魔神と似ているなんて、そんな偶然はありえない。

「何かロリコンっぽい顔ね」

「あれは子供を愛でる父親の顔だろ？」

アリサの評価は厳しい。

自分と似ているると思ったせいか、絵の青年を擁護する発言をしてしまった。

——危機感知。

絵の隙間から、影が溢れてきた。

ようやく、この部屋の守護者が姿を見せたようだ。

「ご主人様、あの影はヤバいわ。鳥肌がすっごい」

「気が合うな。オレも走って逃げたいくらいだ」

シガ王国の王都で遭遇した「魔神の落とし子」並みにヤバい感じがする。

ＡＲ表示されるヤツの情報は——ＵＮＫＮＯＷＮ。

前にシガ王国の王都に現れた「魔神の落とし子」や狗頭の魔王と戦った時に現れた幼女と同じ表示だ。「まつろわぬもの」も同じ表示だったが、ヤツらのような瘴気は感じない。

——ならば、あれは神。

あるいは神の眷属に違いない。

オレは王女二人を「理力の手」で回収し、アリサを抱き上げる。

――げっ、ピンク髪の方の王女が椅子から持ち上げられない。

何かで固定されているらしい。

『神の花嫁を奪わんとする不届き者よ。その不遜な手を放すが良い』

その声を聞いた途端、思わず抱き上げたアリサ達を解放しそうになった。ヤバい強制力だ。

『人違いだ。あれはルモォーク王国の王女だ』

オレは相手と同じ神代語で彼の誤解を解く。

『小さき者よ、世迷い言は不要。花嫁の印たる桃色の髪を持つ娘を奪うつもりか』

ふむ、どうやらルモォークの神話はある程度事実に即したモノだったらしい。

でも、まあ、いたいけな幼女を生け贄に捧げる気はない。

オレは会話を続けながら、ピンク髪王女を固定する何かを調べる。

『あなたが神か？　それならば、名を名乗られよ』

『我は神にあらず。神の留守を守る使徒なり』

『使徒殿の主はいずこの神なりや』

いかん、使徒の言葉に釣られてオレまで変な言葉遣いになってしまった。

「――ご主人様、囲まれてる」

アリサが言うように、謁見の間の扉が開いて影近衛とか影将軍とか影剣鬼とかがなだれ込んできた。

マズい。このままじゃ、アリサ達を守りながら激ヤバの使徒達と戦う事になる。

かといって、ピンク髪王女を見捨てる気もない。

『神の御名を尋ねるとは不遜なり。この世を治める主上の御名は尋ねるまでもなく、あまねく世界に知られておろう。至高の御方を崇め祈るが良い――』

微妙に話が通じないというか、できの悪いＡＩと会話している気分になってくる。

『――しからば無痛の内に、この世を去り、新たなる生へと廻るであろう』

影が広げた両手をコマ落としのような速さで左右から叩き付けてきた。

――速い。

飛んできた手が眼前で打ち合わされる。

緊急展開したキャッスルがその手を受け止めてみせた。

その瞬間、キャッスルの外側の床が陥没し、衝撃波で玉座の間が一瞬で廃墟に変わる。受け止めたのが不落城ではなく、城砦防御や使い捨てのファランクスだったら、防ぎきれずに大ダメージを負っていたかもしれない。

『神の花嫁を傷付ける気か！』

オレはともかく、アリサや王女達は余波でも大怪我をしそうだ。

『我が手は敵しか傷付けぬ。なぜ、只人が使徒たる我が手を止め得たのだ』

使徒が茫然とこちらを見下ろした。

『貴様は何者だ』

『勇者ナナシ』

「――ご主人様！」

アリサの声で、ピンク髪王女の縛めが砕けた事に気付いた。オレの手の中で、何かの術式が砕けて消えていく。焦ってキャッスルを発動した時に、握りつぶしてしまったようだ。

――結果オーライ。

オレはすぐさま思考操作でメニューを開き、「ユニット配置」で玉座の間から撤退する。

『ぬぅ、パリオンの走狗め――』

オレの視界が一瞬で切り替わった。

使徒が最後に何か言っていたようだが、繰り言か何かだろうから気にしなくていいだろう。

転移終了と同時に、キャッスル発生装置が火を噴いた。元々、ナナの黄金鎧(よろい)に装着する装置の試作品を流用していたから、無理な緊急展開をして壊れてしまったのだろう。

「ふぅ、死ぬかと思った……」

腕の中でぐったりとしたアリサが安堵(あんど)の吐息を漏らす。

「「ご主人様!」」

「マスター」

「サトゥー」

オレを見つけた仲間達が駆け寄ってくる。

「すぐにここを離れよう」

追ってくる様子はないけど、さっきみたいに影の手が這い出てきたら面倒だしね。

何より、必要もないのに神の使徒となんて戦いたくない。

オレは王女達を捜索に来た騎士に押し付け、「帰還転移」で仮拠点であるルモォーク王国の宿へと移動した。

今日は疲れた。

いつものように仲間達と同じベッドに身を横たえる。

気のせいかいつもよりも皆の密着度が高い気がするが、追及は目が覚めてからにしよう。

微睡みながら、オレは影城に思いを馳せる。あの使徒や番兵は魔神の勢力だと思うけど、ルモォーク王家の先祖に当たる「桃色の髪の娘」を守るために存在していたんじゃないかと思う。

今回の件で因縁ができたけど、ヒカルの話だと影城からは離れられないみたいだし、近づかなければ大丈夫だろう。

そう結論付け、睡魔に負けたオレは泥のような眠りについた。

◆

「殿下、あれがそうでしょうか?」

影城から王女達を助け出した翌日、オレ達は観光省の飛空艇でルモォーク王国に正式な訪問を行っていた。

王城での挨拶のあと、日本人召喚のあった跡地を見たいと国王にお願いしたところ、快く許可してもらえたので、さっそくやってきたのだ。大国の威光は凄いね。

「そうだ、ここからだと亀裂があって進めない。少し面倒だが、向こうの尖塔を回り込んでいく必要がある」

恐れ多い事に案内役は、この国の王太子殿下だ。

初めはメネア王女の異母妹である第四王女が案内してくれるはずだったのだが、彼が割り込むようにして案内役を買って出たのだ。

「ペンドラゴン子爵、ここが『勇者の国』の人々を召喚していた場所だ。見ての通り上級魔族の襲撃で建物は倒壊し、召喚をしていた魔法装置も壊れ、肝心の召喚陣も半分以上が砕けてしまっている」

そして王太子に案内された先にあったのは半壊した宮殿だった。

そこから見える王都の景色は昨日の祭りで見た町並みとはまったく違うものだ。

王城を挟んだ反対側の町並みは廃墟のように見える。

焼け野原のように炭化した柱や瓦礫が積み上がり、人が生活する様子はない。

それでも復興自体は始まっているらしく、兵士達に監督された奴隷達が瓦礫を撤去する作業に従事していた。

「あれは上級魔族によるものですか？」

「――そうだ。ヤツらがその気だったなら、この国は既に地図から消えていた事だろう」

オレの問いに王太子が苦々しげに答える。

この国には魔族と戦えるクラスの強者がほとんどいないから無理もない。

「ご主人様、召喚陣の確認をしないと」

同行していたアリサが、本来の目的を思い出させてくれる。

「ああ、そうだな——殿下、よろしいでしょうか？」

「もちろんだ」

既に国王の許可は貰ってあるのだが、同行してくれている王太子の顔を立てて確認を行った。

「ふ〜ん、これが異世界からの召喚魔法陣か……」

アリサが小声で呟く。

——なんだ、コレ？　普通に読めるぞ？

『アリサ、この魔法陣が読めるか？』

オレの『遠話』越しの無音の問いに、アリサが小さく首を横に振る。

どうやら、オレだけが読めるらしい。

「鼬人の魔法使いがサガ帝国の召喚陣を書き写してきたモノを改造したと自慢していた。なんでも神代文字で書いてあるそうだ」

王太子、情報感謝だ。

オレが読めるのは「神代語」スキルのお陰らしい。

イージーモードで実にいいね。

書いてある文字が分かれば、壊れていてもある程度の内容が分かる。

これ単体では意味がないだろうけど、サガ帝国にある勇者召喚陣と比較する事で元の世界に戻る方法が分かるかもしれない。

既に永住する気満々だが、元の世界の人達と縁を切っても良いと思えるほどドライにもなれないし、方法さえ分かれば後輩氏やアオイ少年達が元の世界に戻りたいと言った時に送り返してやれるかもしれないからね。

必要な情報をゲットしたあと、何気なく見回していると瓦礫の隙間に紫色の物が見えた。

ＡＲ表示によると「ユリコの髪」となっている。

たぶん、召喚の要になっていた「ユリコ様」という転生者のものだろう。

「ペンドラゴン子爵、その髪は我が叔母上の物だ」

「叔母というと、王族の方ですか？」

紫色の髪を手に取っていたオレに、王太子が硬い顔で手を差し出した。

オレが髪を彼の手に乗せると、ハンカチに髪を包んで大切そうに懐にしまった。

「そうだ。王妹にあたるユリコ叔母上は上級魔族の攻撃魔法で亡くなり、弔う亡骸も残らなかったのだ。貴国やサガ帝国からしたら大罪人の叔母かもしれぬが、私には大切な家族だった……せめて王家の墓に髪の一本なりとも入れてやりたい」

――遺体が残らなかったのか。

広範囲攻撃の上級魔法や禁呪なら遺体が残る方が珍しいが、これが少年マンガだったら「実は生きていた」とか言って再登場する前フリなんだが……。

それよりも、「大罪人」ってどういう事だろう？

日本人視点だと拉致誘拐犯だから「大罪人」って言われても仕方ないと思うけど、こちらの世界には、サガ帝国の勇者召喚以外で「日本人召喚をしてはならない」という法律でもあるのかな？

そんな取り留めのない事に気を散らしていたせいか、特に印象に残らないままにルモォーク王城を後にする事になってしまった。

前日のイベントが濃過ぎたせいに違いない。

◆

さて、国を去る前に幾つか確認しておこう。

リミア第六王女を誘拐した犯人達は当然のように処刑された。

入れ替わりで妹を危険に晒したモモナ第五王女は、罰として一〇日間の謹慎とオヤツ抜きの刑に処されたそうだ。

目の前で王族を攫われた使用人や兵士達も処刑が検討されたが、王女二人の嘆願と王都の人材不足を理由に減給と罪に応じた鞭打ちで済んだらしい。

ずいぶん甘い処分な気もするが、よその国の事なのであまり気にしないでおこう。

黒幕らしき鼬人の商会は取り潰しになって資産は国に没収されたそうだが、商会の主である鼬人は国を去っており、没収した商会の財貨も規模に比べて少なすぎる事から、計画的な犯行と断定し、国王から鼬帝国へ正式な抗議の書状と使者が送られたとの事だ。

冒険者の三人は無事に結界から逃げおおせたようだが、高価な有人ゴーレムを失って満身創痍のまま国外へ逃亡したらしい。

そして、金髪のリミア第六王女だが——。

「ありがとうございます、子爵様」

「大した事はしていませんよ。私がしたのは国王陛下に、殿下を公都まで送ると申し出ただけです」

年に似合わない利発な王女が、シガ王国の王立学院幼年学舎へと留学する手伝いを行っただけだ。

髪がピンク色でないコンプレックスも、別の場所なら意識せずに済むだろうし、王都なら困った時に彼女の姉であるメネア王女が助けてくれるはずだからね。

不用意に幼女とのフラグを立てないように注意しつつ、オレは小型飛空艇の針路を公都に向け、粛々とタクシーの運転手として行動した。

移動の途中、トマトの苗の補充に寄った「ブタの街」で、隻腕の魔狩人であるコン少年と再会した。

いつの間にか元シガ八剣のトレル卿から手解きを受けて腕を上げていた上に、謎の黒装束の怪人から魔剣をゲットしていたのだ。

……豪運にもほどがある。

豪運ついでに、樽でストックしてあった上級の体力回復薬を一瓶提供して、彼の腕を再生して隻腕を卒業させてやった。

迷宮都市へ行きたいという彼を、リミア王女のついでに飛空艇で公都まで送る。

旅の間にリミア王女と仲良くなっていたので、そのまま彼女の護衛として王都まで行く事だろう。

後の事は顔が広い公都貴族のトルマに押し付けたので、上手くやってくれるに違いない。

公都に寄ったついでにセーラに会っていこうと思ったのだが、オーユゴック公爵の用事でヒカルと一緒にどこかの遺跡に出かけているらしく、会う事はできなかった。


「それで、ご主人様、ルモォーク王国の『冬』ってどうなったの?」

「国王に聞いたら、今年は中止だってさ」

預言の話を伝えるまでもなく、「神の花嫁」たる王女を攫われるような凶事があった事を理由に祭りのクライマックスを飾る降雪は取りやめになったそうだ。

「なら、預言はやっぱりキウォーク王国?」

「そうなるね」

公都を発ったオレ達は、再び「雪の国」キウォーク王国へと小型飛空艇の針路を向けた。

雪の国、再び

〝サトゥーです。厄介事は不意打ちが好きだと友人の誰かが言っていました。「順調な時ほど、ヤツらは牙を研いでいるんだ」だそうです。まあ、最初から予見できるなら、厄介事になる前に対処していますよね。〟


「ご主人様、それは?」

「王都のシスティーナ王女に借りた禁書の写本だよ」

　ここ最近、聖剣や普通の魔法で対処できない相手に出会う事が増えてきたので、本格的に対神魔法の研究を進めてみようと思ったのだ。

「うげっ、フルー帝国語?」

「知らない文字」

「それはララキエ時代の文字だね」

　アリサとミーアが何冊かの写本をぺらぺらとめくる。

「ご主人様、現代語訳プリーズ」

「エルフ語訳も」

「いいとも。翻訳している間は、キウォーク王国の監視は任せたよ」

「おっけー」

「小シルフ」

ミーアの言葉は小シルフで各村々をチェックして回るって事かな？

まあ、アリサの空間魔法もあるし、任せても大丈夫だろう。

それから三日ほど掛けて写本を翻訳し、そこからはアリサとミーアの協力を得て、碧領（へきりょう）の異空間で見つけた資料の解析を始めた。

なお、アリサとミーアが監視業務から離れたので、各村々のチェックは派遣した雪だるまゴーレム間の通信で行い、王都は他（ほか）の仲間達に調査を任せてある。

「無理ぃいいいいいいい」

「難解」

「呪文一個で辞書みたいに分厚い本三冊くらいになりそうだね」

「いや、これって呪文に纏（まと）めても、一人じゃ唱えられないでしょ」

「最低一〇人」

無詠唱ならなんとかなりそうな気もするけど、パートごとでも上級魔法の容量に納めるのは無理臭い。

「機能をグレードダウンして、最低限の機能だけをピックアップしてみようか？」

「んー、それだと使い物にならないんじゃない？」

「必要最小限？」

「そうそう。そこまで削ってから、使えるレベルに機能を足していけばいいよ」

プログラムとかでもよくやる手法だ。

コアな部分はシンプルな方が、後々手を加え易いんだよね。

「ご主人様に任せていい？　わたしはちょっと電池切れぇ～」

「同意」

さすがに最低限の睡眠時間で五日っていうのは、高レベルとはいえ子供の身体には辛いか。

「分かった。コア部分が完成したら、テストの方は任せたよ」

「おっけー、とりま、おやすみぃ～」

「アリサ、ベッド」

そう言いつつ、ミーアもアリサを起こそうとした姿勢のまま寝落ちしてしまった。

オレは二人をベッドに運び、コア部分の抜き出しに取りかかる。

そこからはオレが単独で三日ほど完徹して作業を完了し、一つの呪文に纏めた。削りに削ったコア部分だけで禁呪サイズになったのは、ちょっとした驚きだ。それでも完成は完成だ。

アリサとミーアに自慢しようとリビングに向かったオレを待っていたのは、事件の鐘を鳴らす報告だった。

◆

「正体不明の疫病？」

「うん、辺境の村に配置した雪だるまゴーレムと連動している雪兎(ゆきうさぎ)が慌て出したから、わたしの『遠見(クレアボヤンス)』で確認したんだけど、三つくらいの村で病気が広がっているみたい」

アリサが預言に関係ありそうな情報を告げる。

「オレも確認してみるよ」

マップ検索したら、季節性の流行病が前よりも格段に増えている。

だが、それは「正体不明の疫病」とは言えない。

「――見つけた」

とある辺境の村に、状態が「病気：奇病」になっている者がいる。

続いて奇病で検索すると、近い距離にある三つの村で感染が広がり始めているのだと分かった。

ここが雪だるまゴーレムが異変を察知した村だろう。

「その三箇所以外は、今のところ大丈夫みたいだね」

理由は分からないけど、この程度の範囲なら手持ちの万能薬で片付きそうだ。

「マスター、王都やクピネの村では『正体不明の疫病』の話はピックアップできなかったと報告します」

「市場の者達の話では、この季節は遠隔地の村々とは行き来が少ないようです」

「『冬』が終わっても、まだまだ雪が残っていますから」

ナナ、リザ、ルルがそれぞれ得た情報を教えてくれた。

どうやら、「冬」のお陰で、疫病が三つの村に閉じ込められ、村外への感染爆発（パンデミック）に至らなかったらしい。

「村の状態はけっこうギリギリみたいだ」

空間魔法の「遠見」で状況を確認すると、なかなか悲惨な状況だった。高熱を発してうなされる患者が多く、中には吐血している者までいる。

さらに、無知ゆえか感染者の隔離も行っておらず、劣悪な環境で感染者の体力頼りの状況のようだ。

それをアリサ達に話すと——。

「まあ、こっちだとそれが普通よ」

アリサが答えると、ルルや獣娘達も同じように同意する。

「——あれ？」

「どうしたの？」

「問題の村の一つに淡雪姫や冬将軍が来てる」

到着したばかりみたいだけど、なかなかチャレンジャーだ。

「え？　マジで？」

「感染が怖くないんでしょうか？」

アリサやルルが言うように、王女や軍の双壁(そうへき)をなすような人物が、どうしてそんな場所にいるのか不思議だ。

「川に丸太」

ミーアが「渡りに船」的なエルフの諺(ことわざ)を口にした。

「まあ、オレ達を知っている人がいれば、村の人に説明する手間は省けるか……」

「ご主人様、『ペンドラゴン子爵』として行くの？」

「今回は魔法薬を提供するだけだし、それでいいんじゃないか？」

厄介な相手とのバトルが待っているならともかく、魔法薬を提供するくらいなら、わざわざ身分を偽る必要もないだろう。

「それもそうね」

「それじゃ、ちょっと行ってくるよ」

この奇病が預言の対象である可能性が高いし。

「待って、わたし達も一緒に行くわ」

「ん、同行希望」

「ダメだよ」

未知の病気が蔓延(まんえん)している場所には連れていけない。

「病気が感染(うつ)るから？　そんなのご主人様も一緒じゃない」

「一緒じゃないよ。オレには疾病耐性がある」

耐性スキルがない状態で、黒の上級魔族が撒き散らす病魔をレジストしたくらいだから大丈夫だと思う。

「それなら、わたしもスキルを――」

「待って、アリサ」

勢いでスキルを取ろうとするアリサを手で制する。

「まず、オレが現地に赴いて調査する」

「だから、ダメだってば！　ご主人様の耐性だって完璧じゃないのよ？　疾病耐性スキルのツリーには疾病無効だってあるんだから」

それは初耳。

「病気無効じゃないんだから、ファンブルするかもしれないじゃん！」

まあ、アリサの言う事も一理ある。マーフィー先生も「失敗する可能性のあるものは、いつか必ず失敗する」って言ってたからね。

「感染しても大丈夫だよ。万能薬があるし」

「効くか分からないじゃない」

「ん、呪詛」

アリサを説得しようとしていたら、ミーアが鼻息荒く割り込んできた。

「――呪詛？　病気の原因が呪詛かもしれないって事？」

「ん、呪詛疽、呪悔病……他にも、いっぱい」

ミーアが言葉を継ぎ足しながら説明してくれた。

さすがは異世界。現代知識を凌駕(りょうが)してくるね。

「その時は、呪詛払いスキルを使うし、それでもダメならエリクサーを使うよ。それなら、安心だろ？」

「……ん」

まだ心配そうだけど、ミーアの方はなんとか納得してくれそうだ。

「アリサもそれでいいね？」

「うん、そうね。エリクサーまであれば大丈夫――って、ちょっと待って」

納得しかけたアリサだが、何かに気付いたような顔で待ったを掛けた。

「それだけの対策があるんなら、わたし達も同行できるじゃない！」

「――あっ」

しまった。

そう言われてみれば確かにそうだ。

「よっしゃー！」

アリサがガッツポーズを取る。

「それじゃ、準備をするわ。ご主人様は魔法薬の瓶とそれを詰める木箱を出して、皆(みんな)は木箱に瓶を詰めていって、ルルはリザさんと病人向けの炊き出しの準備をして、調理自体は向こうでやるから」

アリサがテキパキと準備を始める。

「雪ぞりを雪だるまゴーレムで引っ張っていく？」

「いや、観光省の飛空艇があるから、それに乗っていこう。向こうでのセーフティーな宿泊場所があった方が安心だろ？」

「それもそうね。一日じゃ終わらないだろうし」

オレはストレージに入っていた小型飛空艇を拠点の前に出し、前衛陣と手分けして物資を積み込んだ。一度ストレージに入れて、運んでから出した方が効率がいいのだが、ポチとタマが運ぶ気満々だったので、普通に手で運んでみた。

それでも昼前には準備が終わり、オレ達は三つの村の中でも一番大きくて、冬将軍達が来ている村へと出立した。

◆

「ご主人様、出迎えのようです」

遠見筒(とおみづつ)を覗(のぞ)いていたルルが報告してくれた。

村から少し離れた雪原に着地したのだが、何騎かの騎士がこっちにやってくる。

毛の長い馬に乗ったキウォーク騎士と甲冑(かっちゅう)姿の淡雪姫だ。

「――サトゥー様？」

「どうして、ここにシガ王国の大臣が？」

「この村に魔族はいないぞ？」

飛空艇のタラップを下りるオレを視認した淡雪姫が名を呼ぶと、お付きの騎士達が疑問を口にした。

「サトゥー様、この先の村は危険です。すぐに引き返してください」

「危険は承知しています」

「分かっていません。発症したら、必ず死ぬ危険な奇病が蔓延しているのです」

ペスト並みにヤバい病気らしい。

幸いな事に、彼女達はまだ感染していないようだ。

「承知してます。奇病の話を聞いて、私達はここに来ました」

そもそも、それを解決するために雪国を巡っていたんだしね。

預言に語られていた「災い」とはたぶん、この奇病だろう。

「神託の災厄を未然に防ぐために、ですか？」

そう確認の問いを発したのは、淡雪姫ではなく、いつの間にか来ていた冬将軍の方だった。

「ええ、その通りです」

彼には預言の話をしておいたから、オレと同じ結論に達したんだろう。

「サトゥー様は高潔な方なのですね」

尊敬の目でオレを見る淡雪姫のキラキラした視線が痛い。

「いいえ、私は俗物ですよ」

正直に言えば他人事に首を突っ込む趣味はない。

だけど、発生する可能性が高い災いを無視して物見遊山できるほど、オレのメンタルは強くない。

大手を振って遊べるように、そんな利己的な考えでここにいるのだ。

「謙遜される事はない。どうぞ、こちらに。私どもの天幕で現状を説明いたします」

冬将軍達の案内で、村の外に設営された天幕に向かう。

「ずいぶん大人数で来られているんですね」

思ったよりも天幕の数が多い。

この数なら一〇〇人以上は連れてきているだろう。

「村の封鎖にはこれくらいの人数が必要ですから」

「なるほど」

村を封鎖しているのか。

まあ、村人が他の村に逃げ出したら、感染が広がるからね。

「ペンドラゴン子爵、これは必要な処置なのです」

「分かっています」

オレの反応を誤解したのか、冬将軍が弁明の言葉を重ねた。

話している内に天幕に辿り着いたので、持ってきたマスクを装着する。

「その口元を覆う布は？」

「これはマスクという簡易的な感染防止装備です。たくさんあるので、症状の出ていない方に配ってください」

気休め程度だけど、しないよりはいいだろう。

ポチとタマが運んできた箱を天幕の兵士達に渡した。箱の中には布マスクと薄手の防水手袋と防疫エプロンが入っている。このマスクや手袋には「防疫」と「浄化」のルーンが縫い込んである。

「さすがはシガ王国ですね」

淡雪姫が感心した顔で、さっそくマスクを着けてくれた。冬将軍も半信半疑の顔でそれに倣う。

天幕内に案内されたオレ達は、毛皮を敷いた温かそうな椅子を勧められた。

「すぐに、説明できる者が来ますので――」

「こんな時になんの用だ！」

冬将軍の言葉の途中で、怒り心頭な感じの白衣の男性が怒鳴り込んできた。

説明できる者って、治療中のお医者さんか。そりゃ、怒るよ。

「ボン医師、こちらはシガ王国の大臣であるペンドラゴン子爵だ。今回の奇病を視察に来られた」

「視察？　視察ですと？　何を視察するのです？　村人がどのように死んでいくか、ですか？　それとも、この病を戦争の道具に使えないか調べにいらしたのか？」

「ボン医師！　君の発言は侮辱にあたるぞ」

激昂した医師の発言を聞いて、冬将軍が焦ったように叱責した。

「この首が欲しければどうぞ。どうせ、私も感染している。早いか遅いかだけの違いだ」

医師が病的な目で言う。

ちょっと精神的にヤバい感じだ。

「ボン医師、私は視察に来たのではありません。現状を解決に参りました」

「解決？　大臣閣下の権力で、上級の治癒魔法を使える神官でも連れてきてくれるのか？　それとも幻の万能薬やおとぎ話に出てくるようなエリクサーでも、神々に祈って下賜してもらうのか？」

「それが必要な事なら、万難を排して実行しましょう」

オレが間髪を容れずに答えると、医師が暴言を捲し立てるのを止めた。

「本気で言っているのか？」

「もちろんです。酔狂で、こんな危険な場所に来ませんよ」

「……分かった。さっきまでの発言は詫びる。村人達を救うのを手伝ってくれ」

医師は逡巡した後、オレの前に平伏して謝罪の言葉を口にした。

なんでも、彼はこの村の出身で、奇病の話を聞いて一週間前くらいから治療に当たっているそうだ。

「ボン医師、ペンドラゴン子爵に説明を」

医師が落ち着きを取り戻したところで、冬将軍が話を進めた。

「村人が奇病と呼ぶこの病は流感、雪棘熱、瘴気中毒、ゴブリン病、猿裂病……どんな病とも似ているが、どんな病とも違う。初期症状は雪棘熱に似ており、大体の者が熱を出し、一小月ほどで身体のそこかしこに棘が刺さったような痛みが現れ、やがて腹痛や息苦しさを感じ、身体に斑点ができ、皮膚が赤黒くなり、全身に痒(かゆ)みを感じ、最後に吐血をしたら三日と保(も)たずに死に至る」

　なかなかエグい病だ。

「持ってきた薬はどれも効かない。呪(のろ)いかと思って瘴気中毒の薬も試したが効果はなかった」

「中級魔法の『病気治癒(キュア・デシーズ)』は？」

「さっき将軍閣下が連れてきてくれた宮廷魔術師に試してもらった。症状の軽い者には効いたようだが、吐血した重症者には効果なしだ」

　なら、ミーアの水魔法だと重症者は癒(い)やせないか。

「神聖魔法はどうでした？」

「この村には病を癒やせるような高位神官はいない」

　医師が吐き捨てるように言う。

「連れてこなかったのですか？」

「キウォーク王国で上級の治癒魔法が使える司祭や神官は数えるほどしかいません。そして、そういう者は神殿の重鎮です。残念ながら、招聘(しょうへい)に応じていただけませんでした」

　オレの質問に、冬将軍が答える。

「こんな田舎村が滅ぼうと、お偉いさんには関係ないからな」

「そんな事ありませんわ！　現に私や冬将軍も来ているではありませんか！」

「殿下達が来ているのは国のためだろう？　病を治せない時は、村ごと焼くために兵士達に包囲させているんじゃないのか？」

なかなかエグい想像だが、戦国時代とか殺伐とした時代の為政者なら、本当にやりそうで怖い。

「違います！　そのような暴挙を防ぐために来たのですわ！」

医師の疑いを、淡雪姫が否定する。

「話が逸れていますよ。ボン医師、説明の続きをお願いします」

「分かった。だが、ほとんど話した。後は患者数くらいだ。村人三二四名のうち、二九八名が発症。既に三八名が死亡し、一二名が生死の境を彷徨っている」

——マジか。

「死んだ者は村の外れで火葬に——」

「患者はどこですか？」

医師の説明を遮って立ち上がる。

遺体の処理も大切だけど、それよりも生きている人だ。

「ペンドラゴン子爵？」

「ボン医師、重症者のいる場所に案内してください」

オレに言われた医師が、「いいのか？」と言いたげな顔で冬将軍を見た。

「ですが——」

「万能薬です」

オレは引き留めようとする冬将軍の言葉を遮って、貴族服の内ポケットから取り出した小瓶を見せる。

「ば、万能薬⁉ 幻の秘薬ではありませんか！」

「それならきっと治せます！」

冬将軍は万能薬を見て驚きに目を剥き、憔悴していたボン医師は希望に目を輝かせた。

「こっちです！」

「おいっ！」

冬将軍が止める暇もなく、医師が立ち上がってオレを先導してくれた。

医師が飛び込んだのは神殿だ。礼拝室が診療所になっているらしい。

「子爵様、この子供に！」

末期症状なのが一目で分かる。

意識が混濁しているのか、万能薬を口に流し込もうとしても上手くいかない。

「ご主人様、これを」

ルルが差し出してくれた吸い飲みを使って、子供の咽の奥に万能薬を流し込む。

「飲んだ」

「イエス・ミーア」

子供が万能薬を飲み下すと、横たわった身体が白く淡い光に包まれ、幾重にも魔法陣のようなものが現れて小さな身体を上下する。

それがゆっくりと薄れていき、それに伴って、子供の赤黒い皮膚が綺麗な肌色に変わっていく。

「……凄い」

最後に光が消えると、医師や看護師が安堵の吐息を漏らした。

「呼吸が安定していますね。皆で手分けして、他の重症患者にも飲ませよう」

「あいあいさ〜」

「はいなのです！　ポチは看護のプロなのですよ！」

仲間達が万能薬を配るのを見守る。

「──ご主人様」

アリサが硬い声でオレを呼ぶ。

「うん、分かってる」

さっき投薬後に患者の状態を目で追っていたから分かる。

投薬した子供の横にポップアップしたAR表示に「病気：奇病（潜伏）」とある。万能薬で奇病は完治しなかったのだ。

「ミーア、病気治癒を他の患者に使ってみてくれ」

「ん、■……■■■　病気治癒」

──同じか。

奇病の程度が軽症から潜伏に変わっただけだ。

「それでもやらないよりはマシか」

「そうね。ミーアが大変だけど、根治方法を見つけるまでの時間稼ぎはできるわ」

「範囲治療ができたらいいんだけど」

「できる」

オレの呟き（つぶや）をミーアが拾った。

「できるの？」

「ん、リーヴ」

「リーヴ？　精霊？」

「生命」

なるほど、生命を司る（つかさど）疑似精霊か。

「そんな精霊もいたのね」

「覚えた」

ミーアが精霊魔法の「命精霊創造（クリエート・リーヴ）」で生命の疑似精霊リーヴを召喚した。

精霊リーヴは淡く光る母性溢れる（あふ）半透明の美女といった姿をしている。

「癒やして」

――ＬＷＥＥＥＢＹＮ。

子守歌のような優しい音色が礼拝室を満たす。

ミーアの治癒魔法に比べると治癒速度が遅いけど、室内の全員を同時に癒やせるのは凄い。

「子爵様、ありがとうありがとう。これで村は救われる」

医師が涙ながらにオレの手を取る。

「ペンドラゴン子爵様、ボン医師……」

冬将軍が派遣してくれていた人物鑑定スキル持ちの人が、言いにくそうな顔でこっちに来た。

神殿の外に呼ばれ、彼から村人達が根治していない事を聞かされた。医師が天国から地獄みたいな顔で絶望している。

「諦めたら、そこで終わりよ」

アリサが某バスケ監督の名台詞をもじって医師を励ます。

「ボン医師、アリサの言う通りです。これで治療法を確立する時間ができたと思いましょう」

「そ、そうだな。その子や子爵様の言う通りだ」

医師のメンタルが少し上向いたので、奇病の原因についてなにか心当たりがないか尋ねてみた。

「原因、ですか？」

「奇病が出てくる前後に変わった事はありませんでしたか？」

「私が問診した限りでは、これといった原因は……」

ボン医師には心当たりがないようだ。

「先生、星降りだよ！」

ミーアや精霊リーヴを拝んでいた老婆が言った。

「星降りですか？」

「うんだ。不吉な星降りがあっただよ！」

「婆ちゃん、そういう迷信じゃなくて、見た事のない変な獣がいたとか、水源で生き物がいっぱい死んでたとか、そういう話が聞きたいんだ」

迷信を言い募る老婆を、ボン医師が宥める。

残念ながら、思い当たる事がないようなので、後の事は彼に任せて残りの二村を順番に回る事にした。

「私も一緒に参りますわ」

そう言って淡雪姫がお付きの女騎士と一緒に、小型飛空艇へと乗り込んできた。

村に着いてからの説明が楽になるので、同行を許可し、すぐさま出発する。

「本当に飛んでいますわ！　私、飛空艇に乗るのは初めて――不謹慎ですわよね。すみません、場違いにはしゃいでしまいました」

窓外の光景を見て顔を輝かせた淡雪姫だったが、すぐに状況を思い出してオレや皆に謝罪した。

「マスター、目的地に到着と告げます」

やはり飛空艇だと早い。

オレ達は淡雪姫を通行パス代わりに、兵士達の包囲を抜けて村に入り、先ほどと同じように重症者を万能薬で、それ以外を生命の疑似精霊リーヴで癒やした。

続けて最後の村を癒やし終わり、最初の村に戻る途中で――。


「止めて」

「ミーア？」

「あそこ」

ミーアが森の一角、木々の生えていない広場を指さす。三つの村の中間付近だ。

「何かあるのかい？」

「癒眠樹」

ミーアがそう言って癒眠樹の種を取り出した。

癒眠樹はそこにあるだけで、周りにいる人達を癒やしてくれるファンタジーな樹木だ。

「光ってる～？」

「ぴこんぴこんしているのです」

「本当ですね」

獣娘達が種を覗き込む。

「あそこに植えてほしいんでしょうか？」

「そう」

ルルの疑問にミーアが頷いた。

オレは淡雪姫に断ってから、その場所に小型飛空艇を降ろした。

「ミーア、どのへんがいいの」

「ここ」

ミーアが言うには精霊が集まっている場所らしい。

淡雪姫達に気付かれないように精霊視を発動すると、噴水のように精霊光が漏れている場所が見えた。たぶん、極小サイズの精霊溜まりなのだろう。

「植える」

「穴掘りならポチにお任せなのですよ！」

「タマもやるる～」

ポチとタマがマイスコップを妖精鞄から取り出して種を埋める穴を掘る。

思ったより深い穴が必要らしい。一緒にエルフの里で貰った肥料を埋めておこう。

「じょうろ～」

「しゃわわ～なのです」

最後に如雨露を持ったタマとポチが水やりをした。

「サトゥー、樹霊珠」

ミーアのリクエストで樹霊珠を手渡す。

『ボルエナンの森のミサナリーアが、樹霊珠とキウォーク王国の草木に願う。癒眠樹の種を芽吹かせ、病に苦しむ人々に癒やしを与えん事を』

ミーアがエルフ語で祈りを捧げる。

淡い光を纏ったミーアから、種を埋めた場所にキラキラした光が降り注ぐ。

その光が全て土の中に吸い込まれて――。

ポコンッと音がしそうな勢いで、種が芽吹いた。

オレ達が見守る先で、種はぐんぐんと成長し、瞬く間に若木のサイズになる。

「まあ、種ってああいう風に成長するんですのね」

「い、いえ、そんなはずは……」

無邪気に喜ぶ淡雪姫の横で、お付きの女騎士が困惑の声を漏らした。

助けを求める視線がオレに向いたので、「ミーアはエルフですから」と言っておいた。

「そうですか、エルフ様なら、ありえる……の、かしら……」

まだ納得のいかない顔だったが、しばらく逡巡した後、ぎこちなく表情を取り繕って平静な様子を装っていた。たぶん、むりやりに納得した事にしたのだろう。

騒ぎになるので、この事はご内密にと告げて、オレ達は小型飛空艇を最初の村に向けた。

◆

「だから、薬を寄越せと言っているんだ！」

村に戻ると、なにやら天幕の前で横柄そうな中年男性が、冬将軍に噛みついていた。

「ワシの息子が病になったのだぞ！　我が家は傍系とはいえ、カダコーラ男爵様の血族だぞ！　それを無下にするというのか！」

貴族の血縁者らしいけど、王国の将軍に噛みつくとは良い度胸だ。

「何を騒いでおりますの？」

「こ、これは殿下。どうか、ワシの息子のために薬を。薬をかし、下賜たま、り、ますよう」

中年男性は王族向けの言葉遣いが苦手らしい。

「その息子さんの状態は？」

「なんだ、お前は？」

「村長、その方はシガ王国の大臣であらせられるペンドラゴン閣下だ。無礼な振る舞いをすれば、カダコーラ男爵の首など物理的に飛ばされるぞ」

冬将軍が脅すと、中年男性――村長は短い悲鳴を上げて地面に額ずいて許しを乞うた。

「彼の息子さんは再発症しましたが、まだ初期症状です。他にも新たに症状を訴える者が出てきていますが、症状の軽い者ばかりですので、明日の朝に纏めてミーア様に癒やしていただく予定です」

「症状が軽いだと？　ワシの跡取り息子を愚弄するか！」

医師の説明を聞いた村長が立ち上がって、医師に噛みついた。

息子は息子で村を封鎖する兵士達ともみ合っているようだし、似た者親子だ。

「話が進まないから、君は村に戻りなさい」

「し、しかし――」

「大臣閣下に文句があるのかな？」

冬将軍のアイコンタクトに従って偉そうに命じたら、すかさず冬将軍が虎の威を借って村長を追い払った。

「それで再発症したのは村長の息子だけですか？」

「いえ、他にも粉挽き屋や雑貨屋が再発症しています」

医師に案内してもらって、再発症した者に会いに行く。

身体（からだ）の弱い者ではなく、栄養状態が良さそうな者が再発症しているのが不思議だ。

「予備の万能薬を渡しておくから、状態が急変したら使ってくれ」

オレは医師にそう告げ、再発症した患者達の粘膜から採取したサンプルを持って、飛空艇内部から「帰還転移（リターン）」を繰り返してボルエナンの森へ行き、借りっぱなしになっている「エルフの賢者」トラザユーヤ氏の研究所で調査してみた。

残念ながら結果はシロ。粘膜内に怪しい微生物はいなかった。

次は火葬前の遺体を調査するか。

そう考えてキウォーク王国へと戻る。

「おかえりなさい。バカがやらかしたわよ」

戻るなりアリサから報告を受けた。

なんでも、村長の息子が万能薬を盗み出そうとして捕まったそうだ。

「よく兵士の包囲を突破できたな」

「天幕に忍び込んだんじゃなくて、お医者さんが診察に来た時に、診察鞄（かばん）から盗み出そうとしたらしいわ」

「それで犯人の処分は？」

「ご主人様の意見を聞いてから処分するそうよ。今は広場の木に縛り付けてあるって」

未遂なら大した罪にならなそうなので、そのままでいいか。

オレは冬将軍にそう告げ、火葬前の遺体の調査をしたいと申し出た。

「許可はすぐに出せるが、調べるなら急いだ方がいい」

なんでも、後回しにされていた火葬が、本日中に行われるそうだ。

「将軍閣下！　大変です！」

「今度はなんだ！」

兵士の一人が天幕に飛び込んできた。確か冬将軍の副官だ。

「ガヌヌ閣下率いる赤獅子隊がこちらに来ます」

「ガヌヌが？　戦場でもない場所に何しに来たんだ？」

レーダーで兵士の集団が来ているのは気付いていたけど、応援部隊ではなくライバル部隊だったみたいだ。

「お会いになりますか？」

「追い返すわけにもいくまい」

「私も参りますわ」

冬将軍と淡雪姫が赤毛将軍に会いに向かった。

「ご主人様、どうされますか？」

「オレ達はお呼びじゃないよ。それよりも、火葬前の遺体を調べる方が優先だ」

オレはリザを連れて村はずれの火葬場へと向かう。

「ご主人様、何かが燃える臭いがします」

リザの言葉で、火葬が既に始まっている事に気付いた。

村はずれまで来ると、煙と遺体を焼く臭いが流れてきた。火葬は始まったばかりのようだ。

「止めますか？」

それも考えたが、火葬を見守る村人達の嗚咽(おえつ)を耳にしては、それも躊躇(ためら)われる。

「いや、このまま調べる」

オレはメニューの魔法欄から、術理魔法の「透視(スルーアイ)」を発動した。

遺体の内部を調べるためだ。炭化し始めている遺体を避けて、まだ燃え始めたばかりの遺体を中心に調べる。

白い糸？

無数の菌糸のような白い糸が内臓の中にびっしりと生えている。

なんだコレは？

これが患者の死亡する原因みたいだ。

どこかで見た記憶が——って、アレだ。邪海月(クラゲ)の触手を食べた時に、オレの盲腸にできた白い繊維状のモノと非常によく似ている。

確定させるために、なんとかしてサンプルを採取したいんだけど——。

アリサの空間魔法「物品引き寄せ(アポート・オブジェクト)」は——無理か。呑(の)み込んだ異物程度ならともかく、体内の病巣を切除して取り出すようなアクロバティックな事はできなかったはず。

——そうだ。

白い繊維状のモノをマップ検索してみよう。

検索ワードを「菌糸」にしたら、検索結果が処理落ちしたみたいになった。仕方なしに範囲を絞って「奇病菌糸」にしたら、目の前で燃える遺体がヒットしたので、この検索ワードでいいみたいだ。菌糸みたいだとは思っていたけど、本当に菌糸だったとは。

今度は範囲を広げてマップ検索してみる。

「――いた」

オレは火葬場を離れ、雪原の向こうにある樹氷の森に駆け込む。

「ここのはず――」

雪の下から、凍り付いた狼(おおかみ)の死骸(しがい)が出てきた。

「カチカチだな……」

「解体いたしますか？」

「いや、必要なのは内臓だけだから大丈夫だ」

オレは「理力の手(マジック・ハンド)」で狼を持ち上げ、妖精(ようせい)剣の斬撃(ざんげき)で狼を複数ブロックに切り分け、不要な部位をストレージに収納する。

「あとはこの薬が効くといいんだけど」

オレは盲腸に生えた白い繊維状のモノを除去した時の薬――希釈除染薬を取り出し、病巣を露出させた狼の肉片にそれを振り掛けた。

「ご主人様、白い菌糸が溶けていきます」

「ああ、これで原因は究明できたね」

あの時の失敗がこんな風に役立つ事になるとは思わなかった。

どうやって手に入れたのか分からないけど、村人達や狼はクラゲを直接あるいは間接的に食べて感染したようだ。

原因が分かったのは良いのだが、大本のクラゲはどこから来た？

やっぱり、虚空から落ちてきたんだろうか？

「――ご主人様？」

「すまない、少し考え事をしていた」

オレは結果を報告しに冬将軍の天幕に向かう。

戻る途中で、タマとポチが駆けてきた。

「たいへんたいへん～」

「ケンケンパなのです！」

ケンケンパ？　石蹴りがどうかしたのかな？

早く早くと急かす二人と一緒に天幕の方に向かうと、アリサ達が中の様子に聞き耳を立てていた。

歩哨の兵士が気まずそうだ。大国の大臣の随員とあっては、排除もできないのだろう。

「ご主人様、そろそろ佳境よ」

アリサが手招きする。

「――油も薪も持ってきた。後は村ごと焼くだけだ」

天幕内の物騒な会話を聞き耳スキルが拾ってきた。

この声は——赤毛のガヌヌ将軍だ。

「その必要はない。先ほども言ったが、既に病は癒やされている」

「冬将軍の言う通りです。ペンドラゴン子爵のお持ちくださった貴重な薬で、村の者は皆、回復いたしました。もはや、奇病に冒されている者は誰もいません」

冬将軍と淡雪姫がガヌヌ将軍に抗弁する。

「姫殿下はそこの平民上がりに騙されておられる。おおかた、大国の大臣を詐称する小僧と組んで、この国を乗っ取ろうとしているのだろう？」

冬将軍は平民からの叩き上げらしい。

「ガヌヌ将軍、忠義溢れる冬将軍や他国の民草のために私財を投じる高潔なるペンドラゴン子爵を愚弄する事は許しません」

「姫殿下、落ち着かれよ。村の者が癒やされたというのは冬将軍とペンドラゴンの小僧が捏造した虚言。真に癒やされた者はおらぬ。その平民上がりが何も否定しないのがその証拠だ」

「ガヌヌ将軍、何を言っているのですか？　村には誰一人、病に伏した者はおりません」

「私が何も知らずに来たとでも思っているのか？」

ガヌヌ将軍の引っかけに、冬将軍は何も答えない。

「快癒したという者を鑑定すれば分かる事だぞ」

おっと、ガヌヌ将軍は回復した患者の状態が「病気：奇病（潜伏）」になっている事を知っているようだ。

「……内通者ですか」

「人聞きの悪い。真に国を憂う国士だ」

なるほど、冬将軍の配下に、ガヌヌ将軍の密偵が入り込んでいたわけか。

ただの脳筋系の将軍かと思ったら、意外に搦め手も得意なようだ。

「さて、姫殿下。これでお分かりになっただろう。奇病が癒えたのは表面だけだ」

「もしそうだとしても、ここまで回復していれば、あとは『病気治癒』の魔法だけで癒やせる。そうして時間を稼いでいる間に、治癒方法を確立させれば――」

「それには何日、いや何ヶ月かかる？　その間、国に何人もいない『病気治癒』が使える魔法使いを、辺境の村に貼り付けるのか？　それは幾ら掛かる？」

ガヌヌ将軍に詰問された冬将軍が口籠もる。

まあ、今回はミーアやオレがいるけど、普通の魔法使いなら、かなりの人数を揃えないと、確実に魔力が足りなくなってしまうからね。

「今はペンドラゴン子爵達がいますわ！」

「姫殿下、それはシガ王国に大きな借りを作る事になるのだ。それは国益に反する」

「ガヌヌ将軍は国民を守らずに国益を優先するのか？」

「国民は守る。だが、辺境の村三つに費やすには大きすぎる負担だと言っているのだ」

「だから、村人ごと村を焼く、と？」

「それが最善だ」

淡雪姫に続いて、冬将軍が問いかけるが、ガヌヌ将軍を翻意させる事はできそうにない。

仕方ない。首を突っ込むか——。

「最善ではありませんよ」

「『ペンドラゴン子爵』」

淡雪姫と冬将軍の声が重なる。

「大国の大臣ともあろう者が盗み聞きか？」

「たまたま聞こえてきたのですよ」

ガヌヌ将軍のイヤミを柳に風と受け流す。

「貴様もこの二人と同じ意見か？　辺境の村にキウォーク王国の財を惜しみなく注げ、と？」

「そんな話だったのですか？　なにやら、村を焼くとか、物騒な話が聞こえてきていましたが」

「それが最善だからな」

「先ほども言いましたが、最善ではありませんよ」

「では、何が最善だというのだ！」

ガヌヌ将軍が唾を飛ばして噛みついてくる。

「村人を癒やして健康にする事ですよ」

オレがそう言うとガヌヌ将軍が哄笑した。情緒不安定な人だ。

「世間知らずの姫殿下は謀れたかもしれぬが、このガヌヌの目は誤魔化せぬぞ！」

「謀る？　なんの事でしょう？」

「治療などできぬという事だ！」

「できますよ」

「完治できぬ治療になんの意味がある」

色々と意味はあると思うが、本題ではないのでツッコミを入れない。

「完治できます。冬将軍、奇病の原因が特定できました」

「ペンドラゴン子爵、それは本当か！」

「ええ、本当です」

オレは格納鞄（ガレージ・バッグ）経由でストレージから問題の部位を取り出してみせる。

「これは奇病に感染していた狼の内臓です」

「この白い菌糸のようなモノはなんだ？」

「それが奇病の原因です。村人は奇病に感染した獣の肉を食べて感染したのでしょう」

「ぐぬぬ……」

思惑と違う方向に話が向かったからか、ガヌヌ将軍がグヌヌ将軍になった。

「だが！　だが、原因が分かったからといって薬があるわけではない！」

「薬なら、ここに」

オレは懐から取り出した希釈除染薬を見せ、その薬を奇病菌糸にかけて駆除されていくのを見せる。

「そ、それが人に効果があるとは限るまい！　菌糸を溶かすくらい、酸や洗剤でもできよう！」

ガヌヌ将軍が悪足掻きをする。

まあ、言っている事は間違っていない。

「では、人に試しましょう。だれか、被験者を連れてきてください」

そう頼むと、冬将軍の副官が村長の息子を連れてきてくれた。

「入れ！」

「な、何しやがる！　俺に手を上げたら親父が黙っていないぞ！」

「黙れ」

副官が命じるが、不安に駆られた村長の息子がなおも喚き散らす。

「お、俺はカダコーラ男爵様の血族だぞ！　男爵様に言いつけてやる！」

村長の息子が子供のような事を言い出した。二十歳過ぎの大人が言うセリフじゃないね。

「黙れ、平民！　男爵ごと打ち首にするぞ！」

村長の息子が不快だったのか、ガヌヌ将軍が脅して黙らせた。

「さっさと試せ」

ガヌヌ将軍が顎をしゃくって命じてきた。

「その前に、ガヌヌ将軍が信頼できる人物に彼を鑑定させてください」

そうじゃないと、初めから罹患していなかった事にされちゃうからね。

ガヌヌ将軍の配下にいる人物鑑定スキル持ちの人は、スキルレベルが低いのか状態の把握に時間がかかっていた。

「この者は病気に――き、奇病に罹っています」

奇病と分かった途端、彼は村長の息子から距離を取った。

まあ、ガヌヌ将軍の部隊は、奇病に罹った村人を村ごと焼くために来たんだから、万が一にも感染したくなかったのだろう。

「それではこれを飲んでください」

ガヌヌ将軍なら、感染したら自分の配下でも処分しちゃいそうだしね。

「ど、毒か⁈　い、嫌だ。俺は、俺は死にたくない。死にたくないぃいいいいいいいいいいいい」

オレが希釈除染薬を差し出すと、勘違いした村長の息子がパニックを起こした。

うん、話が進まないからいい加減にしてほしい。

「――おい」

ガヌヌ将軍が村長の息子を睨み付ける。

「この薬を飲むか、このまま拷問に掛けられて苦しんで死ぬか、好きな方を選べ」

ガヌヌ将軍のバイオレンスな発言に彼の本気を感じたのか、村長の息子は渋々ながら薬を飲む方を選択した。

それでも、実際に飲む時は最後まで抵抗のそぶりを見せていたが、ガヌヌ将軍が無言で剣を抜くのを見て観念して飲み干した。

「どうぞ、確認してください」

「もう、効果が出たのか？」

普通の薬品だと、腸に届くまでは三〇分くらいはかかるけど、これは魔法薬なので一分とかからずに浸透してくれるのだ。

「病気の痕跡はありません」

ガヌヌ将軍と冬将軍の部下がそれぞれ鑑定して、村長の息子の病が癒えた事を確認した。

「これで問題ありませんね？」

「ぐぬぬ……」

ガヌヌ将軍が唸る。

素直に負けを認めるのが悔しいのだろうか？

自国の村を焼く必要がなくなったんだから、彼にも不利益はないはずなのに。

「そうか、分かったぞ」

ガヌヌ将軍が分かったらしい。

何を分かったのか聞くのが怖い。きっと碌でもない事を思いついたんだと思う。

「何をですの？」

淡雪姫が聞かなくてもいいのに聞いてしまった。

「此度の奇病騒ぎは――ペンドラゴン子爵！　貴様の自作自演だな！」

「自作自演、ですか？」

何を言ってるんだ、この人？

「貴様が辺境の村に奇病をバラ蒔き、その後で自ら病を癒やして回る。そうでなければ、ここまで短期間で病の原因を特定し、それに対抗する薬など作れるものか！」

なるほど、たまたま同じ病気に罹患した事があったから、治療薬や原因に心当たりがあったけど、普通ならそう考えてもおかしくない。

「そう考えれば、色々と見えてくるものもある。我が国の神託の巫女達が誰一人授けられた事のない預言を、他国の貴様が知っていた。いや、貴様だけが知っていた。なぜなら、貴様が作り出した虚言だからだ」

正義に酔いしれた顔でガヌヌ将軍が捲し立てる。

冬将軍は思うところがあったのか、さっきから思案顔だ。

「預言に関してはヨルスカの街の巫女殿にお問い合わせください」

「ふん、ヨルスカに住む賤民の言葉など、金を積めばいくらでも作り出せる」

ガヌヌ将軍が差別発言と名誉毀損をダブルで口にした。

「偽りの預言で人心を掻き乱して、女王に取り入り、最後に返せぬほどの恩を押し付けて、国を乗っ取るのが貴様の目的であろう！」

ガヌヌ将軍がズビシッと音がしそうな勢いでオレを指さす。

「ガヌヌ将軍！　憶測だけで、ペンドラゴン子爵を侮辱するなど、恥を知りなさい！」

淡雪姫が割り込んでくれた。

さて、事実を言ったところで、ガヌヌ将軍は納得しないだろうし、どうしたものか。

物語に出てくる脳筋悪役みたいに、決闘をふっかけてきてくれたら楽なんだけど。

「姫殿下、騙されてはいけません。恐らくは、そこの平民上がりも小僧とグルです。二人で手を組んで国を掠め取ろうと画策しているのですよ」

オレが反論しないのを良い事に、さっき言っていた妄言を繰り返して、冬将軍もろとも名誉毀損してきた。

「ガヌヌ将軍、的外れな推理はもう終わりだろうか？」

「的外れだと⁉」

侮辱されたガヌヌ将軍が顔を真っ赤にした。

「平民上がりの分際で、由緒ある名門貴族の私を愚弄するか！　将軍職についたくらいで、同格になったとでも思い上がったか！」

ガヌヌ将軍が椅子を蹴倒して立ち上がり、腰の剣に手を掛けた。

「落ち着かれよ。的外れと評した理由はこれからだ」

怒気に当てられながらも、冬将軍はその二つ名のごとく冷え冷えとした視線をガヌヌ将軍に向けた。

「聞いてやる。納得いかねば、その首と泣き別れると知れ」

「どうぞ、ご随意に――」

冬将軍はガヌヌ将軍の言葉に溜め息を一つ返し、言葉を続けた。

「ガヌヌ将軍は自作自演によって国を乗っ取るのが目的と仰いましたが、それはありえません」

「当然だ、このガヌヌの目が青い内は、外患などに国を乗っ取らせるものか」

内憂代表のガヌヌ将軍が偉そうに胸を張る。

彼は冬将軍の言葉の意味を「国を乗っ取る事ができない」と解釈したようだ。

冬将軍は彼の勘違いを訂正する事なく話を進める。

「なぜなら、ペンドラゴン子爵が国を欲すれば、既にそれは彼のモノになっていたからです」

「どういう事だ？」

「これは女王陛下の名誉に関わる話なので――」

冬将軍が人払いした後に、話を続ける。

人払いと言っても、両将軍とその副官、それから淡雪姫は一緒だ。

「女王陛下は内々に、ペンドラゴン子爵を王配に迎えようとなさっていたのですよ」

「王配だと?!」

「母上が?!」

冬将軍と淡雪姫が驚きの声を上げた。

副官二人は声にこそ出さなかったが、非常に驚いた様子だ。

「ご安心ください。既にペンドラゴン子爵はお断りになったそうです」

「信じられん」

ガヌヌ将軍が茫然と呟いた。

「そうだ、信じられん。あの女王陛下が他国から王配を求めるものか！　周辺国の王族やオーユゴック公爵の子息からの求婚も断ったのだぞ！」

後で聞いた話だと、女王に求婚したのはセーラの叔父にあたる人物らしい。

「事実です。お疑いなら、女王陛下に直接問い質せばよろしいかと」

「ぐぬぬ……」

ガヌヌ将軍が再びグヌヌ将軍になった後、「その首、預けておいてやる！」と叫んで天幕を出ていった。

ガヌヌ将軍と入れ替わりに、仲間達や人払いされていた人達が入ってくる。

「将軍閣下、ご助力感謝します」

「感謝は不要。こちらこそ、身内のごたごたに巻き込んで汗顔の至りだ」

健闘を讃えて握手を交わし、ガヌヌ将軍のせいで後回しになっていた本題に入る。

淡雪姫だけは、さっきの女王求婚の話がショックだったのか、一人で何かぶつぶつと呟いていて怖い。

「奇病の特効薬の件ですが――」

「人数分の薬は調達できそうですか？」

「ええ、もちろんです」

希釈除染薬はクラゲが世界樹を汚染した時に除去する薬を、希釈しただけの薬なので、エルフの里に行けば原液が常にストックされている。人間に使う時は原液一滴から一〇〇人分くらいに希釈するので、村三つ分くらい分けてもらうのは簡単だ。

「どのくらいで調達できるでしょう？」

「ミーアを連れていっていいなら六日、そうでなければ一〇日ですね」

実際は一時間もあれば十分だが、それを素直に言ったら、それこそガヌヌ将軍みたいに自演を疑われてしまうから、少しサバを読んで言ってみた。

「エルフ様を連れていかれては困る。あの方の癒やしがなければ、村は六日も保たない」

「大丈夫」

ミーアが首をふるふると横に振る。

「どういう事でしょう？」

「癒眠樹」

「——癒眠樹？　ルモォーク王国にあるという癒やしの大樹の事でしょうか？　ですが、村人全員をルモォーク王国まで連れていくのは不可能です」

「違う」

「……違うとは？」

ミーアの言葉が分からない冬将軍が、助けを求めるようにこっちを見た。

どうやら、翻訳家サトゥーの出番らしい。

「癒眠樹があるから大丈夫って事？」

「そう」

ミーアがこくりと頷いた。

「どういう事ですか、ペンドラゴン子爵？」

「内密に願いたいのですが、このキウォーク王国にも癒眠樹が生えているのです」

「本当ですか！」

冬将軍が興奮した顔で立ち上がった。物静かな彼にしては珍しい。

「ええ、まだ若木ですが、あの場所から動かさなければ、いずれルモォーク王国のような大樹になるでしょう」

「動かしてはいけないのですか？」

「ん、枯れる」

癒眠樹が育つには「精霊」が必要らしい。前に、ルモォーク王国出身の公都の魔法屋店長キキヌ氏も「エルフ様が植えた最初の場所以外では癒眠樹は枯れちまう」って言っていたしね。

「その癒やしの力がこの村にも届いているって事？」

「ん、範囲内」

若木の生えている場所は、三つの村の中だとこの村が一番遠いから、この村が範囲に入っているなら、他の村も大丈夫だろう。

「つまり、三つの村は寝ているだけで癒えると？」

「そう」

冬将軍の言葉にミーアが頷いた。

「もしかして、特効薬なしでも根治するとか？」

「たぶん、無理」

ミーアがふるふると首を横に振った。

「さすがにそれは望みすぎか……。だが、王都から食料の補充が来れば当面の問題はなくなりそうだ」

「――食料？」

問いかけて気付いた。

感染源の獣肉を処分したら、この村の食料が足りなくなるという事らしい。

「それなら、手持ちの食料を提供しましょう」

保存食ならストレージには唸るほどあるし、飽きが来ないように芋類や野菜とセットで色々と提供しよう。

「良いのですか？」

「構いません」

袖すり合うも多生の縁って言うしね。

オレは食料を提供し、病気の進行がないか二日ほど様子を見る事にした。ミーアが言うなら大丈夫だろうけど、念のためだ。

ただ待っているのも暇なので、村に残っていた感染源の獣肉を徹底的に焼却処分し、雪原に埋まる感染獣の死骸処理も併せて行う。

生きている感染獣もいたが、それらは獣娘達が急行して倒した。

「どしたの～？」

「ここの雪からしょっぱい匂いがするのです」

ポチが雪原の一角で鼻をすんすんさせる。

「それは雪じゃなくて、塩だよ」

「塩？　岩塩って事？」

「さらさらの塩だと告げます」

「本当ですね。雪と見分けが付きません」

「気のせいか、野兎のような形ですね」

言われてみれば、兎型の塩を雪原に倒したら、こんな形になりそうだ。

「塩像」

ミーアがぽつりと呟いた。

「使徒か？」

「そう」

ミーアは塩化した兎を見て、天罰で生き物を塩の塊に変える使徒を連想したようだ。

「でも、ご主人様。使徒がどうして、兎を塩に変えるの？」

「確かに妙だな」

兎が神様を冒涜したとは思えないしね。

「使徒様も、奇病の蔓延を防ごうとしてくださっているんじゃないですか？」

ルルが言うような理由だったらいいんだけど、使徒が封印官を断罪した時の厳格さを知っているだけに違和感を覚える。

試しに範囲を絞って「塩」でマップ検索してみたら、ポツポツとヒットした。

マップ内に使徒は見当たらないが、この周辺で活動していた形跡がある。

「ご主人様、どうされますか？」

「向こうの意図が分からないし、オレ達はオレ達で、やれる事をやっていこう」

まずは、感染獣の死骸処理を優先しよう。

皆で手分けして地道に処分していく。天駆で飛べばもっと早く処分できるけど、様子見の二日間を超えない限り、特に急ぐ必要もないので、のんびり散歩気分で行動した。

「けっこう遠くまで来たわね。これで終わり？」

「死骸は、ね。あとは生きているヤツだけだけど、そっちは一箇所に集まっているみたいだ」

そこが本命らしく、奇病菌糸に感染した殺戮歩樹を始めとした魔物が何種類か集まっている。

――あれ？

オレ達と殺戮歩樹との間に誰かいる。

マップの詳細情報を確認すると、ガヌヌ将軍が率いる小集団がいた。なぜか、村長の息子も一緒だ。

空間魔法の「遠見」と「遠耳」で確認してみよう。

『まだか、平民』

『もうすぐです』

村長の息子がガヌヌ将軍達を案内しているらしい。

奇病が癒えたとはいえ、よく封鎖した村から外出許可が下りたもんだ。

『見えました！　星降りが落ちたのは、あの高台の向こうです』

――不吉な星降りがあっただよ！

老婆の言葉が脳裏に過(よぎ)った。なるほど、迷信じゃなかったらしい。ガヌヌ将軍達は老婆の言葉を迷信と断定せずに、ここに辿(たど)り着いたようだ。

『雪ばかりで何も見えんぞ？　本当にここに星降りがあったのか？』

星降り――たぶん、なんらかの理由で、虚空にいるはずのクラゲが惑星の引力に捕まって、あそこに隕石(いんせき)よろしく降着したのだろう。

そして、燃え残ったクラゲの残骸(ざんがい)を魔物や獣が食べ、それらを人間が食べて奇病に感染したわけか。

『間違いありません！　あの大樹が目印です』

『捻(ねじ)れた大樹の周りにいるのは、魔物か？』

『あれは噴進狼(ロケット・ウルフ)です！』

『ひぇええ、噴進狼？　雪豹(ゆきひょう)すら喰(く)らう雪原の悪魔っ』

噴進狼がよほど怖いのか、村長の息子が腰を抜かして、這(は)いつくばって逃げ出す。

殺戮歩樹と噴進狼は共生関係にあるのか、殺戮歩樹の枝に生る果実を噴進狼達が美味そうに喰っている。

『ガヌヌ将軍、ここは迂回を――』

『もう、遅い。ヤツらは気付いている』

そんな会話をしている間に、ガヌヌ将軍一行と噴進狼二体のバトルが始まった。

ガヌヌ将軍は淡雪姫よりもレベルが高いだけあって、雪原という不利な環境でも危なげなく噴進狼達から勝利をもぎ取っていた。

『鑑定士、あれがそうか？』

『はい、閣下。あの樹木に生る果実がそうです』

ガヌヌ将軍が指し示したのは、さっき噴進狼が喰っていたのと同じ果実だ。マップ情報によると、殺戮歩樹本体と同様に、この果実も奇病菌糸に感染している。

「……マズいな」

「どうしたの？」

「ちょっと急ぐぞ」

鑑定士はスキルレベルが低いのか、樹木に擬態している殺戮歩樹の正体に気付いていないっぽい。

『この実があれば、好きな場所で奇病を流行らせられる。そうなれば、忌々しいコゲォークの蛮人どもも鎧袖一触だ』

なるほど、奇病菌糸に感染した果実をＢＣ兵器にして、他国を弱体化させた上で侵略しようというわけか。

ガヌヌ将軍がわざわざ雪中行軍してまで来た理由に納得だ。

『美味い、これは美味いぞ』

——え？

いきなり鑑定士が果実に喰らいついた。

いやいや、特効薬があるとはいえ、そんなものを喰ったら奇病に罹患するぞ。

『ああ、こんなに美味い果実があったなんて』

『俺にも、俺にももっとくれ』

他の騎士や村長の息子も、我先にといった感じで、殺戮歩樹の果実をもいで貪り出した。

どうやら、彼らは殺戮歩樹に魅了されているらしい。

『貴様ら！　何をしておるか！』

一人だけ魅了を免れたガヌヌ将軍が、困惑顔で部下を叱責する。

「見えたわ！　あの木よね？」

アリサの言葉に、視界を遠見から切り替える。

遠くの高台に殺戮歩樹が見えた。枝が腕のように動き出している。

「遮蔽物が多いですね。タマ、隠れている敵はいませんか？」

殺戮歩樹の周りの高台には、大木くらいの太さをした自然岩の柱が林立していた。

どこか卒塔婆のような印象を受ける。

「にゅ！」

タマがいつものように、地面に耳を当てて気配を探ろうとするが、ずぼりと雪に埋もれてしまった。

「にゅ～、分かんない～？」

タマが耳をペタンと伏せて悲しそうだ。

「大丈夫だ。他には敵はいないよ」

レーダーに映っていないから、ガヌヌ将軍達と殺戮歩樹しかいないはずだ。

「――にゅ！」

「木が白くなったのです！」

オレ達が見ている前で、殺戮歩樹が端から徐々に白くなり、ぼろぼろと霞のように崩れていく。

詳細を知ろうと、視界を遠見の方に切り替える。

『――貴様は何者だ！』

ガヌヌ将軍が誰何する声で、遠見の視界に注意を戻す。

「使徒だ」

殺戮歩樹の根元に、どこから現れたのか使徒がいる。

白く崩れていく殺戮歩樹は、使徒によって塩化されたらしい。

『不敬だぞ、下郎』

『下郎だと⁈　たかが神官風情が、由緒ある名門貴族の私を下郎と言ったか！』

『下々の身分など知らぬ』

『おのれ、言わせておけば！』

ガヌヌ将軍が剣を抜き、使徒に斬りかかった。なんて短気な。

血しぶきが舞い、雪原が赤く染まる。

『な、なぜだ』

切り飛ばされたのは剣で斬りかかったガヌヌ将軍の利き手と片方の足だ。

『神の使徒たる我に手を下すは、天に唾吐く行為と知れ』

使徒は公都地下で戦った赤肌魔族が使っていた「反射の守り」のようなものを使えるらしい。

『『ガヌヌ将軍を守れ！』』

ガヌヌ将軍の部下達が剣を抜いて使徒との間に割り込んだ。

殺戮歩樹が倒された事で、彼らの魅了が解けたらしい。

『……穢れを身に宿すか』

そんな使徒の冷徹な視線が、ガヌヌ将軍から部下達の方へと移る。

使徒が部下達に手を翳す。

――マズい。

オレは縮地で使徒の横に移動し、無益な犠牲者が出る事を防ごうと――。

危機感知スキルの訴えに身を委ね、身体を雪原に投げ出した。

使徒の腕がオレの方に向いている。防寒用に着込んだコートの端が塩に変わっていた。

オリハルコン繊維で補強したコートも、彼の異能の前ではただの布と変わらないらしい。

「ペンドラゴン子爵、貴様の仕込みか！」

「使徒殿、待ってください！」

ガヌヌ将軍の妄言をスルーして、使徒の蛮行を阻止するべく訴える。

「彼らの『穢れ』を浄化する方法があります」

将軍の部下達は瘴気(しょうき)を帯びていないので、使徒の言う「穢れ」は奇病菌糸の事だと思う。

「方法？　穢れたものなど、神の力で浄化すればいい」

この面倒臭がり屋さんめ。

「力を無駄に濫用なさいますな。エルフ達の作ったこの薬があれば、穢れなど瞬く間に消え去りましょう」

使徒の雰囲気に引っ張られて、オレまで変な口調になってしまった。

「――ふむ」

説得の言葉に、使徒が動きを止めた。

少しは思案してくれる気になったようだ。

「我が神から賜った力を浪費するわけにもいかぬか……」

使徒が小声で呟(つぶや)くのを聞き耳スキルが拾ってきた。

「少しの間、待ってやる」

使徒の気が変わる前に、ストレージに残っていた希釈除染薬を彼らに使おう。

「毒消し薬だ。果実の瘴気で死ぬ前に飲め」

果実を食べた連中は最初こそ躊躇していたが、詐術スキルと威圧スキルをミックスして訴えたら飲んでくれた。まあ、説得中に、ガヌヌ将軍の怪我を魔法薬で癒やしてやったからかもしれない。

「穢れは祓われました。これでよろしいですね？」

なんとか足りたけど、希釈除染薬の予備が三本しかない。村で誰かが再発症する前に、速やかに希釈除染薬を調達に行くとしよう。

「ふむ」

使徒の双眸が黄色い光を帯び、治療した者達を順番に見つめる。

たぶん、治療が終わったか確認しているんだと思う。

「よかろう。穢れておらぬ者に、天罰は不要」

使徒の言葉と同時に、殺戮歩樹の塩化が終わったのか、樹木の身体が倒壊して周囲を白く染める。

「にゅ！」

「あわわーなのです」

タマがポチの手を引っ張って後ろに下がる。

雪と塩の霧の向こうに、黒い何かが蠢動するのが見えた。

何度か感じた事のある激しい恐怖と嫌悪感が、嘔気を伴って押し寄せる。

「遅かったか……」

いつも超然としていた使徒が、その美貌に焦燥感を浮かべた。

その反応も当然だ。

あれは——。

「まつろわぬもの」

神々でさえ尋常ではない相手と認めるほどの存在なのだから。

外なる神

〝サトゥーです。コンピュータRPGで忌み嫌われるボスの一つに、攻略するために謎を解かないといけないボスがいる事があります。やっぱり、レベルを上げられるだけ上げて蹂躙するのも、RPGの楽しみの一つだと思うんですよね。〟


かつて、神は言った。「あれは世界を穢し、理を腐らせる。人界に存在するべきでない」と。

それは陽光に拒絶されたかのような漆黒。

大地を浸食し、大気を腐らせ、見る者の心を蝕んでいく。

——まつろわぬもの。

それは魔族以上に相容れない、この世界の敵だ。

「ごしゅ、じん、さ——」

絞り出すようなアリサの声で正気に戻った。まつろわぬものの出現に呑まれていたらしい。

オレは仲間達を「理力の手」で掴んで、離れた場所に縮地で移動する。

余分な「理力の手」を伸ばして、ガヌヌ将軍達も一緒に避難させた。

「ぎゃあああああああああ」

「ぐぁああああああああああ」

悲鳴と血しぶきが舞う。

誰(だれ)か犠牲になった。たぶん、二人だ
避難終了と同時に、仲間達に被害がない事を確認する。無事だ。

さっきまで昼間だったのに、日食のように空が陰っている。

「邪海月(エビル・ジェリー)の残骸(ざんがい)を道標に、この世界に潜り込んだか」

使徒の呟きが聞こえた。

それが事実なら、彼が奇病菌糸を穢れと呼んだのも分かる。

「――喰(く)って、やがる」

ガヌヌ将軍達はまつろわぬものに怯(おび)えた目を向ける。その視線の先では、村人の服を着た男が頭から喰われていた。さっきの犠牲者は村長の息子だったらしい。もう一人は騎士の誰かだろう。

「アリサ、彼らを」

「分かったわ」

アリサが無詠唱で、ガヌヌ将軍達を転移させる。

彼らを示す光点がキウォーク王国の王都近くにある転移ポイントに現れた。

あの位置なら、邪魔にならないだろう。

「世界を蝕む侵略者め」

使徒が神官服から鎧(よろい)姿にチェンジした。

オレ達の装備変更とは違う、ゲームの装備チェンジ並みの早着替えだ。

「至高なるザイクーオン神の使徒たる我が、貴様を滅ぼす」

彼はそう宣言して、まつろわぬものに攻撃を掛けた。

彼の持つ儀式用かゲームに出てくるコンセプトアートのような剣が、黄色い烈光を帯びている。

ＡＲ表示によると、ザイクーオン神由来の神器らしい。剣の根元で、ひときわ強烈な光を放っている黄色い宝石はザイクーオン神の神石だろう。

「総員、黄金装備に換装」

「ご主人様、よろしいのですか？」

「ああ、構わない」

まつろわぬものは、魔王かそれ以上に危険な相手だ。

使徒が倒してくれるなら万々歳だが、さすがにそれを望むのは他力本願が過ぎる。

仲間達と同様に、オレも黄金鎧に着替える。ナナシの衣装より、改造を重ねた黄金鎧の方が高性能だからだ。

「着替える必要なかったかもね」

アリサが指さす先で、使徒による天罰でまつろわぬものの黒体が白く染まっていく。完全に真っ白になった箇所から結晶化して崩れる。

「来る」

タマが短く叫ぶと同時に危機感知スキルが激しく警鐘を鳴らした。

「ナナ！　キャッスルだ！」

「――『不落城（キャッスル）』緊急展開と告げます」

オレは叫ぶと同時に縮地でナナの傍（そば）に移動する。

ナナの合い言葉（コマンドワード）と同時に黄金鎧が変形し、朱色と紅色の光がフラッシュのように瞬いた。パタパタと障壁が生まれ、強靭（きょうじん）なドーム型の積層障壁を作り上げる。

黒い衝撃波がキャッスルの障壁に激突した。

衝撃波を浴びた障壁の向こう側の雪が吹き飛び、剥（む）き出しになった地面が腐敗する。

「ご主人様、地面が！」

「腐ってる」

ルルとミーアがそれを見て一歩後退（あとずさ）った。

今のはまつろわぬものの攻撃だろう。

衝撃波に少し遅れて、今度は使徒が吹き飛ばされてきてキャッスルの障壁に激突する。

使徒を追って黒い塊が飛んできた。さっきよりも危機感知の反応が強い。

「やばっ」

使徒が障壁の内側に瞬間移動した。アリサの空間魔法だ。

直後に、黒い塊が障壁に激突した。

ナナが踏ん張って耐える。障壁を固定する次元杭（ディメンジョン・パイル）が軋（きし）み、巨人が地団駄を踏んだような轟（ごう）音（おん）と衝撃が伝わってくる。一発ではなく、連続攻撃のようだ。

それが恐ろしかったのか、ポチとタマがオレの足にしがみついた。他（ほか）の子達も不安そうな顔で腕や服に縋り付く。

「……カリオン神とウリオン神の権能を帯びた障壁？」

呟いたのは地面に転がったままの使徒だ。

「そうか、貴様らも神に導かれてこの地に来たのか」

よく見たら、使徒の身体の半分がなくなっている。

こんな状態でよく生きているものだ。

「大丈夫なのか？」

「ヤツに喰われた」

なくなった使徒の半身に、黄色い光が満ち、半身が再生する。

おおっ、便利だ。

「武器はあるのか？　我が神器のような神の力を帯びた武器だ」

「一応、あります」

オレには神剣がある。

「ヤツらを倒すには神の力か神器が必要だ」

「それ以外では倒せないのですか？」

リザが尋ねた。

「倒せぬ。竜神の力を授けられた天竜達なら深刻なダメージを与えられるやもしれぬが、貴様の持つような竜牙の槍でも嫌がらせがせいぜいだ」

「聖剣は～？」

「――の聖剣はサイキョーなのですよ！」

黄金鎧に搭載した「うっかり身元バレ防止」フィルター機能が、ポチの一人称をカットした。

「パリオン神の加護を受ける聖剣か。魔王や魔族ならいざしらず、ヤツらを倒すには力不足。勇者なら『パリオン神より授けられし権能』を器に満たして戦うがいい」

「勇者達の攻撃は、ヤツらを素通りしていましたよ？」

「未熟な勇者だ。権能を十全に聖剣へと流せぬのだろう」

なるほど。新勇者達は召喚されたばかりだし、無理もない。

「マスター、ターゲットの様子が変わったと告げます」

連続攻撃を重ねていたまつろわぬものが攻撃を止めて静止している。

同じ攻撃では通じないと判断したのだろう。

『だぶぎゅるどはぐ……こぶだぅい……こうターイ……』

コブダイ？　交代？　チューニングが合っていないラジオのようにデタラメな音声を漏らした後、なんとなく意味が分かる言葉が表面の穴から聞こえてきた。

『こうタイ――ソウ、抗体だ』

急に言葉が流暢になった。

聞いているだけで怖気が背筋を走るような気味の悪い声だが、ちゃんと意味が分かる。

反響して聞き取り辛いけど、それは脳内補正で誤魔化した。

『改めまして、世界の抗体』

なるほど、使徒やオレ達を白血球のように捉(とら)えているのか。

ならば、ヤツらはバイ菌ってところだな。

『我らは外なるモノ。無限の虚無を渡り歩くエピドロメアス――侵略者だ』

エピドロメアス、ギリシャ語か何かだった覚えがある。

こんな時だけど、翻訳スキルさんがどういうルールで地球の言語に変換しているのか気になる。

『我らが遊ぶのに、お前らは邪魔だ』

ま、つ、ろ、わ、ぬ、も、の、――エピドロメアスが、ヘドロ・スライムのような外見から、まがりなりにも人のような造形に変わる。

もっとも、人間に近い形になった今の方が、元の不定形よりも醜悪に映る。

『そういうわけで《死ね》』

その一言で、ここから見える範囲の自然が腐り落ちた。

仲間達が膝(ひざ)を突いたが、外傷や状態異常はない。

キャッスルが阻んでくれたようだ。

『上位個体(かみ)の結界？　硬い。だが、侵蝕(しんしょく)は可能――』

エピドロメアスの「上位個体」という単語に「神」という副音声が付いたような気がする。

キャッスルの障壁へと伸びたエピドロメアスの触手が、障壁の隙間(すきま)に浸透していく。ヤバい感じだ。

「マスター、指示を」

「アリサ、後方へ退避！」

ナナの言葉に少し遅れて、キャッスルの障壁が砕けた。

オレの鎧に付いたフォートレスを緊急発動し、それにファランクスを重ねる。

使徒がそれと入れ替わりに、エピドロメアスへと突撃した。

「おっけー！」

無詠唱のアリサの転移で、オレ達は移動する。

さっきの場所を見下ろす山の上だ。エピドロメアスの言霊はここまでは届いていなかったらしい。

「間一髪」

「イエス・ミーア。ギリギリだったと評価します」

転移直前に、オレの出したフォートレスとファランクスも砕かれていた。

使徒がエピドロメアスと激闘を繰り広げているのが見える。その力の差は歴然だ。明らかにエピドロメアスは手を抜いて、使徒をいたぶって遊んでいるようだ。

「ここから援護射撃を頼む」

「ご主人様、私もお供させてください」

「ポチも一緒に行くのですよ！」

「怖いけど、タマも頑張る～？」

「マスターは私が守ると告げます」

前衛陣が同行を求めるが、それを認めるわけにはいかない。

「ダメだ。さっき使徒が言っていた事を覚えているだろう？　聖剣や竜槍はエピドロメアスに通じない。だから、ここで待機だ」

残念ながら、神剣は一本しかないからね。

「アリサとミーアは禁呪の準備を。ルルは加速砲でタイミングを見計らって牽制を頼む。ナナは皆の護衛だ」

「ん」

「分かった。でも、ピアロォーク王国の時みたいに『まつろわぬもの』が厭子を出してきたら、手伝いに行くわ」

「厭子が村を襲いに行こうとしたら、ね」

厭子を倒す名目で、エピドロメアスの近くに行くのは危険だ。

高性能な黄金鎧だって、どこまであいつの腐食能力に抗えるか分からないのだから。

「それじゃ、行ってくる」

「ご武運を」

仲間達に見守られ、オレは死地に赴いた。

◆

「——不覚」

腰のあたりで真っ二つにされた使徒が転がってきた。

プラナリアやスライム並みのしぶとさだ。ここまでされても死なないとは、使徒というモノが凄(すご)いのか、使徒になる前の彼の種族が凄かったのか気になる。

「時間を稼げ」

使徒がそう命じて、下半身の方に這(は)っていく。

悪いけど、速攻で片付けさせてもらう。

「《滅び》を——」

初手で切り札を切ってエピドロメアスの眼前に閃駆(せんく)で飛び込む。

『なんだ、それは——』

驚くエピドロメアスのガードする腕ごと、真闇(しんあん)の底へと呑(の)み込んだ。

一撃、必殺。やっぱり神剣は強い。

「封印されし禁忌の剣が、なぜここに……」

使徒が身体を再生させながら、神剣の漆黒の刀身を見て驚きの声を漏らした。

神剣って封印されていたのか？

竜の谷に流星雨を降らせた時に、封印が解けたのだろうか？

そんな事を考えつつも、神剣を鞘に納めてストレージへと収納した。目眩がする。やはり、神剣の聖句「《滅び》」を使うのは負担が大きい。

「これで終わりですか？」

「いや、この地を浄化せねば――」

――危機感知。

オレは使徒を突き飛ばし、閃駆でその場を離れる。

衝撃と鈍痛に少し遅れ、スキルレベルＭＡＸの苦痛耐性を突破するほどの激痛が脳天を貫いた。

脇腹が抉れている。血は出ていない。その代わり瘴気を感じる。瘴気視を有効にした視界に、茨のようなトゲトゲの瘴気の束が刺さっているのが見えた。

『油断大敵だ』

倒したはずのエピドロメアスがそこにいた。

『倒した、とでも思ったか？』

『我らは全にして一つ』

『一つにして全』

『貴様が倒したのは、我が指先の一つ』

『我を倒したくば、この身の秘密を解くがいい』

しかも、六体もいる。

かつて公都で大怪魚(トヴケゼエーラ)の出現を見た勇者ハヤトも、こんなくそったれな気分だったのかもしれない。

神剣の聖句を使った後だからか、疲労感から心がやさぐれている。

「先ほどの禁忌の剣を、もう一度使えるか？」

使徒が神器を手にオレの横に並ぶ。

「もちろんだ」

あと一回くらいなら行ける。

無理をすれば、さらにもう一回。でも、そこで終わりだ。たぶん、そこまで使ったら、指一本動かせない自信がある。あれはそういう剣だ。

「ならば、私がヤツらの矛先になる。端から順番に倒せ」

使徒が五体に分かれ、それぞれがエピドロメアスに向かっていった。陽動を買ってくれたらしい。

「──《滅び》を」

閃駆であぶれたエピドロメアスに向かう。仮称はエピドAだ。

『《逸(そ)れろ》』

エピドAの言霊が神剣の軌道に干渉する。

「無駄だ」

神剣の《滅び》は言霊の強制力すらも滅ぼす。

薄紙のような微(かす)かな抵抗を飲み込み、さっきと同様にエピドAを真闇の底に沈める。

既に使徒の分身は消え、本体だけになっている。五体のエピドロメアスに蹂躙(じゅうりん)されながらも、抵抗を続けてくれている。

この位置取りなら行ける。

オレはエピドB、エピドCを立て続けに滅ぼし、針鼠のように腐敗の槍を放ってきたエピドDを槍ごと滅ぼしてみせる。

エピドFは使徒に任せ、オレはエピドEに迫った。

『《断絶》』

エピドEの眼前の空間が砕けた。

自分の周囲の空間を砕いて、次元的な断絶を狙ったらしい。

「無駄だ」

空間が連続していなくとも、聖句を発動した神剣の前では無意味だ。

断絶した次元を滅ぼして、エピドEを空間ごと消滅させる。

『《死ね》』

エピドFが振り返りざまに、全存在を費やして強力な言霊を放ってきた。

神力の欠片を使ったキャッスルでさえ防げたモノが、神を殺す剣——それも本領を発揮した今、防げないはずがない。

「チェック——」

「神の御名の前に滅びよ！」

チェックメイトを宣言する寸前に、エピドFの心臓を使徒の神器が貫いた。

エピドFの身体が白く染まり、塩となって端から崩れていく。

オレは激しい疲労感を覚えながら、神剣を鞘に納め、一息吐いた。

「ここまでしぶとい『まつろわぬもの』は初めてだ」

今までの「まつろわぬもの」は《滅び》を纏った神剣の一撃で確実に滅ぼせたのに、こいつは増殖再生までしてみせたのだ。あの「魔神の落とし子」だって、ここまで強くなかった。

危機感知が微かに反応しているが、それは崩れゆくエピドFではなく腐敗した地面に――。

「――地面？」

地面が隆起し、巨人サイズのエピドロメアスへと変貌する。

まさかの第三ラウンドだ。

――我を倒したくば、この身の秘密を解くがいい。

ヤツの言葉が脳裏を過る。

これはなかなか骨が折れそうだ。

◆

『どうした、抗体！　先ほどまでの無敵の剣はどうした！』

巨人エピドが煽ってくる。

聖剣や竜槍でもダメージは入るようだが、一瞬で再生されてしまう。ＡＲ表示される情報が全て

「ＵＮＫＮＯＷＮ」なので、外見情報を信じるしかない。今さらだが、メニューの解析力は、ずいぶんと戦いを楽にしてくれていたようだ。

『足下が疎かだぞ』

腐った大地を突き破って、巨人エピドの身体の一部が襲ってきたのを避ける。

攻撃は基本的に回避を選んでいるが、避けきれない場合はファランクスや自在盾で相殺させた。今後のために自作の聖盾で受けてみたが、魔力を流している状態でも五発ほどで限界がきていたので、最後の守りとして使うのが良いだろう。

「ぐはぁあああああ」

使徒が巨人エピドに殴られて、腐った大地を転がっていく。

追撃の一撃が使徒に降り注ぐ。

『――むぉおお』

巨人エピドの眉間に青いレーザーのような光弾が突き刺さった。ルルの加速砲だ。

音速の二〇倍という猛烈な速度で突き刺さった聖弾が、巨人エピドの身体を横転させる。これだけの攻撃なのに、実際のダメージはほとんどないらしい。

『ちょこざいな羽虫めっ！』

不快そうな顔で唸った巨人エピドが、腐った岩をルル達がいる山に投げつけた。

岩は大砲で撃ち出されたかのような速度で一直線に飛んでいったが、それはナナのフォートレスが問題なく防いでみせた。

「こっち だ！　エピドロメアス！」

オレは巨人エピドがルル達の方に向かわないように、挑発スキルを篭めた叫びを叩き付ける。

『黒き剣を持たぬ貴様に用はない』

巨人エピドはオレをシカトし、瞬動で斬りかかる使徒を迎撃する。

ルル達のいる場所に殴り込みに行かなかったのは助かったが、こいつにオレの挑発スキルが効いていないのは懸念材料だ。アリサとミーアにも戦術輪話越しに伝え、禁呪による嫌がらせはタイミングに注意するように伝えた。

『黄色い抗体よ、神器で斬るしか能がないのか？』

「穢れごときが、我が神の貴色を口にするな！」

使徒がボロボロになりながら、神器で巨人エピドに斬りかかる。

だが、さっきのオレと大して変わらない。神器は聖剣や竜槍よりエピドロメアス向けのようだが、使用者の戦闘力がそれほど高くないようだ。

『貴様はつまらん』

巨人エピドの胴体から新たに生えたタコのような足が、使徒を真っ二つに引き裂いて吹き飛ばした。

オレにも同じようなタコ足が襲ってきたが、閃駆で回避して聖剣で受け流す。

タコ足一本切り飛ばせないとは。

やはり、神剣を使うしかないか――。

オレは意を決して、ストレージから神剣を抜く。

『ようやく黒き剣を抜いたな』

なぜか巨人エピドが顔を歪めた。嗤っているのだろうか？

オレをホールドしようと四方八方から迫るタコ足を、神剣で斬り裂いていく。聖剣と違って、サクサクと面白いように斬れる。一撃ごとに、疲労が増していくのさえなければ最高だ。

やはり、二度の《滅び》が澱のように疲労を蓄積させているのだろう。

あと一回行けると思うが、それをやったら、本格的に行動不能になりそうな気がする。

『美味、美味、破滅の虚無に抉られる苦痛が素晴らしい』

悪魔の類いが負の感情を食するのはよくあるが、自分の苦痛まで楽しめるとは度しがたい。

余裕のある巨人エピドと違い、オレの方は神剣を振る一撃ごとに、自分の限界が近づいているのが感じられる。

「遊びは終わりだ」

オレは眼前の巨人エピドを神剣で斬り刻んでいく。

いつものようにワンサイドゲームになるかと思いきや、神剣を受けながらも相打ち上等で攻撃を入れてくるので油断ならない。魔王「黄金の猪王」でさえ一度は殺せた神剣を受けても、巨人エピドは失った部位を再生させてくるのだ。

『なんて楽しい戦いだ。やはり上位個体は違う』

「上位個体？」

『お前の事だ。世界の礎たる個体だ。かつて挑んだ者達を滅した者達だ』

「人違いだ」

巨人エピドの言う上位個体とは神々の事だろう。

お喋りの隙を突いて攻撃するも、それは読まれていたらしくカウンターが来た。

『いや、お前は上位個体だ。お前の黒き剣からは、滅せられた同胞の気配を感じる』

「神々の封印から復活したヤツなら倒した。お前の仲間だったのか」

神剣を使いすぎたのか、目眩がする。

リミットが近い。

『封印されていた敗残者達と一緒にされては困る。我ら真なるエピドロメアスは虜囚になどならぬ』

なんとか巨人エピドの体勢を崩して大技を叩き込むが、内骨格じゃない巨人エピドには意味がなかったらしく、技の隙を突かれて逆に窮地に追い込まれた。

神々の封印から復活した「まつろわぬもの」と比べ、侵略してきたばかりらしいエピドロメアスは別モノのように強い。

こうなったら我慢比べだ。

大技に頼らず、堅実な攻撃をチクチクと重ねていく。

激しい戦いの中で二枚の自作聖盾と魔力の半分を消費しつつ、なんとか巨人エピドを半死半生まで追い込む事ができた。

◆

『……ここまでか。よき、たたかい、だった』

巨人エピドの再生が止まり、最初の人間サイズまで縮んだ。ヤツの胸部に、黒く明滅する核のようなモノが透けて見える。

ヤツの秘密とやらは最後まで分からなかったが、このまま核となる部分を砕いてトドメを刺そう。

「閃光螺旋突き(シャイニング・ストラッシュ)！」

勇者ハヤトの必殺技で、エピドロメアスの黒い核を貫いた。

神剣を使ったせいか、光が飛び散る必殺技なのに、漆黒の残像が散ったのはご愛敬(あいきょう)だ。

『みごと……』

核を粉砕されたエピドロメアスが泥のように崩れていく。

——残心。

目にも留まらぬ速さで飛んできた黒い槍(やり)を、神剣で受け流す。

黒い槍の出所は、エピドロメアスが崩れた泥の真ん中。その中からにゅるんとした動きで、エピドロメアスの上半身が再生した。

『さすがは抗体。騙(だま)されぬか』

「——死んだふりか」

リザ達を見習って、最後まで気を抜かず残心していて良かった。

『遊び心だ。戦いにマンネリは禁物であろう?』

巨人エピドが半死半生になっていたのも演技らしい。

いつもはメニューの解析情報で判別していたせいで、そういったフェイクを見破る経験が足りていない。

『我らは無敵の存在ゆえに、楽しむためには工夫がいるのだ』

――我を倒したくば、この身の秘密を解くがいい。

エピドロメアスの言葉が脳裏に過る。

「……鍵は……道標」

半割きで転がる使徒が、血を吐きながら呟くのが聞こえた。

「道標?」

――邪海月の残骸を道標に、この世界に潜り込んだか。

使徒が最初に言っていた言葉だ。

『秘密を知ったか? 予言してやろう。貴様は鍵が何かを知ったがゆえに絶望する』

エピドロメアスが哄笑する。

マップ検索――クラゲの残骸はヤツの後方四二一メートル。地上からの深さは三三メートルだ。

何を絶望するのか分からないが、この程度の深さなら「落とし穴」の魔法で届く。

問題は邪魔されずに、それをやる事だ。

『アリサ！　ミーア！　目くらましを頼む』

『出番ね！』

『ん、任せて』

戦術輪話越しにアリサとミーアが即答してくれた。

『インフェルノォ～～！』

アリサ達のいる方から炎の奔流が溢れ、視界を埋め尽くした。

『なんだ、これは？　何がしたい？』

アリサの上級攻撃魔法は、エピドロメアスに痛痒を与えていないらしい。

そんなアリサの攻撃に紛れて、ミーアの召喚したガルーダが飛来した。

『ガルーダ――天嵐』

ガルーダが黄金に輝く羽を広げ、超必殺技的な颶風の嵐でエピドロメアスを包む。

なおも燃え続けるアリサのインフェルノと混ざり合い、凄まじい火炎嵐の塔となって天を焼く。

オレはその隙に閃駆で移動し、クラゲの残骸が埋まる腐った大地に「落とし穴」の魔法を使う。

――効かない？

魔法が発動しない。地面に拒否されている感じだ。腐った大地はエピドロメアスの支配下にあるらしい。

気を取り直して、ストレージから出したシャベルで掘ろうとするが、普通の鉄製なので一回掘る途中で腐り落ちてしまう。

それなら聖盾で——。

掘ろうとしたタイミングで、眼前に瞬間転移してきたエピドロメアスの攻撃が降り注いだ。

「——おっと、危ない」

さすがに悠長に掘らせてはくれないか。

閃駆で回避し、収納していた神剣を取り出した。

『どうした！　絶望したか？　絶望したくぁあああああ？』

エピドロメアスが顔を歪めて哄笑する。

「絶望など、ありえん！　我らには偉大なる神のご加護があるのだから」

叫び声に振り向くと、再生を終えた使徒が立ち上がっていた。

「《ザイクーオン神は偉大なり！》」

使徒の持つ神器が、激烈な黄色い光を発する。

その神器をエピドロメアスに——。

「——あ」

神器を振り下ろす前に、エピドロメアスの腕から無数の槍が生えて、使徒を串刺しにした。

「ぬぅんっ」

使徒は血を吐きながらも、手に持つ神器でエピドロメアスの腕を斬り落としてみせた。

オレも使徒と連係してエピドロメアスの足を斬り付けるが、ヤツは横滑りするような動きでオレの神剣を回避してみせた。

スケートのような動きをするエピドロメアスに、青い光の弾丸が降り注ぐ。ルルの援護射撃だ。加速砲で効果が薄かったから、今度は強化外装による弾幕を選んだらしい。

オレはその間に、腐った地面で藻掻(もが)く使徒を助ける。

切り取られたエピド腕を神剣で微塵(みじん)切りにし、使徒に刺さったままだった槍化したエピド腕を引き抜いていく。

「ぐぉお」

ご丁寧に槍の先に返しが付いていたらしく、使徒が強引に引き抜こうとして傷を広げていた。

切断した反対側から押して先端側に抜いてやる。

立ち上がろうとした使徒だったが、膝(ひざ)から力が抜けて地面に倒れ込んだ。

「少し休んでいてください」

見た目は再生するから誤解しそうになるけど、使徒は既に蓄積したダメージがヤバそうだ。

オレも疲労が限界に近いけど、そこは気合いでなんとかする。《滅び》さえ使わなければなんとかなるはずだ。

『いい加減にしろ』

ルルの射撃に業を煮やしたエピドロメアスが、足下の腐った岩を掴(つか)んでルルに投げつける。

それをルルの加速砲が迎撃し、貫通した弾丸がエピドロメアスの足下を穿(うが)つ。

実体弾ならルルの敵ではない。エピドロメアスに光線系の技や魔法攻撃がないのが救いだ。

――待て、何かおかしい。

ヤツはなぜ、ルル達の方に攻撃に行かない？

ヤツはなぜ、足下への攻撃をジャンプで回避しようとしない？

現に、ルルの加速砲の一撃を、無理な姿勢になってまで横滑りで避けた。

もしかしたら――。

「おいっ、何を」

使徒の言葉を背に、閃駆でエピドロメアスに組み付く。

ぞわっとした怖気に遅れて、激痛とともに濁流のような負の感情が流れ込んできた。神剣の連続使用で消耗した心を、猛烈な勢いで蝕んでいく。このままだと正気を失いそうだ。

「こなくそぉおおお」

オレらしくない気合いの言葉とともに、グイッとレベル三一二の筋力で強引に持ち上げる。

３Ｄ表示したマップに映るクラゲの残骸が動いた。マップだと分かりにくいが、極細の黒いラインがある。エピドロメアスは残骸と繋がっているんだ。

「そうかお前の本体は、まだこっちの世界に来ていないのか」

『知ったか？　知ってしまったな、抗体！　これで楽しい遊びの時間は終わりだ』

終始余裕のあったエピドロメアスだったが、オレの一言でその余裕が消えた。

だが、もう遅い。オレは閃駆を重ねて一気に引っこ抜く。

「空間消滅(デイスインテグレイト)ぉおおお！」

目視転移してきたアリサが、クラゲの残骸を原子の欠片(かけら)も残さず完全消滅させる。

「アリサちゃん、なーいす！」

憤怒(ふんぬ)の形相をしたエピドロメアスが、アリサを貫こうと黒い槍を伸ばすが、それが届く寸前でアリサの姿が転移で掻き消えた。

「《滅び》を——ぐぅおおおおおおおおお」

三度目は無茶だったらしい。

神剣を持つ利き腕を黒い稲光が侵蝕(しんしょく)し、腕を漆黒に染めていく。


滅ぼせ。


精神が蝕まれ、心が漆黒に塗り替えられていく。

「うるさい、黙れ」

オレは神剣から流れてくる破壊衝動や使命感のようなものに怒鳴りつける。

剣は道具だ。道具に呑(の)まれてたまるか。

暗示を掛けるように、オレはやけくそ気味に気合いを入れる。

「でゃぁあああああああああああああああ！」

裂帛の叫びで神剣を従え、その勢いを駆って一気にエピドロメアスを滅してみせた。


眼前に腐った大地が迫る。

一瞬だけだけど、気を失っていたらしい。

魔力が尽きた今、あそこに突っ込めば、数十秒と保たないだろう。

『隔絶壁！』

地面の寸前で、オレは不可視の壁に受け止められた。アリサの空間魔法だ。

「よくやった。カリオン神とウリオン神の使徒よ」

ふらふらの使徒がやってくる。

「侵蝕されているな」

使徒が神器でオレの腕を切り落とした。

血は出ない。切り口が岩塩化しているようだ。

「あれ？　オレの剣は？」

「腐れ大地に落ちたようだ。後で捜せ」

「ああ、そうしよう」

マップ検索で、すぐに位置は分かる。

今は疲労しすぎて、指一本動かせない。

『ごしゅ！』

タマの警告に反応するより早く、黒い何かがオレの腹を貫いていた。

「ごふっ」

鉄臭い液体が腔内に溢れる。

オレを貫いた漆黒の槍は、使徒の身体から生えていた。

『ご主人様ぁあああああああああ！』

使徒の身体を引き裂いて、嗤うエピドロメアスが現れた。

◆

『コンティニュー、というのか？　保険を仕込んでおいて正解だった』

エピドロメアスは使徒の首を刎ねた。

どぽんと音を立て、腐った大地に使徒の首が落ちる。

オレは腸をかき回される苦痛に耐えながら、神剣の場所をマップ検索する。

『おっと、あれは使わせん』

エピドロメアスがズドンと地面を踏むと、マップに映っていた神剣が地面にできた亀裂の底に沈んだ。

オレはストレージから出した魔力充填済みの聖剣から魔力を吸い上げ、「理力の手」を発動して亀裂の底にある神剣へと伸ばす。

『《させぬ》』

エピドロメアスが言霊とともに地面を踏みつけると、神剣を呑み込んだまま亀裂が修復され、届きかけていた「理力の手」の術式が破壊された。

神剣がなくとも――。

ストレージから聖剣デュランダルを取り出すが、それを振るう前に剣身を握りつぶされる。

消耗しすぎた。身体がいつもの一パーセントも動いてくれない。

『『『ご主人様！』』』

『サトゥー！』

『マスター』

戦術輪話越しに仲間達の声が聞こえる。

『大丈夫だ』

オレは痛みや弱気を声に出さないように注意して答える。

『皆は一度、シガ王国に戻れ。ヒカルやムクロ達を頼るんだ』

『いやよ！　戻るなら一緒に！』

『アリサ、私が時間を稼ぎます。その間にご主人様を』

『ダメだ。これは命令だ。シガ王国に戻って、応援を呼んできてくれ』

オレはそう言って、戦術輪話から離脱する。

間違って悲鳴が聞こえないように。

『どうした？　苦痛に耐えるだけか？　まあ、いい。本体から切り離されて弱体化したとはいえ、この世界を蹂躙する事はできる』

エピドロメアスの独演会が続く。

視界が霞む。自己治癒スキルが消耗に追いつかない。

『そして、このまま時間が経てば、やがて本体が末端たる我を見つけるだろう。そうすれば、我らエピドロメアスの本体がやってくる。楽しい宴が始まるのだ』

「そんな、ことは、させない」

まずい。アリサ達の光点がそのままだ。

早く逃げてくれ――。


「――魔刃暴風なのです！」


音速を超える暴風の渦がオレとエピドロメアスを引き離した。

ポチだ。加速門で飛んできたらしい。無茶をする。

そのポチを狙ったエピドロメアスの黒い槍を、彼方から飛来したレーザーのような青い弾丸が蹴散らした。ルルの加速砲だ。

――ＬＹＵＲＹＵ。

地面に落着する直前で、白い幼竜リュリュがポチを拾い上げる。

非力なリュリュでも、飛行補助用の強化外装を装備すればポチを掴んで飛べるのだ。

――フォン。

ミーアの召喚した風精霊シルフがオレを受け止める。

――リュララ。

シルフの背中に掴まる命精霊リーヴがオレを癒やしてくれた。

なんとか動くようになった手で、身体に潜り込んだままのエピドロメアスの残骸を引き抜いて捨てる。使徒みたいに寄生されたらたまらない。

『下位個体のザコどもが！』

エピドロメアスがシルフに抱えられるオレを目掛けて、無数の黒い槍を剣山のようにして放つ。

「マスターは私が守ると告げます！」

アリサの空間魔法で転移してきたナナが、緊急発動したキャッスルで黒い槍を受け止めた。

まだクールタイムが終わっていないようで、キャッスルの範囲が狭く、動作も安定していない。

「ありがとう、ナナ。あとはオレが」

「心配無用と告げます」

ナナが空を見上げる。

オレも釣られて見上げ、エピドロメアスも空洞のような目を空に向ける。

「タマはおしゃまな首狩り忍者～？」

アリサの空間魔法で転移してきたタマが、背後からエピドロメアスの首を刈る。

『この下位個体がぁあああ！』

エピドロメアスの背中が隆起して、無数の黒い槍となってタマを貫いた。

「タマ！」

「にんにん～」

タマがオレの影から現れた。

エピドロメアスが貫いたのは、ピンク色のマントが巻き付いた丸太だ。

さすがは猫忍者。空蟬(うつせみ)の術で難を逃れたらしい。

「陽動成功と告げます」

ナナの言葉の直後、空から一本の槍が降り注いだ。

──リザだ。

「天落、魔槍竜退撃(フリーフォール・ドラグ・バスター)！」

エピドロメアスが竜槍(りゅうそう)に貫かれる。

「神威、魔刃爆裂(ディバイン・マナブレード・ブラスター)」

竜槍から紫色の光が溢(あふ)れ、エピドロメアスをズタズタに斬(き)り裂いた。

「──効いてる？」

本体から切り離されて弱体化しているとはいえ、竜槍の攻撃であれだけのダメージを与えられるはずがない。

「マスターが作製した対神魔法の成果だと告げます」

「──あれか」

ほんの十数秒だけ、イモータル特攻を付与する不完全な対神魔法だ。

不完全ゆえに、エピドロメアスを倒すところまではいけなかったらしい。リザは反撃を回避しつつ、離脱したところを戻ってきたリュリュとポチに回収されて飛んでいった。

「ご主人様、これ～」

タマが忍術で回収してくれた神器をオレに渡す。

使徒が使っていたザイクーオン神の神器だ。

トドメはオレに譲ってくれるらしい。

オレは使徒が使っていた聖句を唱えて神器を活性化させた。

タマの頭を撫で、戦場を俯瞰するキーパーソンに声を掛ける。

「アリサ、オレをエピドロメアスの頭上に」

──おっけー！

アリサのそんな声が聞こえる気がするほど、阿吽の呼吸でオレの視界が変わる。

「チェック──」

エピドロメアスが空洞の顔に驚愕を浮かべた。

「──メイトだ！」

神器がエピドロメアスを引き裂く。

神剣に比べたら数段落ちるが、不完全な対神魔法よりは威力があったようだ。

《滅び》の神剣からすら再生したエピドロメアスも、本体から切り離されてはその再生力も発揮できないらしく、白く染まって塩の柱となって滅んだ。

>「まつろわぬもの：エピドロメアス」を倒した。
>称号「力に溺(おぼ)れし者」を得た。
>称号「限界を超える者」を得た。
>称号「献身なる者」を得た。
>称号「神器の使い手」を得た。
>スキル「自己治癒Ⅱ」を取得した。

オレは塩の大地に降り立つ。

「この神器の効果かな？」

「そうだ」

ボロボロの使徒がこちらにやってくる。

「お返しします」

使徒はオレが差し出した神器を受け取り、「褒美だ」と言って神剣が沈んだあたりを塩の大地へと変えた。さすがに腐った大地全(すべ)てを塩に変えるほどの余力は残っていないようだ。

「偉大なるザイクーオン神の御力で浄化した。剣を回収するがいい」

「もう行かれるのですか？」

彼が立ち去る前に、マップ検索でエピドロメアスの残骸が存在しないか確認した。

大丈夫。掃除し忘れはない。

「助けられた借りはいずれ返す」

使徒は背を向けたままそう告げ、風に溶けるようにして消えた。

土魔法の「落とし穴」で神剣までの穴を掘り、術理魔法の「理力の手」で神剣に触れてストレージへと収納する。

「マスター」

立ちくらみがして倒れそうになったオレをナナが受け止めてくれた。

視界が暗くなっていく。

ちょっと無理をしすぎたようだ。

「後は任せて、私の胸で眠るのを推奨します」

「あはは、そうさせて――」

最後まで口にする事もできずに、オレの意識は闇に呑まれた。

>称号「使徒の好敵手」を得た。

エピローグ

〝サトゥーです。健康のありがたさは、大怪我や病気になって初めて実感できる気がします。いつもは当たり前のようにやっていた事が、試練となって牙を剥くのです。身の回りの世話をしてくれる家族や友人がこれほどありがたかった事はありません。〟


「ここは……」

目を覚ましたら知らない天井だった。

「――ご主人様！」

額の濡れタオルを交換してくれていたルルが、涙目になって抱き着いてきた。

柔らかい感触とともに、春の草原のような爽やかな香りがする。

視線を巡らせると、ルルと反対側にアリサとミーアがベッドに突っ伏して眠っていた。頭を撫でてやりたいが、右手に力が入らない。

そこまで考えて、エピドロメアスとの戦闘の終盤で、神剣に侵蝕された腕を使徒に切断されていた事を思い出した。身体を起こせるようになったら、上級の体力回復薬で再生しよう。

「マスターの覚醒を確認。通知を依頼すると告げます」

「あらあら、それは大変です。皆さんやお祖父様達に報せてきますね」

今のはジョジョリさんの声だ。という事は、ここはドワーフ達のボルエハルト自治領だろう。

「ご主人様！　お目覚めですか！」

「なんくるないさ～」

「ご主人様が目覚めてポチはとってもとっても嬉しいのです！」

——ＬＹＵＲＹＵ。

獣娘達と幼竜リュリュが部屋に駆け込んできた。

「ごしゅじんざばあー、よがっだー！」

目覚めたアリサが、涙と鼻水で顔をぐちゃぐちゃにして飛びついてきた。

「サトゥー？」

ミーアも起きたようだ。

「サトゥーだわ！　目覚めたの！　サトゥーが目覚めたのね！　それはとってもいい事なの。もの凄ーくいい事だわ！　だから、サトゥーは元気にならないといけないの！　元気にならないと、アーゼに叱ってもらうんだから。アーゼだって、とっても心配していたの。本当よ？」

ミーアがいつにない長文でオレの目覚めを祝ってくれる。

「心配させてごめんね」

オレは皆に順番に詫び、一人一人に礼を言う。

「——そうだ。キウォーク王国に特効薬を届けないと」

身体を起こそうとしたオレをアリサが制する。

「それは大丈夫よ。『無限遠話(ワールド・フォン)』でアーゼたんにヘルプを頼んで、エルフ達を派遣してもらったから」

既に患者達は特効薬で根治済みらしい。

「ありがとう、アリサ」

「どういたしまして。あとでアーゼたんにもお礼を言っておいてね」

「ああ、もう少し回復したら遠話するよ」

まだ本調子にほど遠いので、すぐに遠話するのは控えた。

それから五日ほどはベッドから動けずに、仲間達に食事の世話から身体を清める事まで頼る事になった。アリサは残念がっていたが、下の世話は排泄(はいせつ)物を体内からストレージに直接収納する事で回避した。

「まだ、安静にしていた方がいいんじゃない？」

「大丈夫だよ。アリサの人物鑑定でも、状態が健康になったのが分かるだろ？」

レベル三一二もあるからか、自己治癒スキルがあるからか、思った以上に早く回復できた。

もちろん、今朝のうちに失った右手も上級の体力回復薬で再生してある。

「サトゥー、動けるようになったか」

「はい、お陰様で。急に押しかけてすみませんでした」

ドワーフの名匠ドハル老に挨拶(あいさつ)に行く。

「水くさい事を言うな。共に鎚(つち)を打った者は親兄弟も同じ、我らは既に家族だ」

ドハル老がそう言ってオレの肩を叩く。

「ありがとうございます。お世話に――」

「では、宴会だ！　ジョジョリ！　女どもを集めて宴会の準備をしろ！」

「お祖父様、ガロハルさんも呼んでいいですか？　あの人もサトゥーさんの事を心配していたんです」

「構わん。呼びたいヤツは誰でも連れてこい。宴会に遠慮はいらん」

お礼を言って暇乞いをしようと思っていたんだけど、なんだか宴会する流れのようだ。

まあ、健康になったんだし、少しくらいなら飲んでも大丈夫だろう。

「大丈夫なわけないでしょーが！」

「ん、浅はか」

「マスター、健康を過信してはいけないと忠告します」

ドハル老達と乾杯をしていたら、飛んできたアリサ、ミーア、ナナに叱られた。

飲まないと約束し、身体にいい青汁もどきと果実水で宴会を楽しむ。

「サトゥー、お前の剣を見た。ちゃんと研鑽は積んでいるようだな」

「いつの間にか腕を上げやがって、いつまでも俺様の前を歩けると思うな！」

ドハル老が前に贈ったミスリル剣を褒めてくれた。

あと、なぜかドハル老の一番弟子であるザジウル氏からライバル認定されて、困惑した。

「サトゥー君、体調は大丈夫かな？」

「こんにちはガロハルさん。ええ、お陰様で」

「それは何よりだ。うん、それはとっても良い事だよ」

ジョジョリさんが魔法店のガロハル氏を連れてきてくれたようだ。

「ガロハルが来るなんて珍しい。お前も飲め！」

「いや、僕はお酒は飲まないんだ」

「なんだと！　それでもドワーフか！」

「ザジウルさん！　嫌がる人に酒を勧めるなんて、神酒の司の末裔たるドワーフ失格ですよ！」

ジョジョリさんに叱られて、ザジウル氏がたじたじだ。

それにしても神酒って、ソーマとかかな？

今度、神様にでも会ったら、ちょっと味見させてもらえないか聞いてみよう。

「——そうかそれは良かった。キウォーク王国には師匠も住んでるから気になっていたんだ。本当に良かった」

キウォーク王国の顛末を、ガロハル氏に話せる範囲で伝えた。

ついでにルモォーク王国の影城の話をしたところ——。

「影城ほど有名じゃないけど、スィルガ王国やマキワ王国にも神代の遺跡があるという話を聞いた事があるよ」

「ガロハルさん、それってヨルスカの街で聞いたんじゃないんですか？」

「そうだよ。ジョジョリは僕の事をなんでも知っているんだね。さすがは僕の女神だ」

「もう、ガロハルさんってば」

ジョジョリさんにバシンッと背中を叩かれたガロハル氏が、ゴロゴロと転がっていって壁にぶつかって気絶していた。ドワーフのスキンシップはなかなかにハードだ。

さっき、ガロハル氏が言っていたスィルガ王国やマキワ王国は、東方小国群の南に位置する国で、どちらも小国とは言いがたい中堅国家だ。特にマキワ王国は西方諸国並みに歴史のある国らしい。

「ジョジョリさんはヨルスカの街によく行くんですか？」

「ええ、ガロハルさんのお目付役で、月に一度は行きますよ」

そういう事らしいので、今回の預言をしてくれた巫女さんがいるヨルスカの街のカリオン神殿へ、寄附金の送金をジョジョリさんにお願いしておいた。

◆

「……そう。新たな『外なる神々』が来てしまったのね」

ボルエナンの森の世界樹にある記憶庫で、亜神モードのアーゼさんにエピドロメアスについて報告した。アーゼさんの解釈だと、エピドロメアス——まつろわぬものは「外なる神々」という認識のようだ。

信仰の対象という意味の神ではなく、畏れ敬い遠ざけるタイプの荒神や祟り神の扱いらしい。

「他の氏族にも、クラゲの残骸が扉の役目を果たしたという事を伝えておきます」

亜神アーゼさんの話だと、今までにクラゲの残骸を目印に、こっちの世界に来たエピドロメアスはいなかったそうだ。

記憶庫との接続を解除したアーゼさんと一緒に、他の聖樹達(ハイエルフ)との全体会議に参加する。

会議では、亜神アーゼさんにしたようにエピドロメアスについて報告。クラゲの残骸を目印に世界を渡ってきたという話をしたら、ベリウナン氏族のハイエルフであるサーゼさんに土下座で謝られた。なんでも、直近でクラゲ退治をしたのは彼女達の氏族だったらしい。

オレは虚空の防空網の強化を進言し、ボルエハルトのベッドの上で設計していた虚空専用ゴーレムの改良案や虚空専用の疑似精霊の概要書を提出した。

虚空専用の疑似精霊の実装は、ベリウナン氏族のサーゼさんとブライナン氏族のケーゼさんと一緒に進める予定だ。


「やっぱ対神魔法の改良は必須(ひっす)よね～」

「ん、重要」

会議を終えたオレは、ボルエナンの里にあるエルフの賢者トラザユーヤ氏の研究所で、アリサ達と今後の強化についてディスカッションしていた。

「マスター、キャッスルの再使用間隔の改善もしてほしいと懇願します」

「ご主人様、アリサの使った魔法のような効果を、聖剣や竜槍(りゅうそう)に組み込むのは可能なのでしょうか？」

「神石があれば可能なんだけど、神様にお願いしたら手に入るようなものじゃないからね」

オレの黄金鎧に組み込んだキャッスル装置の神石を取り出して、それを核にした武器を作る事は可能だと思う。

「ルルは？」

「リザさんに使った付与魔法が、私の加速砲でも使えるか試しておきたいかな？」

「おっけー、後で海岸にでも行って実験しましょう」

ルルとアリサの会話を聞きつつ、難しい話についていけない感じのポチとタマに話を振る。

「ポチとタマは要望ないのかい？」

「ボーボーはなんとか選ばずなのですよ！」

それを言うなら「弘法は筆を選ばず」だ。

「ういうい～、気合いでなんとかする～」

タマが幼竜のリュリュと一緒に、クッションの上で丸まりながら脳筋な発言をする。

まあ、タマの場合、とんでも忍術を習得した時みたいに、思い込みで対神技を編み出しそうだ。

「あとは使徒が使っていたみたいな武器を探すとかかしら？」

使徒の神器にも、ザイクーオン神由来らしき黄色い神石が嵌まっていたしね。

「宝探し～？」

「ポチはとっても興味があるのです！」

――ＬＹＵＲＹＵ。

アリサが口にした言葉に、タマ、ポチ、リュリュの二人と一体が反応した。

「それは楽しそうだけど、まずは情報集めからだね」

後でエルフ師匠達にでも尋ねてみよう。

王都に戻った時にヒカルに尋ねてみるのもいいかもね。

「ドワーフ達が言っていたスィルガ王国やマキワ王国の遺跡あたりが良いのでしょうか？」

「他にもレイ達のとこは？」

「可能性はあるね」

神話の時代からある「神の浮島」ララキエなら、未使用の神石がある可能性が高い。

「サトゥー様、工房のエルフ達から届け物です」

研究所の管理をしてくれている家妖精のギリル氏が、大きな荷物を持って入ってきた。

さっそく中を確認したところ、エルフ達に頼んであった包帯オリハルコンの量産試作品とレシピが入っていた。これは装備の改良に使えそうだ。

方向性を決めたところで、次にどこに行くかの話になった。

「やっぱ、王都でヒカルたんと話すのはマストじゃない？」

「ティナ」

「ああ、ティナ様の資料は役に立ったもんね」

ヒカルやシスティーナ王女と会うためにも、シガ王国の王都へ行く必要はあるだろう。前者は報告に、後者はお礼を言うために。あと、シガ国王にも魔王討伐の件を報告しないとね。

「ご主人様、サガ帝国を訪問しなくてよろしいのですか？」

そういえばサガ帝国から招待状が届いていたっけ、そのうち行かないといけないけど、ちょっと後回しかな……。

「ポチは宝探しに興味があるのです」

「タマも～」

ポチとタマがシュタッと手を上げて発言する。

「宝探しって事は、ララキエが最初かな」

長いこと顔を出していないし、ラクエン島のレイやユーネイアの顔も見に行きたい。

スィルガ王国やマキワ王国の遺跡調査は、神器の噂がないか調べてからだ。

「マスター、幼生体達にも会いたいと告げます」

「あ、私もそろそろ王都や公都で食材の補充をしたいです」

ナナとルルも要望を出した。

これはなかなか次の場所を決めるのが大変そうだ。

◆

オレ達が次の訪問地に頭を悩ませていた頃、エピドロメアスと激しい戦闘を繰り広げた場所で――。

『ガルレオン、ヤツらの反応はあるか？』

『まつろわぬものどもの存在は感知できぬ。お前はどうだヘラルオン』

空に浮かぶ二柱の美丈夫が、腐った大地を見下ろして言葉を交わしていた。

彼らの言が正しいなら、彼らの正体は七柱の神々、ガルレオン神とヘラルオン神だろう。

『ガルレオン、その名は禁忌だ』

『お前まで口うるさいウリオンのような事を言うな』

『今はマズい時期だ。ヤツらがその名を辿って、緩んだ結界の隙間を抜けたらどうする』

『そうであったな。愚か者のザイクーオンが欠けたせいで、結界が緩んでいるのを失念していた』

男神達が忌々しげに整った顔を歪めた。

『微かに残滓を感じる。どうやら、ヤツらは何者かに滅ぼされたようだ』

『滅ぼされた？　外から入り込めるほどの存在をか？　発生を感知してから依り代に降臨し、ここまで来るのに僅か半刻。それだけの短時間で、ヤツらを滅ぼすなどありえん』

『同感だが、それが事実のようだ』

『何者がなしたのだ？』

『分からぬ。だが、微かにザイクーオンの気配を感じる』

『ザイクーオン？　死んでいるはずのあいつが暗躍したとでも言うのか？』

『いや、ザイクーオンではない。密かに復活してここに来たのなら、あやつの派手派手しい神力が、もっと明確に残っていたはずだ』

『では、ザイクーオンの使徒か？』

『恐らく、そうだろう』

『あの愚か者には過ぎた使徒だな』

『まったくだ』

男神達が頷き合う。

『ここまで来たついでだ。この地を浄化するぞ、ガルレオン』

『神力が勿体ないが、ここで何もせずに戻っては、それこそ神力の無駄だな』

太陽の光のように力強い橙色の光と大海原の底から溢れるような深い蒼色の光が、腐った大地へと広がっていく。

この奇跡をなした時、ガルレオン神とヘラルオン神が阿吽のポーズを取っていたのを目撃した者は誰もいない。それは男神達の趣味ではなく、依り代にした神像の意匠に引き摺られただけのようだ。

誰に知られる事もなく、まつろわぬものに汚染された大地は浄化され、元の——いや、以前にも増して清涼な大地となり、癒眠樹で病や傷を癒やそうと訪れた人々が足を運ぶキウォーク王国でも有数の観光スポットとなるのだが、それはまだまだ未来の話。

今は無辜の民を蝕む地がなくなった事を祝いたい。

EX：娘さん達の旅路

「憂鬱ですわ……」

『カリナ、どしたの～？』

『ポチ達が相談に乗ってあげるのです』

いつもなら、そんな風にタマやポチが慰めてくれるのだけれど、サトゥーのお仕事で一緒に東方小国群に行っていて、このムーノ伯爵領にはいない。

「……はあ」

溜め息を抑えきれない。

どうして、社交の勉強ばかりしなくてはならないのかしら。

「カリナ様はミューズ様とのお茶会は嫌っすか？」

「エリーナさん、それは直接的すぎますよ！」

「でも、新人ちゃん。カリナ様が憂鬱に感じるって言ったらお茶会くらいじゃないっすか？」

護衛メイドのエリーナと新人ちゃん――リエーナがとんでもない勘違いをしている。

「二人とも、わたくしがミューズさんとのお茶会を厭う事はありませんわ」

だって、ミューズさんは「呪われ領」と忌み嫌われていた当時の我が家からの縁談を快諾してくださった方ですもの。

「そうなんすか？　だったら、何を悩んでるんっすか？　社交の勉強が嫌とか？」

「エリーナさん！　それはカリナ様を馬鹿にしていますよ。伯爵令嬢のカリナ様が、そんな事を本気で嫌がるわけがないじゃないですか」

抗議してくれるリエーナの言葉が耳に痛い。

社交よりも、戦闘訓練をしたいと思っているのは事実なのだから。

「カリナ様、失礼いたします」

ノックの音がして、侍女のピナの声が聞こえた。

「お客様をお連れしました」

ピナの後ろから部屋に入ってきたのは、旅装のゼナだった。

「ゼナ、久しぶりですわね。息災でしたかしら？」

「こんにちは、カリナ様。先触れも出さずにお邪魔してしまって、申し訳ありません」

「あら？　謝罪は不要ですわ。友人の来訪を厭う事なんてありませんもの。それとも今日はお仕事でいらしたのかしら？」

セーリュー伯爵領の魔法兵であるゼナが、仕事でムーノ伯爵領に来る用事はないと思う。

「いえ、今日は――」

「ユィット達はカリナを勧誘に来たのだと告げます」

ゼナの後ろから現れた八人姉妹の末っ子のユィットが、いつもの賑やかな感じで言った。

「あら？　あなた達も来ていたのですね」

ゼナの後ろには、ユィットだけではなく長女アディーンを筆頭に、同じ顔をした七人の姉妹達がいた。八人姉妹の七女であるナナは、サトゥーと一緒に旅をしている。

「それで、勧誘とは？」

「トリア達はゼナと迷宮都市に修行に行くのです！」

「マスターの許可は得ていると告げます」

「カリナも一緒に行きましょうと勧誘します」

姉妹は自分の言いたい事を捲し立てる。

「あなた達、カリナ様が驚いていますよ。順番に説明なさい」

長女アディーンが経緯を説明してくれた。

ゼナは修行で迷宮都市に向かう途中、サトゥーに会いにブライトン市に寄ったそうだが、残念ながらサトゥーは観光省大臣の仕事で東方小国群に行っていて不在だった。

丁度、姉妹達の学校作りも一段落したので、ゼナと一緒に迷宮都市に修行に行く事にし、そのついでにわたくしも誘おうという事になったらしい。

「カリナ様はご興味ありませんか？」

「もちろん、ありますわ！」

そんなの興味あるに決まっています。

「わたくしも準備して参りますわ！」

「カリナ様、ダメでございます」

飛び出そうとしたわたくしを、侍女のピナが身体を張って止めた。

「伯爵様や執政官様の許可を貰ってからです」

「そんなの、許可が出るはずありませんわ」

説得すればお父様は許してくれるかもしれないけれど、ニナはきっとわたくしを止める。

なぜなら、貴族の義務があるから。直系の血族が少ないムーノ家は、婚姻によって縁戚を増やさなくてはならない。サトゥーが娶ってくれれば一番なのだけれど、既に一度断られてしまった。もう一度、告白する勇気はわたくしにはない。

「そういえば、ゼナはセーリュー伯からの命令で故郷に戻ったのではなかった？　よく、迷宮都市へ修行に行く許可が下りましたわね」

「老師が後押ししてくださったんです。それに、ちょっとセーリュー市には居づらい事情がありまして――」

ゼナが？　人当たりの良い彼女が、故郷にいられなくなるほどのトラブルを起こすとは思えない。

「貴族絡みですの？」

「いえ、ちょっと特異体質になってしまって……」

「ゼナはビリビリなのだと告げます」

口籠もるゼナの横で、ユィットが口を挟んだ。

「ビリビリ？」

「ゼナさん、実演してみせてあげた方が分かり易いかと」

「はあ、それでは少しだけ」

ゼナが中庭に出て何かをすると、落雷のごとき閃光が走った。

光に目が慣れると、そこには雷光を纏ったゼナがいた。

「雷獣を封じた雷鳴環の力で、油断するとこんな風になってしまうんです」

「痛くはないのですか？」

「はい、私は大丈夫なんですが、雷纏――この雷光を纏った状態だと、触った人が感電してしまうんです。だから、街中だと、うっかり使わないように気が抜けなくて」

「ゼナ、ユィットはあれをやってほしいと告げます」

「あれって、これの事――ですか？」

ゼナが残像を残して、一瞬で移動した。

「瞬動？」

そう、今の移動は瞬動のような速さだった。

「いえ、スキルではなく、雷纏の効果の一つなんです」

ゼナが雷纏で縦横無尽に居場所を変え、魔法も使わずに雷撃を放つ。

「凄いですわ！　とっても凄いです！」

演舞を終えたゼナに、わたくしは惜しみない拍手を送った。

「ありがとうございます」

ゼナが空に雷撃を放った後、ゆっくりと光が収まっていった。

自在に雷纏を使いこなしているように見えたゼナだったけれど、本人の話によると、まだまだ制御が甘く、その制御に熟達できるように迷宮都市で修行するとの事だ。

「今日は泊まっていけるの？」

「お邪魔してよろしいのでしょうか？」

「遠慮は無用ですわ。それよりも、ゼナの話を色々と聞きたいですわ」

その日は夜遅くまで、ゼナや姉妹達と「ぱじゃまぱーてー」を開いた。ゼナの弟のユーケルと巫女オーナの恋物語にドキドキし、サトゥーがゼナの望まぬ縁談を阻止した話には「よくやりましたわ！」という称賛と僅かな胸の痛みを感じ、リザのために獣人奴隷達を引き取った話にわくわくした。

「黒竜！　あの黒竜山脈の主ですわよね？　それを弟さんが？」

「一応、セーリュー市ではそういう事になっていますけど、たぶん、あれも」

ゼナは最後まで言わなかったけど、たぶんサトゥーが陰ながら何かしたのだろう。

人には抗えない災害ともいえる荒ぶる黒竜と和解するなんて、竜退者の英雄譚すら霞むような偉業だ。

「その黒竜が暴れる原因となったのが雷獣で、私はそれを調伏するために雷鳴環を使って、あんな風になってしまったんです」

サトゥーも凄いけれど、ゼナも凄いですわ。

わたくし達は夜更けまで語り合い。友情を深めた。

でも──。

ベッドの中でわたくしは考える。

獣王葬具を得て、少しは強くなれたと思ったのに、周りはいつの間にか一歩も二歩も先を行っている。

このままムーノ伯爵領で安穏としていては、その差は広がるばかりだ。

悶々としたまま、わたくしは眠れぬ夜を過ごした。

◆

「カリナ様、本当にお見送りしなくてよろしいのですか?」

「ええ、ゼナ達には今朝の内に別れを済ませたから、見送りはピナに任せますわ」

わたくしは努めて平常心を意識して、訝しげなピナを行かせた。

それを見送った後、隣室に向かう。

「カリナ様、準備完了っす」

エリーナが旅の準備を整えていた。

わたくしはエリーナから自分の荷物を受け取り、誰にも見つからない通路を進む。

壁の抜け穴を通り抜けた先で、立ち塞がる影──。

「新人ちゃん！」

立ち塞がったのは家出に反対していたリエーナだ。

だけど、リエーナは三頭の馬を連れていた。

「まったく、お二人とも行き当たりばったりなんですから」

呆れつつもまんざらでもない顔をしている。

どうやら、彼女も同行してくれるらしい。

わたくしはあまり使われない西門を抜け、ムーノ市の外でゼナ達と合流した。

公都で飛空艇に乗るか、スウトアンデルから船で交易都市に向かうかを相談しながら旅をする。

「カリナ様、姉君です」

領境まであと少しというところで、ソルナ姉様と姉様の婚約者のハウトがいた。

少し離れた場所に、領主専用の小型飛空艇がある。あれで先回りしたらしい。

「――ソルナ姉様」

「カリナ、思い立ったらすぐ行動するのはお母様に似たのね」

姉様がわたくしを抱き締める。

「これはお父様とニナからの手紙」

そう言って何通かの手紙と小さな袋を渡された。

ジャリッと音がしたから、袋の中身は貨幣だと思う。

「路銀にしなさい。あなたの事だから、忘れていたでしょう？」

ムーノ市では支払いをいつも侍女やメイドがしていたから、ついうっかり確認するのを忘れていた。たぶん、エリーナが――視線を向けたら顔を逸らされた。

「ありがたくいただきますわ」

「そうなさい。あとニナから伝言よ。『戻ってくるまでに婿を見つけろ。さもないと、適当に見繕った貴公子を押し付けるぞ』だそうよ」

姉様はそう言った後、「頑張って、ペンドラゴン卿を落としなさい」と耳元で囁いた。

その不意打ちに、思わず顔が赤くなる。

「気を付けて行ってらっしゃい。無理はしないで、怪我には気を付けるのよ？　生水は絶対に飲まないようにしなさい。それから――」

心配性の姉の言葉は、ハウトが取りなしてくれるまで続いた。

別れる前にもう一度、姉様を抱き締め、わたくし達はムーノ領を後にする。

「まずはダレガンの街で大河を下る船に乗るのかしら？」

「すみません。私はこのあたりの地理に疎くて」

ゼナは公爵領北端の地であるダレガンの街で、公都までの道を聞くつもりだったらしい。

「マスター達はグルリアン市から船に乗ったと言っていたと報告します」

「子爵様達はボルエハルト自治領に寄ったそうっすから、距離の近いグルリアン市から乗ったんだと思うっすよ」

「でしたら、ダレガンの街から船ですね。カリナ様もそれでよろしいですか？」

姉妹、エリーナ、ゼナの順で言うのに、こくこくと頷く。

「船なら公都に寄りたいと告げます。アシカっ子な幼生体に会うのだと告げます」

「公都に寄るなら、セーラ様にもお会いしたいですね。カリナ様も一緒に行きましょう」

「ええ、よろしくてよ」

友人に会いに他領の都市を訪れるなんて、とっても素敵ですわ。


この時のわたくし達は、公都で巻き込まれる事件なんて知らずに、ただ旅を楽しんでいた。

あとがき

　こんにちは、愛七ひろです。

「デスマーチからはじまる異世界狂想曲」二八巻をお手に取っていただき、誠にありがとうございます！

　ＥＸ二冊を含めると、本巻でなんと通算三〇冊目！（特装版をカウントすると三二冊目）

　書籍化した頃はここまで続けられるとは全く思っていなかっただけに感慨深いモノがあります。

　こうして巻数を重ねる事ができているのも、応援してくださる読者の皆様のお陰です。これからも完結を目指して、今まで以上の面白さを探求して参りますので、ぜひとも今後も変わらぬご支持をお願いいたします。


　前巻の最後で、見つけてしまった魔王珠から賢者の弟子達の企みを知ったサトゥー。今巻ではそれを追って東方小国群へと向かう。

　そんな出だしで始まる本巻ですが、ＷＥＢ版一四章の「雪の国」キウォーク王国編と「水桃の国」ルモォーク王国編の二つをベースに再構成しました。

　中盤を構成するこの二編ですが、ＷＥＢ版とは登場人物やそこに赴く用事が異なるので、少なくない加筆がなされています。

ＷＥＢ版ではもう少し先に噂される使徒が、早くも登場するのです。カラー扉絵にｓｈｒｉさんの描く素晴らしい使徒の絵が出ているので、ＷＥＢ版既読の方は「こんな感じのキャラだっけ？」と微妙に首を傾げつつ本編をお楽しみください。後半には「そういう事か、愛七ァ！」と喜んでいただける事でしょう。

そして、終盤。サトゥーはかつて無い試練に晒されます。

今までで最大のダメージを与えたあの黒い存在が、再び牙を剥きサトゥーを——。

本巻未読の方は、あの「黄金の猪王」編を超える熱い物語にご期待ください。本編をお読みの上であとがきをご覧の方は、期待通りの満足感を得られたでしょうか？　もし、期待以上だと思っていただけたら、これに勝る喜びはありません。

あまりネタバレを書くと怒られるので、デスマ二八巻の内容についてはこのあたりで締めましょう。

私事ですが、今年の三月でＷＥＢ作家一〇周年を迎えました（商業作家としては九周年です）。デスマを書き始めた頃は、まさかこんなに長く小説を書き続ける、ましてや処女作のデスマを書き続けていられるとは思っていなかったので、実に感慨深いです。

最初にも書きましたが、モチベーションを維持して小説を書き続けられているのは、読者の皆様や周囲の人達に助けられてこそなので、全方位に感謝の心を忘れずに、これからも頑張っていく所存です。

では恒例の謝辞を！

担当編集のＩ氏とＡさんのお二人にはいくら感謝してもしきれません。的確な指摘や改稿アドバイスのみならず、作者が見落とした矛盾点や設定間違いなどを的確に見つけてフォローしてくださるお陰で非常に助かっています。これからも末永くご指導ご鞭撻（べんたつ）の程よろしくお願いいたします。

素敵なイラストでデスマ世界に色鮮やかな彩りを与えて盛り上げてくださるｓｈｒｉさんにはいくらお礼を言っても言い足りません。今回のウィンタースポーツな表紙も最高です。

そして、カドカワＢＯＯＫＳ編集部の皆様を始めとして、この本の出版や流通、販売、宣伝、メディアミックスに関わる全ての方にお礼を申し上げます。

最後に、読者の皆様には最上級の感謝を‼

本作品を最後まで読んでくださって、ありがとうございます！

では次巻、デスマ二九巻「スィルガ・マキワ編」でお会いしましょう！

愛七ひろ

カドカワBOOKS

デスマーチからはじまる異世界狂想曲　28

2023年６月10日　初版発行

著者／愛七ひろ

発行者／山下直久

発行／株式会社KADOKAWA

〒102-8177
東京都千代田区富士見2-13-3
電話／0570-002-301（ナビダイヤル）

編集／カドカワBOOKS編集部

印刷所／大日本印刷

製本所／大日本印刷

●お問い合わせ
https://www.kadokawa.co.jp/（「お問い合わせ」へお進みください）
※内容によっては、お答えできない場合があります。
※サポートは日本国内のみとさせていただきます。
※Japanese text only

Printed in Japan
ISBN 978-4-04-075006-4 C0093

新文芸宣言

かつて「知」と「美」は特権階級の所有物でした。

15世紀、グーテンベルクが発明した活版印刷技術は、特権階級から「知」と「美」を解放し、ルネサンスや宗教改革を導きました。市民革命や産業革命も、大衆に「知」と「美」が広まらなければ起こりえませんでした。人間は、本を読むことにより、自由と平等を獲得していったのです。

21世紀、インターネット技術により、第二の「知」と「美」の解放が起こりました。一部の選ばれた才能を持つ者だけが文章や絵、映像を発表できる時代は終わり、誰もがネット上で自己表現を出来る時代がやってきました。

UGC（ユーザージェネレイテッドコンテンツ）の波は、今世界を席巻しています。UGCから生まれた小説は、一般大衆からの批評を取り込みながら内容を充実させて行きます。受け手と送り手の情報の交換によって、UGCは量的な評価を獲得し、爆発的にその数を増やしているのです。

こうしたUGCから生まれた小説群を、私たちは「新文芸」と名付けました。

新文芸は、インターネットによる新しい「知」と「美」の形です。

2015年10月10日
井上伸一郎

STORY

カドカワBOOKS

凄腕だがモグリの鍛冶師ルッツは、渾身の一振りを人助けのために手放してしまう。……うっかり銘を刻み忘れたまま。

野心の薄いルッツは気づかない。自身が勇者さえ心を乱す名刀を作っていたことにも。伯爵家専属の付呪術師ゲルハルトが無銘の名刀の作者探しに乗り出したことにも。

何とかルッツを探し出したゲルハルトは、伯爵の佩刀の製作を早速依頼。その刀はさらなる波紋を呼び――!?　魔剣を数多生み出した名匠が世に出る瞬間を描く鍛冶ファンタジー！

最強の眷属たち――

その経験値を一人に集めたら、

史上最速で魔王が爆誕!?

第7回カクヨム
Web小説コンテスト
キャラクター文芸部門
特別賞

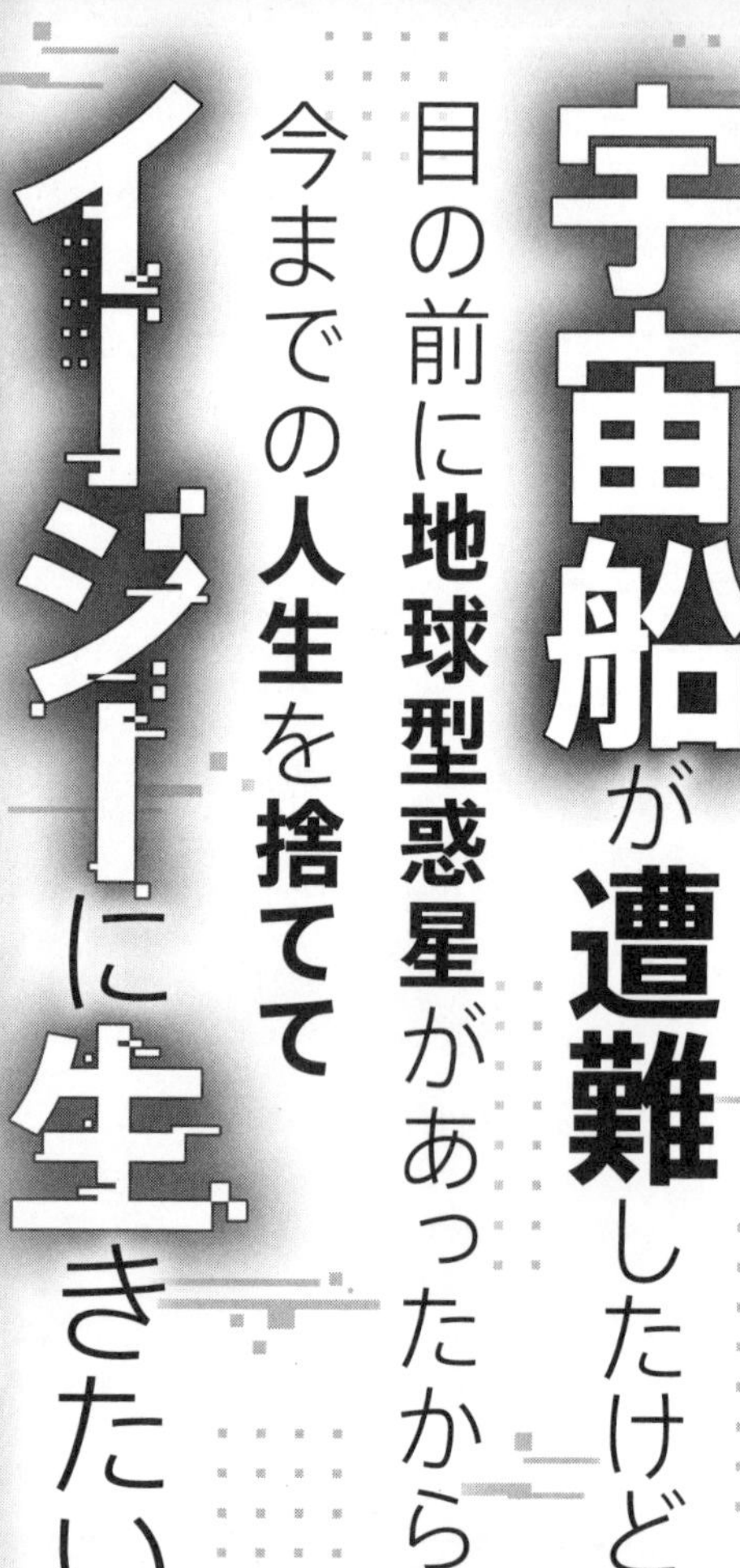

宇宙で運送屋を営んでいたルディは、ワープ事故で辺境惑星、それも一度文明がリセットされた星に降り立つことに。

遭遇したドラゴンに宇宙船をぶつけて撃退したり、電子頭脳による身体強化でゴブリンを倒したりと難なく異星サバイバルをこなすルディ。そんな彼がやっと出会った現地人は、なんと文字通りの魔女だった。魔法の使い方を教わる代わりに生活の面倒を見る師弟契約を結んだところ、銀河帝国の料理を始め、衣食住すべてが彼女の度肝を抜くもので……!?

カドカワBOOKS

銀河帝国民の
〝普通の暮らし〟は、
魔法の惑星では
美食でチート――？

摩訶不思議な
山暮らし――
ニワトリ(?)たちと
癒やしのスローライフ開幕!

前略。山暮らしを始めました。

浅葱

illust. しの

ひょんなことがきっかけで山を買った佐野は、縁日で買った３羽のヒヨコと一緒に悠々自適な田舎暮らしを始める。気づけばヒヨコは恐竜みたいな尻尾を生やした巨大なニワトリ（？）に成長し、言葉まで喋り始めて……。

「どうして──！?」「ドウシテー」「ドウシテー」「ドウシテー」

「お前らが言うなー！」

癒やし満点なニワトリたちとの摩訶不思議な山暮らし！

カドカワBOOKS